시의 집을 찾다

시의 집을 찾다

초판발행일 | 2023년 9월 27일

지은이 | 호병탁
펴낸곳 | 칼라박스
펴낸이 | 金永馥

주간 | 김영탁
편집실장 | 조경숙
주소 | 03088 서울시 종로구 이화장2길 29-3, 104호(동숭동)
전화 | 02) 2275-9171
팩스 | 02) 2275-9172
이메일 | tibet21@hanmail.net
홈페이지 | http://goldegg21.com
출판등록 | 제300-2017-26호

값은 뒤표지에 있습니다.

ISBN 979-11-960545-6-4-03810

*이 책 내용의 전부 또는 일부를 재사용하려면 반드시 저작권자와 칼라박스
 양측의 서면 동의를 받아야 합니다.
*잘못된 책은 바꾸어 드립니다.
*저자와 협의하여 인지를 붙이지 않습니다.
*이 도서는 한국출판문화산업진흥원의 '2023년 우수출판콘텐츠 제작 지원'
 사업 선정작입니다.

호병탁
평론집

시의 집을 찾다

▦칼라박스

머리말

2009년 가을 『문학청춘』 창간호가 세상에 고고지성을 울렸다. 당시 지방에서 대단치도 않은 글이나 가끔 문예지에 발표하고 있던 나는 이런 사실도 몰랐고, 이 책의 발행인이었던 김영탁 시인도 몰랐다.

2010년 1월 우리는 갑자기 만나게 되었다. 대학동문이며 오랜 친구였던 심호택 시인이 교통사고로 타계했다. 나도 문상을 하러 갔고 그도 문상을 왔다. 우리는 장례식장에서 초인사를 나눴다. 유족은 선영앞 풍장을 결정했고 문상객이 장지에 따라오는 것을 사양했다. 우리는 별수 없이 점심이나 함께하기로 하고 식당에서 한 잔 곁들이며 이 얘기 저 얘기를 나눴다. 이렇게 우리는 만났다. 정말 한 친구의 갑작스런 '떠남'으로 인한 운명적인 '만남'이었다.

내가 시도 쓰고 평론도 쓴다는 것을 알고 그는 내 글을 보기를 원했다. 시집 『칠산주막』(모아드림, 2007)과 몇 편의 평론 글을 보냈다.

갑자기 우리는 바빠졌다. 2011년 3월 나의 첫 번째 평론집 『나비의 궤적』이 그가 운영하는 출판사 『황금알』에서 출간되었다. 같은 해 『문학청춘』 봄호에는 「정다운 사이」 등 시편이 게재되었고, 또한 여름 호부터는 '시집산책'의 평론 연재가 시작되었다.

'시집산책'의 연재 또한 운명적이었던 것 같다. 나의 문학적 커리어에 큰 변화의 계기가 되었기 때문이다. 대개 '계간' 문예지의 한 꼭지를 차지하고 연재를 시작하면 길어야 3년 정도 계속된다. 나도 그도 처음에는 마찬가지 생각이었을 것이다. 그런데 23년 여름호까지 한 번도 거르지 않고 장장 12년 동안 무려 47회나 연재는 계속되어 오고 있다. 따라서 그동안 전국 각지의 다양한 시인 171명의 시집을 평하게 되었고, 변방에 있던 나는 수많은 시인과 유대의 끈을 맺게 된 것이다.

이 책에 수록된 작품들은 바로 '시집산책'에 연재된 글 중 일부를 발췌한 것이다. 『나비의 궤적』에서 말한 것처럼 나비는 꽃과 꿀이 있다면 수직 이착륙은 물론 어느 쪽으로도 방향을 선회한다. 작품에 합당하다면 어느 이론도 수용하고 절충할 수 있다는 믿음으로 글을 썼다. 또한 일반 독자의 독서행위를 오히려 위축시킬 수도 있는 현학적이고 난해한 글쓰기도 삼가고자 했다. 4부로 구성된 이 책의 각 부는 명확한 구별법으로 나누어져 있는 것은 아니다. 그럼에도 1부는 선의 경지에 달한 것 같은 원로시인들의 작품을 주로 다루고 있다. 그중 안타깝게도 김천의 정완영, 속초의 최명길 선생은 그동안 타계하셨다. 2·3부는 존재의 싱싱함을 과시하며 커다란 보폭으로 활동하고 있는 중견시인들의 글이, 4부는 시적 변용을 통하여 놀라운 상상력으로 현대시의 새로운 면모를 보여주고 있는 시인들의 글이 다루어지고 있다.

특별한 검법도 소속도 없이 그저 강호의 한 검객으로 외롭지만 자유롭게 떠돌며 글을 써왔다. 이런 사람을 늘 곁에서 어깨 쳐주며 격려하고, 책까지 낼 기회를 주신 김영탁 시인께 감사드린다.

차 례

2부 황홀한 고수의 검광(劍光)

3부 아름다운 슬픔

4부 통점에서 아프게 피어나는 꽃

1부

반짝이며 부서지는 햇살

반짝이며 부서지는 햇살

― 정완영의 『시암의 봄』

19세기 말 르네상스 이후 최초의 총체적인 미술혁신으로 기록되는 인상주의는 이후 모든 미술의 물꼬를 바꿔버리는 중요한 미술사조이다. 인상주의는 이상화된 인물, 균형 잡힌 구도 등 기존의 전통을 배제하고 빛과 색채를 통하여 '인상' 즉 짧은 시간에 시각적 감각으로 포착된 사물을 표현하고자 했다. 그들은 색채가 사물의 본원적이고 지속적인 성질이 아니라 사물의 표면에 영향을 미치는 여러 요소, 즉 날씨와 대기, 빛의 반사작용에 따라 끊임없이 변화하는 것임을 알아챘다. 그 결과 작품들은 물결치는 화필과 짧은 붓의 터치로 물 위에 부서지며 반짝이는 햇살처럼 진동하는 에너지로 충만하다.

정완영 시인의 글을 읽으며 직감으로 다가오는 것이 바로 이런 그림을 보고 있는 것 같다는 점이다. 그의 시는 자연을 재현하는 자연의 하부(下部)적 위치에서 벗어나 하나의 예술작품 자체로서의 독립적 존재를 추구한다. 이는 바로 신선한 붓의 터치와 다양한 물감의 물질성으로 넘실대는 빛을 표현하는 인상주의 회화와 비견된다.

> 내가 사는 艸艸詩庵은 감나무가 일곱 그루
> 여릿 녀릿 피는 속닢이 淸이 속눈물이라면
> 햇살은 공양미 삼백석, 지천으로 쏟아진다.
>
> 옷고름 풀어놓은 강물, 열두 대문 열고 선 산
> 세월은 뺑덕어미라 날 속이고 달아나고
> 심봉사 지팡이 더듬듯 더듬더듬 봄이 또 온다.
>
> – 「시암의 봄」 전문

위의 시는 시집의 「서시」이자 표제 시이기도 하다. 그만큼 이 시집을 대표하는 시라고도 할 수 있다.

시인이 사는 '시암'에는 다른 나무도 아닌 '감나무'가 딱 '일곱 그루'가 있다. 대상을 감각적으로 표현하기 위해서는 추상어보다는 구체어를 찾아야 한다. 얼마나 많은 시인이 이를 간과하고 있었던가. '나무'보다는 '감나무'가, '몇 그루'보다는 '일곱 그루'가 선명하고 명징한 심상으로 육박해 들어와 우리는 쉽게 노시인과 함께 시암의 뜰에 서게 된다.

이제 우리는 시암에서 찬란한 봄빛의 잔치를 본다. '여릿 녀릿' 돋아나오는 감나무의 연둣빛 새싹 위에 '햇살'은 '지천으로 쏟아진다.' 그의 감각적인 붓의 터치는 새싹을 '속닢'으로, 그리고 '청의 속눈물'로 그려내며 물결친다.

시인이 보는 강물은 '옷고름 풀어놓'고 산은 '열두 대문 열고' 서 있다. 뜰 안에서 보는 '빛 잔치'와 뜰 밖의 활짝 열린 대자연의 모습은 "천부적이라고 할 수밖에 없는 수사와 우주적 상상력"(시인 문태준)으로 천의무봉한 시인이 빚어낸 시암의 봄 풍경이다.

시인의 형안은 특정한 때와 장소에 따라 폭포수처럼 쏟아지는 빛과 색의 조화를 정확히 포착한다. 『시암의 봄』에서 인상주의 화가 모네의 〈양귀비 꽃밭〉을 보는 것 같은 많은 시편이 산견된다.

주황만도 아닌 꽃이, 분홍만도 아닌 꽃이/ 우리들 사람들만 보라고도 안 핀 꽃이/ 하늘로 이어진 길목에 등불 내다 겁니다.

- 「능소화」 두 번째 수

우리 집 석류나무는 함부로는 꽃 안 피웠다/ 오뉴월 타작마당 새로 먹인 도리깨로/ 한바탕 땡볕을 튕겨야 불꽃처럼 터져났다.

- 「우리 집 석류나무는」 첫 번째 수

시인에게 능소화는 '하늘로 이어진 길목'에 내다 건 '등불'이다. 그의 석류꽃은 '한바탕 땡볕을 튕겨야 불꽃처럼 터져'나는 꽃이다. 그는 순간에 스쳐 가는 빛과 색을 한 치의 오차 없이 잡아내는 포수다.

다시 「시암의 봄」으로 돌아가자. 그는 이제 그가 인식하고 서경한 봄날의 시암 위에 자신의 정신세계 한 자락을 얹으려 한다. 즉 '그리기'가 아닌 자신의 의식을 독자에게 들려줘야 할 시의 '주제'라고도 할 수 있는 '말하기' 차례가 된 것이다. 순수문학을 지향하는 시인이 결코 감상에 기울 일은 없다. 그는 평심으로 객관적인 시야를 확보한다. 마디진 삶을 살았던, 93세가 된 시인에게 세월은 빨리도 달아났다. '뺑덕어미' 심봉사 속이듯. 그래도 천지조화는 더듬더듬 봄을 또 데리고 왔다. '심봉사 지팡이 더듬듯'.

덧없이 세월이 흐르고 그래서 덧없이 봄이 또 온다. 그는 자신의 신산했던 긴 삶에 대한 구체적인 소회는 가슴에 묻어둔다. 이 마지막 연은 평범한 듯 보이지만 독자들이 시인의 가슴에 귀를 기울이게 하고 잔잔한 물결의 속삭임을 듣게 한다.

시인은 「시암의 봄」에 주를 달고 "60년 동안 쓰고 지우고 했던 고심의 날의 흔적들을 낙엽처럼 긁어모아" "천지간에 분축(焚祝) 드리는 심정"이라고 심경을 밝히고 있다. 그리고 이러한 그의 시작(詩作)이 '한생을 마무리하는 작업'이 될 것이라고 서늘한 소회를 밝혀 후학들이 옷깃을 다시 여미게 하였다. 그러나 이런 말은 주석에 달았을 뿐 시편 어디에도 나타나지 않는다. 그는 남 말인 것처럼 '세월은' '날 속이고 달아나고' '더듬더듬 봄이 또 온다'고 시치미를 뗄 뿐이다.

참으로 뜻밖의 만남이었다. 지난 4월 하순, 산 벚이 계곡의 속살까지 깊이 파고들 무렵 필자는 안동의 문인들을 만나러 남행하고 있었다. 여유가 있던 남행길이어서 김천의 〈백수문학관〉에 들렀고. 아무런 사전 약속도 기별도 없었지만, 우리가 왔다는 소식을 듣고 노 시인이 달려왔다. 문단에 워낙 과문(寡聞)한 필자는 맑은 물이라는 '백수(白水)'가 김천의 천(泉)을 파자(破字)한 것임도, 그게 바로 노시인의 호라는 것도 몰랐다. 대화 중 시인은 놀라운 기억으로 그의 철학과 시학을 해박하게 설명하였고 가끔 재치 있는 농담으로 일행을 웃기는 일도 잊지 않았다.

'청이 속눈물'이라는 시어는 지금도 내 가슴을 친다. 보통 사람이라면 '심청'을 썼을 텐데 왜 '맑을 청(淸)' 외자로 시어를 골랐을까. 직관은 순간이지만 시를 다듬는 것은 오래 걸린다. 그는 '맑은 물'이라는 그의 호처럼 맑다. 현대사회에서 시조의 존재가치를 분명하게 하고 있는 것이 바로 정완영 시인의 이러한 '맑음'이 아닐까.

'존재'와 '소속' 사이의 갈등

─ 김영석의 『거울 속 모래나라』

몬드리안(Piet Mondrian)이라는 네덜란드 화가가 있었다. 다른 사람처럼 그도 초기에는 자연적 사실주의 그림을 그렸다. 이후 아르 누보, 야수파 등의 영향을 수용하고 발전시키며 독자적인 조형성을 개척하였다. 어느 날 전시회에서 피카소와 브라크의 큐비즘 작품들을 보고 그는 새로운 경향을 경험했다기보다는 신의 계시를 받은 것처럼 충격에 휩싸였다. 그는 큐비즘의 조형성을 더 잘 터득하기 위해 파리로 간다. 그곳에서 화가는 이 양식을 독자적으로 해석해 낸 작품들을 발표하여 호평을 받는다. 브라크와 피카소에게 큐비즘은 조형적 탐구의 결론이었지만 몬드리안에게는 그것이 시작이었다. 그는 일종의 종교인 신지학(神智學, Theosophy)에 심취하였다. 극단적으로 대립하는 수평과 수직이 직각으로 만나 영구적인 균형을 얻고 완전한 미를 이룬다는 그의 신조형주의 이론은 신지학이 그 밑바탕이었다. 그는 마침내 자연을 단순화하는 단계를 넘어 수평과 수직의 대비로 우주와 자연의 모든 법칙을 요약하였다.

김영석이라는 시인이 있다. 다른 유명 시인처럼 그는 문단의 최고 등용문인 신춘문예에 당선되었다. 이후 수년간 독자적인 문학수업을 하다 다시, 다른 신문의 신춘문예에 당선해 시단의 주목을 받는다. 이 작품은 당시 신춘문예의 장시 경향을 불식시키고 새롭게 선보인 단시 형식이었다. 그는 등단 23년 만에 첫 시집인 『썩지 않는 슬픔』을 출간한다. 이때부터 시인은 새로운 시 형식을 모색한다. 사물을 보이는 모습이 아닌 관념과 철학의 본질로 해석하는 '관상시(觀象詩)'라는 분야를 개척했고 또 1984년 발간된 『도(道)의 시학』을 통해 우리의 정서, 우리의 시각에서 시를 써야 한다는 문학이론을 이미 확립한 바 있다. 그는 마침내 올해 봄 시와 산문이 하나의 구조로 결합된 새로운 형식의 시를 묶은 『겨울 속 모래나라』를 세상에 밀어낸다. 몬드리안의 수직과 수평이 대립하는 것처럼 산문과 운문은 대립한다. 그에게 산문은 몬드리안의 수직이며 시는 수평이라 할 수 있다. 그러나 이 대립은 직각으로 만나 사각형을 만들고 영구적인 균형을 이루게 된다.

시인은 이 새로운 형식의 시를 편의상 '사설시(辭說詩)'라고 부른다고 말한다. 사설시라는 장르는 아직은 공식적으로 사용되는 것도 아니며 사전이든 관련문학 서적 어느 곳에도 찾아 볼 수 없는, 시인이 스스로 만든 조어(造語)라고 할 수 있다. 따라서 중견 평론가이기도 한 시인은 '편의상'이라는 수식어를 앞에 달았다. 편의상이란 말이 있는 것과 없는 것은 그 의미가 천양지판으로 다르다. 그러나 이미 언론들은 편의상이란 말은 본 기억도 없는 것처럼 사설시를 정의한다. 예로 한

국일보 문학단신은 이 시집의 발간을 보도하며 "사설시는 시와 산문이 하나의 구조로 결합된 시를 뜻한다"고 명쾌하게 그 정의를 독자들에게 알려주고 있다.

말 그대로 '신'과 '지혜'라는 말에서 유래한 '신지학'의 뿌리는 동양철학과 종교에 두고 있다. 그래서인지 몬드리안은 추상은 그 불멸의 사각형에 삼원색과 무채색만을 사용한다. 바로 목, 화, 토, 금, 수의 오행에 상응하는 청, 적, 황, 백, 흑이자 한국의 오방색이다. 그의 사각은 한국의 조각보와 놀랍게 닮아있다. 그의 회화에서 사각 면들이 그림의 배경인지 혹은 형태인지 알 수 없다. 그의 공간은 특별한 형태 때문에 부차적으로 생기는 것이 아니라 형태와 등가의 비중을 가진다. 공간이 형태가 되고 형태가 공간이 되는, 즉 공간과 형태가 같은 가치를 지니는 구성이다.

이것은 김영석 시인의 사설시에도 들어맞는다. 동양의 고전을 섭렵하고 또 그것을 번역하기도 했던 시인은 산문과 운문의 어느 한쪽에 더 큰 비중을 두고 싶지 않다. 그는 이 두 가지가 한 작품에 공존하기를 원한다. 그리하여 '좀 더 높은 수준의 새로운 시적 영역'을 기대하는 것이다. 사실 그가 번역했던 『삼국유사』에는 물론 동서양 옛 문헌들에는 운문과 산문이 구분되지 않고 공존하고 있다. 판소리에서도 사설은 창자(唱者)가 노래 사이사이에 엮어 넣는 이야기다. 이는 노랫말과 이야기가 한 작품에 공존하고 있다는 말이다.

시인은 산문으로 이야기한 후 "이러매 내가 노래한다."라는 서술을 사용하며 운문으로 넘어가는 독특한 구성으로 두 가지를 결합하는 형식을 보이고 있다. 이런 장치는 『삼국유사』의 저자 일연이 같은 방식으로 산문과 운문 사이에 삽입했던 "이에 찬한다"[讚曰]는 서술과 흡사하다. 또한 불경의 첫머리에 한결같이 붙는 "여시아문(如是我聞)"이라는 서술과도 연결된다. 이처럼 평론가기도 한 시인은 옛 문헌의 산·운문의 결합방식을 견인함으로써 사설시라는 새로운 형식에 그 논거를 제시하는 한편 설득력을 제고하고 있다.

시집에 수록된 12편의 작품들은 역사·신화·설화·개인사·철학적 우화 등이 주요 소재가 되고 있다. 특히 대부분 글에서 모든 현상이 생기소멸(生起消滅)하며 원인인 인(因)과 조건인 연(緣)이 상호 관계한다는 연기(緣起)설화적 사유가 짙게 깔렸다. 『삼국유사』에서 향가와 산문을 연결하는 '찬왈(讚曰)' 또한 '연기'가 아니고 무엇이겠는가.

12편의 작품 중 「매사니와 게사니」부터 「바람과 그늘」까지의 다섯 편은 사설의 길이도 길고 나름대로 이야기 구조로 되어 있다.

표제작 「거울 속의 모래나라」를 중심으로 읽어보자. 기승전결이 분명한 서사를 가진 이 시는 오히려 소설에 가깝다. 도입부에 한 마디 아포리즘까지 곁들여 있다. 막말로 소설은 사건에 대한 서술 이외에 아무것도 아니다. 의미의 보유체인 문장이 모여 하나의 '단위 사건'이 되고 이러한 단위 사건이 모여 이야기의 줄거리를 구성하게 되는데, 사건은 주인공이 부딪치는 상황과 그에 대한 주인공의 반응이 될 것이고 이 반응은 사유, 독백, 느낌, 대화, 등을 포함하게 될 것이다. 이런 모든 것이 「거울 속의 모래나라」에 들어 있다. 특별한 것은 이 작품─다른 네 작품도 마찬가지지만─의 서사가 매우 환상적이라는 것이다. 이런 환상적 특징은 상징성으로 자연히 연결된다.

이러한 환상과 상징성은 다의적인 해석의 가능성을 열어 놓는다. 앞으로 다양한 해석 시도가 이루어지겠지만 모든 접근을 가능하게 하면서도, 어떤 확실한 일의적인 해석은 불가능하게 하는 것이 이 작품이 될 것 같다.

우리는 내부세계를 의미하는 '존재'와, 외부세계를 의미하는 '소속'과의 두 세계에서 살고 있다. 그런데 두 세계는 언제나 화합 대신 갈등의 형태로 다가오기 마련이다. 「거울 속의 모래나라」의 주인공 P는 바로 양쪽 세계를 상징하는 거울 밖과 거울 안에서 극단적인 갈등을 겪는, 그리고 상반된 두 방향에서 정신적 방황을 하다가 결국 좌절하고 마는 대학강사이다.

주인공은 거울 속에 들어가기 전 「언어와 인식의 형상으로서의 세계」라는 논문에 매달려 고심하고 있다. 갑자기 '수천 마리의 불개미가 뇌수를 파먹'는 두통을 느끼고 거울에 이마를 기댔는데 주인공은 거울 안의 세계로 들어가고 만다. 여기서 P라는 호칭과, 골 때리는 논문제목과 대학강사라는 직업은 우리가 보기에도 주인공이 세계의 '소속'에서 벗어나려 하는 당위성을 보여준다. 거울 안의 세계라고 그에게 안식을 주는 곳은 아니다. 그곳은 사람들이 「ㅂㅅㅅㅅㅅㅈㄹㄹㅊ」이라는 '자음들만 연결되는 듯한' 해괴한 말을 쓰는 사람, 아니 '사람의 탈을 뒤집어쓴 '헛것'들이 사는 곳이다. 꽃, 풀, 산, 들 보이는 모든 것은 '모래의 신기루에 불과한 모래나라'였다.

그는 다시 세계소속의지를 보이며 복귀를 희망하지만 그것도 여의

치 못하다. 소속의식의 가장 명시적인 현상은 살을 맞부딪치는 성애(性愛)다. 그러나 주인공에게는 여자 역시 순수세계를 배신하는 외부세계의 일원으로 쟁취할 수 없는 속성을 띠게 된다. 주인공이 거울 밖으로 내다본 아내는 '벌건 대낮에' 주인공의 방에서 '생전 처음 보는 어떤 사내놈하고' '땀으로 번들거리는 알몸뚱이'로 '엉겨 붙은 채 꿈틀대고' 있다. '개 같은 연놈들은 아주 날을 받아 뿌리를 뽑기로 작정하였는지 지친 기색도 없이 질기게 그 짓을 계속하고 있었다.'

그러나 세계의 소속에 있어 에로스는 가장 강렬한 본능적 표현이고 물론 그 대상은 여자다. 주인공은 모래나라에서 주인공과 같은 도시에서 서점을 경영하는 K라는 여자를 만난다. 곡절 끝에 거울을 등지고 몸을 던져 거울 밖으로 탈출한 주인공은 거울 속에서 헤어진 K라는 여자를 찾아본다. 놀랍게도 서점도 그녀도 그곳에 있었다. 그러나 그녀는 그를 몰라볼 뿐 아니라 도대체 무슨 말을 하는 거냐고 '황당하다는 눈빛'으로 주인공을 바라본다.

주인공은 세계탈출의지와 세계소속의지를 지향하는 이중의 움직임을 보여준다. 그러나 이 두 세계는 합일할 수 없는 것이고 이러한 인식은 출구 부재의 환경으로 작품의 곳곳에서 확인되고 있다. 구원에 대한 방법도 대안도 없는 주인공은 '존재'와 '소속' 사이의 미로에서 방황하다 끝내 좌절하고 만다. 작가는 미문으로 주인공의 좌절을 가슴 아프게 쓴다.

그럼 이 여자와 거울 속의 여자 중에 어느 하나가 〈그 여자〉라는 말인가

… 그의 풀죽은 말들은 자음과 모음이 제각각 뿔뿔이 흩어진 채 부실부실 모래알처럼 떨어져 내렸다. … 그의 눈에서 일순 잔물결의 불씨처럼 눈물이 반짝였다.

위에서 인용한 문장처럼 작품의 내용은 비현실적이며 몽환적이지만 그 내용을 묘사하는 작가의 문장은 유려하지만 예리하고 정확하다. 이는 우리의 의식에 아직 자리 잡지 않은 미래의 현실에 대한 리얼리티라고 할 수 있다. '예술은 때로 고장 난 시계처럼 현실보다 앞서 간다' 하지 않는가. 카프카나 최상규의 소설을 읽는 것 같은 김영석의 이런 독특한 초사실에 대한 사실주의는 미래의, 혹은 사차원의 리얼리즘이라 칭해야 적절할 것 같다. 작가의 문장이 얼마나 차가운 객관성을 가지고 있는지, 얼마나 논리적으로 정치한지 이 작품의 백미라 할 수 있는 철학적 관념의 표출을 보자. 주인공의 독백으로 나타나는 거울 안에서의 사유다.

애초에 거울이 없었다면 나는 〈나〉를 알 수도 없고 볼 수도 없었으리라. 알 수도 없고 볼 수도 없는 것은 존재하지 않는 것이나 마찬가지다. … 따라서 거울 속의 〈나〉를 보기 전에 나는 〈나〉를 알 수가 없을뿐더러 〈나〉는 존재하지 않는다. 그러니까 내가 있은 다음에 〈거울 속의 나〉가 있는 것이 아니라 〈거울 속의 나〉가 먼저 있고 나서야 그것을 바라보는 〈나〉가 파생한다. 달리 말하면 거울이 〈나〉를 생산하기 때문에 거울은 언제나 〈나〉에 선행하고 〈거울 속의 나〉는 그것을 바라보는 〈나〉에 언제나 선행한다.

… 거울을 보지 않는다면 어떻게 되는가. 거울이 없거나 그것을 보지 않는다면 선후의 논리가 발생하지 않고 선후의 논리가 없으면 〈나〉는 파생하지 않는다. 일단 거울을 통해서 〈거울 속의 나〉로부터 내가 파생되고 나면 〈거울 속의 나〉는 실상에 가까운 것이 되고 파생된 〈나〉는 가상에 가까운 것이 되고 만다. 그러나 거울을 보지 않는다면 거울은 논리적 허구의 가상에 가까운 것으로 전락하고 〈거울 속의 나〉로부터 파생되기 이전의 〈나〉는 오히려 존재의 실상에 가까운 것이 되어 버린다. 이렇게 되면 존재와 부재의 주고받음처럼 실상 즉 가상이고 가상 즉 실상이라는 모순과 역설이 만들어 질 수밖에 없다.

'실상이 가상'이고 '가상이 실상'이라는 역설이 만들어지기까지의 사유가 냉정한 논리로 전개되고 있다. 그의 엄정한 글은 20세기 최고의 추상화가인 몬드리안의 사각형 회화를 보는 것 같다. 수직과 수평의 직각으로 이루어진 불멸의 사각형은 또한 사각의 평면일 뿐이기도 하다. 그의 초사실에 대한 사실주의 글쓰기는 주인공 P뿐 아니라 독자에게도 출구 부재의 환경을 만든다. 초사실의 돌발은 계속 다음 장을 넘기게 하지만 상황의 해명은 없다. 처음부터 다시 독서해보지만 의문의 순환 고리는 계속된다. '나'와 '거울 속의 나'처럼. 그러나 결국 '실상이 가상'이고 '가상이 실상'이라는 작가의 역설에 동의한다. 작가는 나를 존재와 소속의 두 세계 사이에서 맴돌게 하고 있다. '중심에 접근하지 못하는 원운동'의 반복이다.

지금 김영석 시인의 시평을 쓰고 있는 것인가. 그런 것 같기도 하고 아닌 것 같기도 하다.

압도하며 다가오는 밤비 속의 심상

— 한영옥의 『다시 하얗게』

　　강력한 이미지의 시, 「다시 하얗게」는 시집의 첫 번째 작품이자 표제 작이기도 하다. 쳐들어오는 것 같이 역사로 들어서는 밤비 속의 기차 소리는 처음부터 당장 우리를 압도한다.

　　어느 날은/ 긴 어둠의 밤 가르며/ 기차 지나가는 소리, 영락없이/ 비 쏟 는 소리 같았는데// 또 어느 날은/ 긴 어둠의 밤 깔고/ 저벅대는 빗소리, 영락없이/ 기차 들어오는 소리 같았는데// 그 밤기차에서도 당신은 내리 지 않으셨고/ 그 밤비 속에서도/ 당신은 쏟아지지 않으셨고// 뛰쳐나가 우두커니 섰던 정거장엔/ 얼굴 익힌 바람만 쏴하였습니다// 다시 하얗게 칠해지곤 하는 날들/ 맥없이 눈이 부시기도 하고/ 우물우물 밥이 넘어가 기도 했습니다

— 「다시 하얗게」 전문

시는 자연을 재현 또는 형상화시킨 것이다. 그러나 시인이 형상화하

는 자연은 시인의 상상력과 작용하여 자연의 실체적 사실을 능가한다. 세상의 모든 지적 탐구가 자연을 대상으로 하지만 시인은 그러한 자연에 대한 종속관계를 벗어나 자신의 창조력으로 새로운 성질을 제공함으로서 구릿빛 자연세계를 황금빛 세계로 만들어 내려한다.

첫 연과 둘째 연은 밤을 배경으로 하는 '기차소리'와 '빗소리'가, '밤기차'와 '밤비'가 팽팽히 대치되며 정거장의 정경을 박진감 있게 반복하여 묘사하고 있다. '가르며' 혹은 '깔고'와 같은 동사는 '긴 어둠의 밤'의 정적을 깨부수며 질주하는 기차의 모습을 우리의 눈앞에 바짝 들이댄다. '저벅대는 빗소리'가 우리 귀에 요란하게 들린다.

셋째 연과 넷째 연도 병행과 대치의 반복으로 당신이 오지 않았다는 사실을 격하게 표현하고 있다. 사실 이 두 연은 '당신'이 기차에서 내리지 않았다는 사실을 있는 그대로 진술하고 있을 뿐이다. 화자의 감정이 실린 정서적 발언은 없다. 그러나 '그 밤기차에서도' '그 밤비 속에서도' '내리지 않으셨고' '쏟아지지 않으셨고'를 나누어 병치시키고 반복시킴으로 '당신'이 기차에서 내렸으면 하는 바람이 무엇보다 진하게 표출된다. '당신'은 내리지 않았지만 이 두 연 속에서도 비는 줄기차게 쏟아진다.

특히 다음 연에서 화자의 행동은 박진감을 더한다. 화자는 '당신'을 마중하기 위해 그냥 나가는 것이 아니라 '뛰쳐'나간다. 정거장에 뛰쳐나간다는 것은 그리움과 기다림에 조바심이 잔뜩 묻어있는 행동이다. 그러나 그 밤기차에서 '당신'은 내리지 않았고 화자는 '우두커니' 서 있을 수밖에 없다. '우두커니' 서 있는 모습에서 우리는 화자의 깊은 슬픔과 쓸쓸함을 느낀다. 그런데 이런 일은 한두 번이 아니다. 이제 얼굴까지 '익힌' 바람이 불기 때문이다. 이날 밤 비는 수직으로 내리는 조용한 비가 아니었다. 강한 바람과 함께 사선으로 쏟아져 화자의 뺨을 '쏴'하고 때리는 비였다.

그러나 시인은 이 모든 말을 "뛰쳐나가 우두커니 섰던 정거장엔/ 얼굴 익힌 바람만 쏴하였습니다"라고 한 마디 말로 끝내버린다. 비평가들은 작품의 복합성을 조성하는 여러 요소에 관심을 기울인다. 작품의 표피인 음성적 요소도 이 시에는 반복과 병행, 대조와 대치 등으로 다양하게 나타난다. 사용된 어휘와 구문도 물론 복합성을 조성한다. 그러나 작품의 복합성을 기한다고 해서 언어를 많이 사용하는 것은 아니다. 시인은 언어를 경제적으로 사용하려한다. 가능한 열 마디 말로 이루어지는 복합성을, 한 마디 말로 같은 결과를 도출하기 위해 애를 쓴다. 이 경우가 그렇다. 조바심으로 정거장에 뛰쳐나가는 모습, 오지 않는 '당신'으로 인해 '우두커니' 서 있는 모습, 이런 일이 한두 번이 아니라는 것, 이날 밤은 바람까지 몰아쳐 얼굴을 '쏴'하고 때렸다는 것, 그리고 행간에 배인 그리움과 기다림, 슬픔과 쓸쓸함 모두가 단 한 마디 말에 고스란히 담겨 있다. 물론 최대한의 복합성은 그대로 성취하면서.

위의 대목에서 시인은 기다림이나 쓸쓸함 같은 직접적인 감정적 어휘는 물론 그 비슷한 말 하나 사용하지 않았다. 그러나 짧은 화자의 행위 묘사를 통하여 터질 것 같은 한 인간의 감정은 여실하게 드러나고 있다. 특히 바람 소리의 시늉말 '쏴'는 바람이 부는 정경은 물론, 그 바람을 맞고 있는 화자의 심사가, 더 나가 화자의 기질까지 여지없이 드러낸다.

이런 독특한 시늉말은 "조금 걷다가 밤 버스 휙 탄다"(『되게』)에서의 '휙'과도 일치한다. '똑 같은 말'을 '처음 하는 말'처럼, 더구나 '되게 수줍어하는 시늉'까지 하며 해야 하는 자신의 '의뭉스런 배역'에 기분이 더러워진 화자는 버스를 그냥 탈 수 없고 '휙' 타게 된다. '품위라는 말 배운 것'이 '실책'이라고 부끄러워하는 화자는 다시 밤 버스에서 내릴 때도 '휙' 내리게 된다. 이때의 '휙'에는 '빨리' '세게'와 같은 고유한 어휘의 의미를 넘어서서 꼬이고 뒤틀린 화자의 심사가 배어 있다. 그리하여 부끄러워진 화자는 '휙' 버스를 타고 내림으로써 그런 감정과 심사를 또한 솔직하게 노출시키는 기질까지 보이고 있는 것이다.

원래 시로 돌아가자. 비바람 치는 역사에 서 있는 화자의 얼굴에 눈물은 없다. 그저 '쏴'하는 바람을 맞을 뿐이다. 내면엔 슬픔이 가득하지만 눈물 없는 얼굴로 바람에 맞서고 있는 당당한 화자의 기질이 나타나고 있다. '쏴'라는 부사어는 자칫 맥 빠질 뻔한 대목을 「되게」에서의 '휙'처럼 생동감이 꿈틀거리게 하는 역할을 다하고 있다. 이 시의 짤막한 다섯 번째 연은 언어가 도달할 수 있는 최대한의 성취를 이루어내고 있다.

그러나 절창을 이룬 이 대목도 초두 두 연의 '장엄하다할 정도'의 배경이 있음을 전제로 한다. 또한 '당신'이 오지 않았다는 진술이 뒷받침되어야 한다. "뛰쳐나가 우두커니 섰던 정거장엔/ 얼굴 익힌 바람만 쏴하였습니다"라는 대목만 달랑 떨어져 있었다면 그것은 이것도 저것도 아무것도 아니다. 확실히 기차는 덩치도 크고 몸도 무거운 어마어마한 괴물 같은 놈이다. 이런 육중한 놈이 쏟아지는 밤비를 뒤집어쓰고 기적을 꽥꽥거리며 달려드는 배경은 대단한 것이어서 '장엄하다할 정도'의 배경이 되는 것이다. 이런 큰 배경 속에 '우두커니' 서 있는 한 여인의 모습은 대조적으로 더 작고 쓸쓸하게 보인다. 롱기누스의 '숭엄미'까지 들먹일 건 없지만 우리를 압도하는 이런 정경은 설득 정도가 아닌 강력한 쾌감을 독자에게 선사한다.

바로 이런 도입부의 강렬한 배경이, 오지 않았다는 다음 진술과 함께, 짧지만 많은 것을 함축한 다섯 번째 연을 밀고 당겨 지탱해주는 것이다. '한 부분이 있으나 없으나 눈에 띠는 차이가 없다면 그것은 전체의 한 부분이 아니다'라는 말은 바로 이럴 때 써먹으라고 생긴 말 같다.

아직 마지막 한 연이 남아 있다.

이 연을 보며 독자들은 갑자기 당황하고 긴장한다. 어둠 속의 요란한 빗소리와 기차소리가 아직 귀에 생생하게 들리는 판인데 느닷없이 '눈이 부시다'느니, '우물우물 밥이 넘어갔다'느니 하는 생뚱맞은 말들이 달려들기 때문이다. 시인은 시침을 뚝 떼고 나 몰라라 돌아서 있다.

자, 이 시는 끝 연에서 다시 시작된다. 밤비 쏟아지는 정거장에 '당신'은 오시지 않았지만 화자는 일상으로 돌아간다. '다시 하얗게 칠해지곤 하는 날들'에서 부사어 '다시'는 평상으로 돌아갔다는 의미가 될 것이다. 그러나 '하얗게'라는 말은 '없음(無)'과 같은 의미를 갖는다. 일상으로 돌아갔으되 '의미 없는 백지' 같은 일상이다. '눈이 부시다'라는 말은 강한 빛이나 색채가 눈에 쏘여 어리어리한 상태를 말한다. 찬란한 빛을 발하는 황금을 대할 때, 혹은 비유되어 위대한 작품 같은 것을 볼 때 우리는 눈부시다고 말한다. 그렇다면 좋은 의미가 되겠지만 앞의 '맥없이'라는 수식은 '눈부시다'라는 말 자체를 맥 빠지게 만들어 버린다. 하기야 '당신'도 오지 않았는데 무슨 눈부신 일상이 있으랴.

그러나 이 시의 마지막 연, 마지막 행 "우물우물 밥이 넘어가기도 했습니다"에서 우리는 잠시 머리를 짚어야 한다. 이 대목은 남 얘기 하듯 무심코 하는 말로 들리지만 화자가 가장 의미 깊은 화두를 독자에게 던지는 대목이기 때문이다. 오지 않는 '당신' 때문에 화자는 목이 메어 '밥이 넘어 갈 수 없는' 지경이다. 그러나 우리는 '밥이 넘어 갔다'라고 하지 않고 '넘어가기도 했다'라는 발언에 고개를 끄덕인다. 이 말은 '넘어 가지 않기도 했다'라는 말과 진배없기 때문이다. 더구나 '우물우물'이라는 의태어는 음식을 썩썩 시원스럽게 먹지 못하고 오래 씹으며 꾸물거리는 모습이 연상된다. 맘 상한 사람이 밥이나 맛있게 먹을 수 있을까 이해가 간다. 이렇게 우리는 시를 해석하고 화자의 아픔을 함께 아파하며 시 읽기를 끝낼 수 있다. 그러나 시인이 이 정도로 안일하게 시를 마감하려 했을까.

시집에 해설을 쓴 분은 시인이 '사실을 스스럼없이 말하고' '자신의 감정에 솔직하고 책임감이 강한 편'이라고 말한다. 동의한다. 시인에게는 지금도 '한 여름이면 등줄기에 악몽' 같은 견디기 힘든 기억이 있다. 시인은 이 사실을 '스스럼없이' 고백한다.

「참외, 노랗다」를 읽으며 나는 크게 분노하고 화자처럼 아찔했다.

'햇살이 하얗게 맥을 놓는 평상 위에서' '아저씨는 느릿느릿 깎은 참외에 침을 뱉은 뒤' '먹어보렴, 바싹 들이밀며' 어린 화자를 약 올린다. 내가 곁에 있었더라면 이런 치사한 아저씨를 밟아 비틀어 버렸을 것이다. 그러나 철없는 어린 것의 '먹탐'은 '침을 발라 놓은 것'까지 '덥석, 움켜쥐고 먹었을 뻔'했다. 다행이 '벼락같은 단호함'으로 그것을 이겨 냈지만 이 불쌍한 아이는 '고개를 젓고' '얼굴을 가린 채로' 울며 '멀리 뛰어 나갔다'. 나는 이 대목에서 얼마나 이 어린 것이 참외가 먹고 싶었을까 생각하며 결국 눈시울을 붉히고 말았다. 정말 내가 거기 있었더라면 이 어린 것을 울린 개보다 못한 아저씨 놈을 반 죽여 놨을 것이다. 그러나 시인은 지금도 '단호하게 고개 저어야 할' 노란 '참외들'이 '서너' 개 자신을 닦달하고 있다고 고백하며 시를 끝낸다. 이것이 우리가 감내해야하는 생의 일부이던가.

먹는다는 것, 그것은 목숨을 유지하기 위한 필수적인 행위다. 어느 시인은 "몸이 있어 숨 쉬고 몸이 있어 일하고 몸이 있어 사랑하는 거"라며 그래서 '밥 먹는 거'(홍사성, 「몸을 철학해보니」)라고 말한다. 맞는 말이다. 몸이 있어 사는 것이고 살기 위해선 먹어야 한다. 이 '쬐끄만' 어린 화자의 슬픈 '먹탐'도 살기 위한 본능으로 까딱하면 침을 발라 놓은 참외까지 '먹었을 뻔'하지 않았는가.

살아있어야 기다리고, 그리워하고, 정거장에 나가고, 쏴 바람을 맞기도 하고, 휙 버스를 타기도 한다. '우물우물 밥이 넘어가기도 했다'는 마지막 행은 바로 이러한 인간의 심각한 실존의 문제를 제기하고 있다. 그러나 시인의 의무는 여기까지다. 시인은 의문을 던질 뿐이지

해결책까지 제시할 수는 없다. 그래서도 아니 된다. 시인은 시인이지 철학가도 사상가도, 목사님도 스님도 아니기 때문이다.

서해 해안에는 강한 바닷바람에 육지 쪽으로 휜 아름다운 해송들이 있다. 누가 인위적으로 휘게 한 것이 아니다. 그 외형은 소나무가 바닷바람과 맞부딪쳐 가며 필연적으로 취한 결과일 뿐이다. 우리가 아름답다고 말하는 그 해송의 모양은 생명의 몸뚱어리와 함께 스스로 자란 형식이란 말이다. 아름다운 시가 이렇다. 이 시의 도입부에서 다섯째 연까지는 서로 대조와 병치를 반복하며 밤비 내리는 정거장을 묘사하고 있다. 우리는 이미 첫째 둘째 연의 강렬한 배경이 셋째 넷째 연의 '당신'이 오지 않았다는 진술과 함께 다섯째 연과 밀고 당기며 서로 지탱해주는 것을 보았다. 그러나 마지막 여섯째 연은 해송이 확 휘는 것처럼 감정적 충격을 주며 지금까지와는 전혀 다른 이질적 양상을 보인다. 바로 이 부분이 앞의 모든 부분과 팽팽히 대치되며 또 다른 긴장을 야기한다. 그러나 앞부분끼리 서로 그랬듯이 마지막 연은 앞의 모든 부분을 지탱한다. 이 부분이 제거된다거나 자리를 옮기면 시 전체가 무너지거나 일그러져 버리게 된다. 그래서 이 시는 좋은 시가 된다. 몸뚱이와 함께 스스로 자란 해송의 외형은 이 시가 전체적으로 취한 형식과도 같다.

우리는 한 편의 시를 읽었다. 실상 이 글만으로는 우리는 시인이 누구인지 무얼 하는 사람인지 알 수 없다. 밤기차가 증기기관차인지 디젤기관차인지, 어느 때 것인지 그 시대도 알 수 없다. 정거장이 도시에 있는지 지방에 있는지, 한국에 있는지 외국에 있는지도 모른다. 화자가 남성인지 여성인지도 모른다. 시인의 실제 삶의 단편인지, 전적으로 허구인지도 알지 못한다. 우리는 단지 예술작품으로서 우리의 면밀한 분석을 기꺼이 수용하고 이겨내는 시 한 편을 안다. 감각을 증폭시키는 세부 사항들의 긴밀한 짜임, 각 연 사이의 대조와 긴장, 마지막 연에서의 아이러니와 역설에 의해 풍요로우면서도 밀도 높게 직조된 시 한 편만을 안다.

짧은 시 한 편을 제법 길게 다룬 것 같다. 이제 시인의 이름을 거명한다. 한영옥은 '일상적 풍경' 속에 '넘침 없는 감정'을 '정갈한 언어'로 담아온 시인'으로 알려져 있다. 그러나 한영옥은 '특별한 풍경' 속에 '넘치는 감정'을 '강력한 심상'으로 위의 시처럼 표출하는 사람이기도 하다. 복숭아를 달게 나눠 먹고 '나풀거리며' 행복했던 한 여자가 '내년 이맘 때' "빈 소쿠리를 옆에 끼고" "한없이 울게 되는"(「그 하루, 아주 달았네」) 그 아픈 사랑의 '수상함'도 어렵지 않게 파악하는 사람이다. 얼굴을 가린 채 울며 뛰어가는 쬐끄만 소녀의 애잔한 뒷모습에 결국 읽는 사람의 눈물을 빼게 만드는 사람이기도 하다. 시인은 우리처럼 기다리고 그리워하고 마음 아파하는 사람이다.

이만 쓰자. 시인은 문학이론에 밝은 학자이기도 하다. 시 한 편 제대로 읽어내지 못하고 이 시 저 시 집적거리는 짓은 쓸 데 없이 번쇄하기만 한 일이 될 터이다.

지모밀에 눈 내리던 날
― 진동규의 『곰아, 곰아』

"멧돼지가 고개를 넘고 있다. 고라니는 먼저와 있었다. 건너 산마루에 점점이 보이는 작은 새들은 원앙이지 싶다. 그놈들은 항상 붙어 다닌다. 지휘를 맡은 것은 덤불 속의 흰머리오목눈이다. 앞개울의 물고기 떼들은 이미 은하의 물굽이를 넘나들고 있지 않은가."

깊은 산 속의 정경을 그려낸 한 편의 시 같다. 그러나 윗글은 의외로 이번에 상재된 진동규 시집 『곰아, 곰아』의 머리말 첫 부분이며, 산속의 정경이 아니라 백제금동대향로에 부조된 풍경을 묘사한 것이다. 시집 머리말부터 시인은 백제 이야기를 끄집어내고 있다. 그리고 왕국의 슬픈 역사와 그 기억은 강물처럼 굽이쳐 여러 시편에 서리서리 적셔지고 있음을 알 수 있다.

지모밀 언덕 위에 창을 내고 허공을 들이었네, 멎었던 눈이 먼 길을 돌아 먼 길을 돌고 돌아서 창가에 이르고 있었네. 창백한 백제의 왕후께서 수정발을 걷고 흰 눈송이를 맞이하고 있네// '선화공주님은 남몰래 시집가 놓고' 마동을 따라나선, 끝내 적국의 공주였네 바람에 맞추어 몸을 드러내면 물속에 달이 비치고 있었네, 달 속에 바람이 스치고 있네 그 지독한 사랑의 향기 가람에 모셔야 했네// 낙랑 땅에는 자명고가 있었다는데, 신라 땅에는 대피리 있었다는데.// 지모밀 사람들 금막대기를 들고 나왔네, 쓰고 있던 모자를 벗어 던지고, 아낙네들 귀의 귀고리도 거울속의 족집게도 다 들고 나왔네/ '우리 백제 왕후께서는 좌평의 따님으로 사택 적덕 좌평의 따님으로' 창밖으로 나직나직 자국눈 날리고 있었네

- 「자국눈」 전문

위 시의 완전한 이해를 위해서는 어느 정도의 역사·고고학적 지식이 덧붙여지면 금상첨화다. 그러나 누가 시 한 편 읽겠다고 새롭게 공부할 것인가. 그럼에도 이 시는 스스로 품어대는 강렬한 이미지로 우리가 독해하고 미적 쾌감을 향유하는 데 지장을 초래하지 않는 힘을 가지고 있다.

시의 첫 연은 눈 내리는 창가에서 밖을 바라보고 있는 아름다운 백제왕후의 모습을 담은 한 폭의 그림이다. '지모밀 언덕의 창에 눈이 날리고 있다. 왕후께서 수정발을 올리고 내리는 눈을 물끄러미 바라보고 있다.' 대충 이렇게 해석되는 첫 연은 짧고 단순한 묘사인 듯싶지만, 많은 이야기를 온축하고 있다.

우선 시인은 눈이 "먼 길을 돌아 먼 길을 돌고 돌아서" 창가에 이르렀다고 '먼 길'을 반복하며 강조하고 있다. 이 '먼 길'을 돌아와 내리는 눈을 바라보고 있는 왕후는 어느 분인가. 바로 다음 연에 등장하는 선

화공주다. 멀고 먼 동쪽 땅에서 서동(무왕)을 따라온 신라의 공주님인 것이다. 공주가 산 넘고 물 건너 이곳 백제 땅까지 온 길은 아득히 '먼 길'이었다. 그 여정 또한 파란 많은 '먼 길'이었다. "먼 길을 돌고 돌아" 내리는 눈처럼.

"창백한 백제의 왕후"에서 '창백한'이란 수식어에 시선이 머문다. 일국의 공주라는 금지옥엽의 몸으로 부왕과 모후의 뜻을 거역하고 마나캐는 서동을 따라나설 때는 얼마나 많은 눈물이 있었을 것인가. 더구나 백제는 신라의 적국이다. 지모밀에 내리는 눈을 바라보기까지 그 지난한 역경을 우리는 쉽게 짐작할 수 있다. 왕후의 안색이 도화색일 수는 없다. 그 창백함은 부모와 백성을 버리고 사랑을 선택한 기구한 운명에서 비롯된 안색이고 그래서 더 아름답다.

이 시의 제목 '자국눈'을 생각해본다. 정확히 나는 자국눈이 어떤 종류의 눈인지는 모르겠다. 그러나 그 눈은 함박눈도 싸락눈도 아닌 것은 확실하다. 아마 눈 위에 '발자국'이 날 정도로 내리는 것이 '자국눈'이 아닐까? 그러나 자국은 발자국뿐이 아니다. 왕후께서 겪은 별리의 아픔은 눈물 '자국'으로 얼룩졌을 것이다. 낯선 타향의 칼에 베인 상처 '자국'이 가슴에 아직 선연할 것이다. 눈물자국은 있어도 웃음자국이란 말은 없다. 왕후께서 겪었던 모든 역경의 발자국들이 이제 눈 위에 자국을 내는 '자국눈'으로 지모밀 언덕과 그 앞들에 하얗게 내리고 있는 것이다. 시집 제목을 '자국눈'이라 했어도 전혀 손색이 없을 것이라는 생각이 든다.

왕후께서는 "수정발을 걷고" 눈 내리는 풍경을 보고 있다. 수정水晶

은 흔히 크리스털로 불리는 맑고 찬 느낌이 드는 보석의 일종이다. 고귀한 왕후의 창에는 이 수정으로 만든 발이 쳐 있었고 그녀는 창밖에 쏟아지는 눈을 보기 위해 이 발을 걷어 올리게 되는 것이다. 수정발은 왕후의 손끝에서 차고 맑은소리로 쟁그랑거렸을 것이다.

이처럼 짧은 첫 연에는 슬프지만 가슴 뛰는 사연이 서려 있다. 그러나 우리가 주지해야 할 것은 위의 독서과정에서 그림을 보는 것 이상의 어떤 강력한 힘이 작용하며 우리를 압도하기 시작한다는 점이다. 먼 길을 돌아와 내리는 눈과 맑고 찬 수정발, 그리고 창백한 백제왕후는 절묘한 조화를 이루며 불가항력의 힘으로 독자를 매료시킨다. 시인은 아름다운 정경을 독자에게 보여주고 설득하는 것에 그치지 않는다. 그는 '먼 길' '창백함' '수정발'이란 단 세 어휘의 도움만으로 미적 쾌감을 넘어서는 새로운 지평을 연다. 우리는 이런 언어적 상상 속에서 하나의 정경을 직접 보는 것보다도 월등하게 생동감 있게 그것을 보고 느끼게 된다. 우리는 이제 창에 어리는 왕후의 여리고 따스한 입김을 느낀다. 발을 걷는 하얀 손끝의 투명함까지 보게 된다.

지모밀 언덕 위에 창을 내고 허공을 들이었네. 멎었던 눈이 먼 길을 돌아 먼 길을 돌고 돌아서 창가에 이르고 있었네. 창백한 백제의 왕후께서 수정발을 걷고 흰 눈송이를 맞이하고 있네

확실히 상상의 즐거움은 우선 특정한 대상을 보는 데서, 즉 감각의 직접적 체험에서 오기도 하지만 예술적 재현에서 조성되는 2차적 상

상의 즐거움의 월등함에는 미칠 수 없는 것 같다. 여러 재현 수단 중에서도 특히 언어가 만들어내는 예술적 상상의 힘은 가장 크다. 시의 첫째 연은 바로 이런 점을 웅변하고 있다. 이번 시집은 바로 위의 시구를 얻은 것만으로도 커다란 수확이다.

둘째 연은 '선화공주님은 남몰래 시집가 놓고"로 시작되는데 이는 널리 알려진 '서동요'를 인용한 것이고, 이어 "몸을 드러내면 물속에 달이 비치고 있었네"는 미륵사지 석탑의 해체복원 중 발견된 '사리봉안기'에서 따온 것이다. 여기서 이미지는 셋째 연의 '자명고' '대피리'와 함께 비산(飛散) 되지만 각 행에는 운명적 사랑이야기가 진하게 내재하고 있다. 지모밀의 왕후는 신라 땅에선 조국을 배반한 공주였고 동시에 백제 땅에선 "끝내 적국의 공주"였다. 그들의 사랑은 물속의 '달'처럼 아름답게 비치고 있지만 "바람이 스치고" 있다. 바람은 물결을 일렁이게 하고 달은 흔들려 이지러질 것이다. 자명고는 찢겨 겼고 대피리는 버려졌다. 국경을 넘어선 이들의 로맨스는 슬픈 사랑이야기의 원천적 모티브가 되어 지금도 만인의 심금을 적신다.

비극적 운명의 "지독한 사랑의 향기"가 가득하다. 그리고 그 향기는 미륵사 "가람에 모셔야" 했다. 마지막 넷째 연에서는 사리장엄과 함께 발견된 부장품이 등장한다. 금은 예나 지금이나 고귀한 물건이다. 지모밀 사람들은 지극한 정성으로 가람을 세우고 사리를 봉안하는데 자신들의 귀중한 물건들을 바쳤다. "거울 속의 족집게"까지 발견되었다. 잔털을 뽑는 여성의 작은 화장도구인 '족집게'는 털의 위치를 비추는 거울이 물론 필수의 동반자다. 사랑하는 사람을 위해 몸단장을 하던 아득한 옛날 백제여인의 이 작은 화장도구는 애잔한 상념을 불러일으킨다. 아마 왕후께서 사랑의 증표로 집어넣으신 것 같다.

시의 대미를 장식하고 있는 마지막 행 "우리 백제 왕후께서는 좌평의 따님으로 사택 적덕 좌평의 따님으로"라는 구절은 역시 봉안기에서 견인된 것으로, 반복되는 '좌평의 따님'에는 백제인들의 간절한 속내가 담겨있다.

우리나라 최고(最古), 최대의 미륵사지 석탑의 해체, 복원작업이 시작된 지 7년째 되던 2009년, 암갈색 돌무더기 사이에서 찬란한 황금빛이 솟구쳤다. 석탑의 1층 내부를 해체하던 중 사리장엄이 발견된 것이다. 침침하던 공사장 내부는 찬란했던 백제왕국의 황금빛 노래로 출렁대었지만, 금판의 봉안기를 읽은 고고학자들은 경악하였다. 그들의 얼굴이 질리게 된 것은 엄청난 유물의 발견에도 그 원인이 있었지만, 더 큰 이유는 봉안기의 내용 때문이었다. 원래 9층이던 석탑은 6층까지의 일부만 남아 천 년 세월 농사꾼의 쟁기질을 우두커니 지켜보고 있었다. 이 반절이 넘게 허물어진 석탑을 보며 많은 시인 묵객이 낙루했지만 그래도 백제 임금과 신라공주의 사랑 이야기를 회상하고 슬픔 속에 한 가닥 위안을 찾았다. 그런데 발견된 봉안기에는 이야기의 주인공 선화공주님 대신에 '사택'이라는 왕비님의 성함이 등장했던 것이다.

스스로 전생에 미륵사 주지였노라고 공언하는 진동규 시인은 어느 실증사학자 못지않은 백제사 전문가다. 그는 며칠 전에 다녀온 사람처럼 사비성안의 여염집 처자의 옷차림, 그녀의 머리스타일, 핀, 신발 등은 물론 그 집 부엌의 사발, 숟가락 모양까지 예사로 이야기한다. 가끔 주말이면 미륵사지 연못가에서 혼자 곡차를 홀짝거리며 상념에 빠져 있는 봉강(鳳降)스님을 볼 수 있는데 그 스님이 바로 그다.

전생에 미륵사주지였던 그에게 유물의 발견은 당연히 충격이었다. 바로 자기 절에서 발견된 사리봉안기를 보고 그가 어찌 가만히 있을 수 있단 말인가. 고고학자들이 논문을 발표하고 학술회의를 열고 난리법석을 치고 있는 동안 그는 언어예술로 이 사건을 형상화하기 시작한다. 그 결과물의 하나가 이 시다.

문학적 상상력은 개연적 인과를 사실적 인과보다 중시한다. 고증의 정확성을 신조로 하는 실증사학도 실상은 '발톱으로 호랑이를'이라고 알려진 유추와 추론의 복원 원칙에서 자유스럽지 않다. 결국은 '부분에서 전체'를 볼 수밖에 없다. 봉안기에 등장하는 '사택' 왕비님은 누구인가. 왕비가 되신 걸로 알려진 선화공주는 어떻게 된 것인가.

백제 16관등의 으뜸인 좌평은 백제 땅에 온 신라 공주의 아버지가 될 자격이 있다. 더구나 좌평은 원래 지모밀 사람으로 왕이 어렸을 때 함께 마를 캐며 어린 서동을 돌보아주던 고굉(股肱)이다. 경주에도 서동과 함께 갔고 공주를 데려올 때 그 힘겨웠던 여정도 보살폈을 것이다. 공주가 낯선 백제 땅에서 누구를 의지했을 것인가. 누가 아버지처럼 공주를 돌봐줄 수 있을 것인가. 단 한 사람, 남편에게도 아버지 같은 백제의 좌평이다. 공주는 자연스럽게 좌평의 딸이 된 것이다. 물론 백성들도 그들의 왕비가 신라공주가 아닌, 자신들이 존경하는 좌평 어른의 따님이 되는 것을 대환영했을 것이다. 마지막 행 "우리 백제 왕후께서는 좌평의 따님"은 이런 속내가 감추어져 있다.

바로 그 좌평의 따님이신 왕후께서 지금 수정발을 젖히고 나직나직 내리는 눈을 바라보고 있다. 그 아름다운 모습이 눈물 나게 보고 싶다.

'시(詩)집' 보내고, '시(媤)집' 보내고
— 오탁번의 『시집보내다』

　　시집을 받고 봉투를 뜯어보니 시집 표지에 커다랗게 인쇄된 시집 제목이 '시집'이다. 누가 시집인 줄 모를까 하며 시집의 표지를 넘기니 제대로의 시집제목은 '시집보내다'였다. 그리고 같은 제목의 시도 시집 속에는 들어있었다. 동음이어의 펀(pun)으로 시집은 제목에서부터 아이러니를 창출하며 시인 특유의 웃음을 유발시키고 있다. 우선 표제작 「시집보내다」를 본다.

　　새 시집을 내고 나면/ 시집 발송하기가 여간 힘든 게 아니다/ 속표지에 아무개 님 청람(淸覽), 혜존(惠存), 소납(笑納)/ 반듯하게 쓰고 서명을 한다/ 주소와 우편번호 일일이 찾아 쓰고/ 튼튼하게 테이프 봉해서/ 길 건너 우체국까지/ 내 영혼을 안고 간다/(중략)// 십 몇 년 전 『벙어리장갑』을 냈을 때/ ─벙어리장갑 잘 받았어요/ 시집 잘 받았다는 메시지가 꽤 왔다/ 어? 내가 언제/ 벙어리장갑도 사줬나?/(중략)// 몇 년 전 『손님』을 냈을 때/ −손님 받았어요/ 시집 받은 이들이/ 더러더러 메시지를 보냈다/ 그럴 때면 내 머릿속에 야릇한 서사적 무대가/ 흐린 외등 불빛에 아련히 떠올랐다/ 서울역 앞 무허가 여인숙에서/ 빨간 나이론 양말에 월남치마 입고/ 맨허리 살짝 드러낸 아가씨가/ 팥국수빛 입술로 속삭이는 것 같았다/ 아가씨 몇 데리고 몸장사하는/ 포주가 된 듯 나는 빙긋이 웃었다// 지지난해 가을『우리 동네』를 내고/ 많은 시인들에게 시집을 발송했는데/ 시집 받았다는 메시지가 가물에 콩 나듯 왔다/ −우리 동네 받았어요/ 어? 내가 언제 우리 동네를 몽땅 사줬나?/(중략)// 수백 권 넘게 시집을 발송하다 보면/ 보냈는지 안 보냈는지 통 헷갈려서/ 보낸 이에게 또 보내고/ 꼭 보내야 할 이에게는 안 보내기도 한다/ −손현숙 시집 보냈나?/ 난감해진 내가 혼잣말로 중얼거리자/ 박수현 시인이 말참견을 한다/ −선생님이 정말 시집보냈어요?/ 그럼 진짜 숨겨논 딸 맞네요/(중략)// 마침내 이 세상 모든 여류시인이/ 시집을 갔는지 안 갔는지 죄다 아리송해지는/ 깊은 가을 해거름/ 내 영혼마저 흐리게 이울고 있다

−「시집보내다」 부분

　책을 내면 보낼 곳이 많다. 속표지에 상대방 이름을 쓰고 서명을 한 다음 봉투에 일일이 주소를 찾아 쓰고 우체국에 가서 발송하는 일은 꽤 번거로운 일이다. 많은 시집을 낸 시인도 이런 일은 다반사였으리라. 시인은 '십 몇 년 전'『벙어리장갑』, '몇 년 전'『손님』, '지지난 해'『우리 동네』를 내고 위의 과정을 거쳐 시집을 보냈다. 받은 사람이 잘 받았다고 메시지를 보내온다. 바로 이 메시지에 대한 화자의 익살스런 반응이 시의 주된 내용이 된다.

벙어리장갑 잘 받았다는 메시지에는 자기가 언제 그걸 사서 보내주었나 하고 시치미를 떼지만 '털실로 짠 벙어리장갑'을 끼고 호호 입김을 불며 뛰어오는 아가씨를 연상하며 시인은 첫사랑에라도 빠진 것처럼 마음이 따스해진다. '손님 받았어요'라는 메시지엔 홍등가에서 팥색으로 입술을 칠한 아가씨가 자신에게 속삭이는 것을 연상하며 아예 자신을 "아가씨 몇 데리고 몸장사"하는 포주로 생각하고 빙긋이 웃는다. 각박한 세상에 이런 따뜻한 아가씨나 시인 같은 포주라면 좀 있어도 좋을 것 같다. '우리 동네 받았어요'라는 메시지를 받고는 내가 무슨 돈으로 몇 만 평도 넘는 땅을 사줬을까 라며 익살을 떨며 기획부동산 거간처럼 우쭐해지다가도 땅장사 졸부의 비애에 젖기도 한다.

수백 권 넘게 시집을 보내다 보면 누구에게 보냈는지 일일이 알 수가 없다. 보낸 이에게 또 보내는 일도 생기고 보내야 할 이에게는 안 보내는 경우도 생긴다. 이처럼 보냈는지 안 보냈는지 헷갈려 시인은 '손현숙 시집 보냈나?' 중얼거리게 되고 박수현 시인이 '선생님이 정말 시집보냈다면 손현숙은 진짜 숨겨놓은 딸'이 아니냐고 말대꾸를 한다. 바로 여기에서 '시(詩)집'은 '시(媤)집'으로 그 의미가 뒤집어진다. 뒤죽박죽이 된 시인은 여러 여류시인의 이름을 불러가며 시(詩)집을 보냈는지 중얼거리고 마침내 그들 모두가 시(媤)집을 갔는지 안 갔는지조차 아리송해진다.

위의 시는 일견 여러 시집들 제목인 '명사'와 연속되는 '받았다'라는 '동사'를 결합시켜 새로운 의미망을 직조하고 그로 인한 재미와 웃음을 유발하고 있는 것처럼 보인다. 그러나 이 시에는 결코 흘려 지나치면 안 될 특별한 미학적 장치가 마련되어 있다. 특히 시집을 보내고 그에 대한 응답 메시지의 수효는 주목해 볼 점이다. 『벙어리장갑』을 냈을 때는 메시지가 '꽤' 많이 왔다. 『손님』을 냈을 때는 '더러더러' 메시지가 온다. 그러나 『우리 동네』를 냈을 때는 '많은' 시인들에게 보냈음에도 메시지는 '가물에 콩 나듯' 줄어든다.

이에 대한 화자의 반응도 비례하여 변화하고 있다. 『벙어리장갑』 때 화자는 "첫사랑에 빠진 듯" '환하게' 웃는다. 『손님』 때는 "포주가 된 듯" '빙긋'이 웃고 만다. 그러나 『우리 동네』 때는 괜히 '우쭐'했다가 결국 "못난 졸부의 비애"에 빠지고 만다. 화자의 심사는 시의 마지막에서 처음 직접적으로 드러난다. 자신이 늦은 '가을 해거름'에 영혼마저 흐리게 이울고 있는 것 같다고.

이 시에서 독자의 이해에 거치적거리는 구석은 하나도 없다. 시인은 점잖고 엄숙한 언어는 자신의 시에서 의도적으로 거리를 두려하는 것 같다. 대신 그는 질박하고 걸쭉한 언어를 가까이한다. 그는 이런 시어들을 능숙하게 부림으로써 독자들이 '곰삭은' 젓갈과 같은 맛깔스러운 재미를 느낄 수 있게 만든다. 이 시에서 '맨허리 살짝 드러낸 월남치마 입은 아가씨'가 나온다. 이 아가씨는 '빨간 나이론 양말'까지 신고 있다. 세련된 모습은 아니다. 하지만 비록 싸구려 옷을 입었지만 그녀는 칙칙하거나 침침하지 않다. 오히려 생기를 띠고 독자들에게 흉허물 없이 다가선다. 그의 어법에는 언제나 각박하지 않은 해학이 묻어 있다.

그의 시에 나오는 대부분의 시적 화자는 본인 자신인 것 같다. 수많은 실명이 등장하고 벌어지는 상황 또한 그러하다.(따라서 비평가의 글에서도 '시인'과 '화자'는 혼용될 수밖에 없다.) 그런데 시인 또는 화자는 언제나 자신의 약점과 한계를 예의 질박한 언어를 통하여 폭로하듯 노정시킨다. 위의 시에서도 그는 '헷갈리고', '뒤죽박죽이 되고', '아리송해진다'고 자신의 인간적인 한계를 솔직히 토로하고 있다. "위스키 잔에/ 아가씨 젖꼭지 담갔다가/ 홀짝 단숨에 마시고는/ 팁으로 배춧잎 뿌린 적이 있다"고 젊은 날의 치기를 고백하고(「봄날」), 중학교 때 입학금을 대신 내준 고향선배의 부음을 받고 그동안 그 은공을 잊었던 자신을 "보신탕에도 못 낄/ 비루먹은 개새끼"가 아니었을까 자책한다.(「부재중 전화」), 84세의 휴 헤프너가 60년 연하의 아가씨와 약혼했다는 뉴스를 듣고 "김홍수 화백의 기록을 깨려고" "산수유와 가시오가피에 인진쑥까지 먹으면서" 기회를 노렸던 화자는 자신의 굼뜬 동작에 "죽도 밥도 안 된" 인생이 되었다고 자탄하기도 한다.(「아뿔사!」)

여기서도 시인이 '아가씨 젖꼭지', 만 원짜리 지폐의 속어인 '배춧잎', '비루먹은 개새끼', '죽도 밥도 안 된' 인생 같은 누항의 속어들을 종횡무진 견인하고 있음을 눈여겨 볼 필요가 있다. 물론 이런 질박한 언어들은 그의 시 전편에 두루 삽입되며 뛰어난 서정과 해학의 독특한 어법으로 기능한다. 그러나 이런 언어들은 흥미와 웃음만을 유발하기 위해 사용되는 것은 아니다. 시인은 이런 언어들을 시적 대상에게는 따뜻한 연민을, 자신에게는 서늘한 성찰을 강하게 유도하는 기능으로 동시에 작동시킨다. 허리 드러낸 월남치마 입은 아가씨를 보는 그의 눈길에는 연민이 있다. 자신을 비루먹은 개새끼와 비교할 때는 회한과 반성의 한숨이 담겨있는 것이다.

> 풀비린내 물씬 나는 그의 시 이랑마다에/ 젖배 곯은 아이의 칭얼거림이
> 들린다/ 퉁퉁 불은 젖꼭지 한입 가득 물리고/ 목이 가늘어 더욱 추운 그의
> 중년을/ 다독다독 잠재우고 싶다
>
> — 「오래된 편지」 부분

위 인용부분은 시인이 쓴 것이 아니다. 시인의 시에 대한 한 여성 시인의 시평을 다시 시인이 위 시에 인용한 것이다. 창작 과정이 자의식으로 노출되어 있으니 일종의 메타 시다. '젖배 곯은 아이의 칭얼거림'이 시인의 시에서 들린다는 말은 정곡을 찌른 것 같다. 이번 시집에도 아이는 "음마! 음마!" '젖'을 먹고, 송아지도 "음매! 음매!" '젖'을 먹는 「포유도(哺乳圖)」라는 작품이 나온다. 더구나 고속도로 휴게소 한쪽에 아기 '젖'먹이는 '수유실'을 보면 쑥 들어가 '젖빛'유리 안에 보이는 어머니한테 폭 안기고 싶다고 고백한다.(「젖동냥」) 그는 천진하고 순수한 아이가 되고 싶은 것이다. 실제로 그의 많은 시편에는 아이 같은 발화가 많다. 예로 "눈길에 운전하느라 애를 먹겠지만/ 그거야 다음다음 일이다." 그는 눈 오는 게 "그냥 좋다"(「눈 오시는 날」) 눈 오는 것이 왜 좋은지 모른다. 알 것도 없다. "그냥 좋다." 이것이 바로 아이의 마음이 아니고 무엇인가. 그래서 앞의 여성 시인은 그에게 "젖꼭지 한입 가득 물리고" "다독다독 잠재우고 싶다"고 말하고 있는 것 같다.

아이가 보는 세상은 놀라움과 새로움의 연속이다. "맨살을 만지는

것 같은" 생생한 감각은 바로 이런 아이의 새로운 체험과 그것의 진솔한 발화에서 비롯된다. 시인의 발화법이 바로 그러하다. 싱싱한 생명력과 웃음으로 가득 찬 시편이, 예의 그 거침없이 자유로운 영혼의 발화를 통해 계속 쏟아질 것이고 그것은 생각만 해도 '눈 맞는 아이처럼' 신나는 일이다.

'웃고' 있는 '눈물의 이슬'

— 마종기의 『마흔두 개의 초록』

누가 보기에도 시인의 삶은 성공적인 것으로 보인다. 1939년생인 그는 명문학교에서 수학했으며, 1959년 스무 살의 젊은 나이로 『현대 문학』을 통해 등단했고, 그 이듬해인 1960년 첫 시집 『조용한 개선』을 상재했다. 그리고 지금까지 반세기가 넘도록 수많은 작품을 발표해왔고 아직도 현역으로 활발한 활동을 전개하고 있다. 또한 의사 · 교수를 평생의 직업으로 한 문학 외의 질곡 없는 삶도 거친 생에 부대끼는 보통 사람들의 부러움을 살 만하다.

그러나 그에게도 평생의 아픔이 하나 있다. 1965년 군의관 시절 '한일 굴욕외교 반대서명' 사건으로 고초를 겪고 이듬해 도미해 여태껏 디아스포라로 살아온 것이다. 작년에야 국적을 회복했으니 한 마디로 그의 생은 이방인이자 경계인으로서의 삶이었다. 그래서 그런지 그의 시는 조국을 떠난 서러움과 모국어에 대한 짙은 애착이 배어있다.

그렇다고 해서 그가 서러움과 그리움의 고양된 감정을 거세게 표출하는 법은 없다. 성공적으로 보이는 삶 속에 담긴 아픔처럼 그의 시는 따뜻하지만 또한 서늘하다. 그의 목소리는 작지도 않고 크지도 않다. 너무 작으면 안 들리고 너무 크면 시끄럽다.

이제는 알겠지. / 내가 이슬을 따라온 사연. / 있는 듯 다시 보면 없고/ 없는 줄 알고 지나치면/ 반짝이는 구슬이 되어 웃고 있네.// 없는 듯 숨어서 사는/ 누구도 갈 수 없는 곳의/ 거대한 마지막 비밀. / 내 젊은 날의 모습도/ 이슬 안에 보이고/ 내가 흘린 먼 길의 눈물까지/ 이슬이 아직 품어안고 있네.// 산 자에게는 실체가 확연치 않은/ 이슬, 해가 떠오르면/ 몸을 숨겨 행선지를 알리지 않는. / 내 눈보다 머리보다 정확한/ 이슬의 육체, 그 숨결을 찾아/ 산 넘고 물 건너 헤매다 보니/ 어두운 남의 나라에 와서/ 나는 이렇게 허술하게 살고 있구나. / 이슬의 존재를 믿기까지/ 탕진한 시간과 장소들이/ 내 주위를 서성이며 웃고 있구나.// 이제는 알겠지, 그래도/ 이슬을 찾아 나선 내 사연. / 구걸하며 살아온 사연. / 이슬의 하루는/ 허덕이던 내 평생이다. / 이슬이 보일 때부터 시작해/ 이슬이 보일 때까지 살았다.

─ 「이슬의 하루」 전문

위의 시는 앞서 말한 그의 목소리와 적확하게 부합된다. 슬픔과 분노 따위의 어떤 격발된 감정도 보이지 않는다. 생의 덧없음과 짧음을 흔히 '초로(草露)같은 인생'이란 말로 비유한다. 풀 위에 맺힌 아침 이슬은 "해가 떠오르면" 곧 사라지고 만다. 시인은 자신의 삶을 서늘한 눈으로 돌아보며 그것을 바로 '아침이슬'에 비유하며 조용히 성찰하고 있을 뿐이다.

있는 듯 없는 듯 지나친 이슬 같은 세월이 이제 시인의 눈에 "반짝이는 구슬이 되어 웃고" 있다. '울고' 있는 게 아니라 '웃고' 있다. 그 이슬은 서러운 "젊은 날의 모습도", 흘려야 했던 "먼 길의 눈물"을 "아직 품어 안고" 있다. 그런데 '눈물 같은 이슬'이 '웃고' 있다. 이 역설적 발화는 시인의 따뜻한 성정을 여실히 보여준다.

다음은 약간 자조적이다. 땅에 떨어져 흙 속에 스며들었는지, 대기 속으로 증발했는지 이슬은 "행선지를 알리지 않는"다. 그러나 수정 같이 맑고 영롱한 '이슬의 존재'는 '정확'하다. 그 존재의 "숨결을 찾아" 시인은 헤매 다녔다. 그러다 보니 "어두운 남의 나라에 와서", "이렇게 허술하게 살"게 된 것이다. '남의 나라'라는 말에서 타국에서 반세기를 산 디아스포라의 아픔이 극명하게 드러난다. 그동안 "탕진한 시간과 장소들이/ 내 주위를 서성이며 웃고 있"다. '울고' 있는 게 아니라 여전히 '웃고' 있다. 타국의 '허술한 삶'도 '탕진한 시공'도 우는 게―대개의 시인은 우는 것으로 심경을 표출할 것이다―아니라 웃고 있다. 세상을 보는 타고난 사랑과 연민의 눈길에서 비롯되는 진술이다.

첫째 연과 마지막 연은 공히 "이제는 알겠지."라는 동일한 문장으로 시작된다. 무엇을 알았단 말인가. 첫째 연에서는 "내가 이슬을 따라온 사연"이다. 마지막 연에선 "이슬을 찾아 나선 내 사연"이다. 같은 소리다. 그러나 그 사연은 '이제' 시인이 보기에는 실상 "구걸하며 살아온 사연"이었다. 바로 "허덕이던 내 평생"에 다름이 아니었다. 남 보기에 성공적인 삶이었을지 몰라도 막상 본인에게는 아픔과 슬픔이 내재한 '허술하기만 한 삶'이었다. '웃고 있는 눈물의 이슬'이었던 것이다.

그럼에도 '맑고 투명하게 반짝이는 이슬'은 그에게는 진실이고 추구해야할 지표다. 그는 반복하여 이제는 그 이슬의 진실과 존재의미를 알겠다고 말한다. "이슬의 뿌리는 눈물"(「이슬의 뿌리」)이지만 "시간의 폐허에서 나를 구해주는"(「이슬의 애인」) 존재다. 시인은 단호한 어조로 "이슬이 보일 때부터 시작해/ 이슬이 보일 때까지" 살겠다는 결연한 의지를 보이며 시를 마감한다. 이슬의 삶은 짧다. 보석 같은 아름다움을 잠깐 보여주고 사라진다. 시인도 이슬처럼 짧고 깨끗한 평생을 보내고 흔적 없이 가고 싶은 것이다.

이번에 상재한 시집 『마흔두 개의 초록』은 시인의 열한 번째 시집이다. 조국의 초여름 풍광을 묘사하고 있는 같은 제목의 시가 시집의 두 번째 작품으로 수록되어 있다.

초여름 오전 호남선 열차를 타고/ 창밖으로 마흔두 개의 초록을 만난다./(…)/ 그리운 내 강산에서 온 힘을 모아 통정하는/ 햇살 아래 통정하는 모든 몸이 전혀 부끄럽지 않다./ 물 마시고도 다스려지지 않은 목마름까지/ 초록으로 색을 보인다. 흥청거리는 더위.// 열차가 어느 역에서 잠시 머무는 사이/ 바깥이 궁금한 양파가 흙을 헤치고 나와/ 갈색 머리를 반 이상 지상에 올려놓고/ 다디단 초록의 색깔을 취하도록 마시고 있다./ 정신 나간 양파는 제가 꽃인 줄 아는 모양이지./ 이번 주일을 골라 친척이 될 수밖에 없었던/ 마흔두 개의 사연이 시끄러운 합창이 된다./ 무겁기만 한 내 혼도 잠시 내려놓는다.// 한참 부풀어 오른 땅이 눈이 부셔 옷을 벗는다. / 정읍까지는 몇 정거장이나 더 남은 것일까.

－「마흔두 개의 초록」부분

　시인이 그처럼 그리워했던 모국의 초여름 풍경이 햇살 아래 눈부시다. 그가 내다보는 호남선 열차의 창밖은 온통 초록으로 가득하다. 들과 산에는 식물의 종류에 따라서 나름대로 여러 가지 초록빛을 발하고 있겠지만, 같은 초록이라도 빛의 명암 차이에 따라 어둡고 밝고, 짙고 엷고 다양하게 빛나고 있을 터이다. 그렇다면 식물에 따라, 명암에 따라 갖가지 농담의 초록색이 어우러지게 됨은 자명하다. 시인은 이런 다양한 초록을 "마흔두 개의 초록"이라 명명한다.

　'마흔둘'에 큰 의미를 부여할 것까지는 없을 것 같다. 기본적으로 '많고 좋다'라는 상징적인 숫자로 보면 무난할 것이다. 참고로 흑인 최초 메이저리그 야구선수의 등번호가 '42'였고 그 후로 이 배번을 아무도 달지 못했다고 한다. 따라서 '42번' 하면 미국인에게는 '독립적인' 혹은 '자부심 있는' 등의 '좋은 뜻'을 가진 숫자로 여겨진다고 한다. 나뭇잎과 풀들의 초록은 기분 좋은 색이다. 그런 색이 많으면 많을수록 더 좋다. 초여름 열차를 타고가다 만난 수천의 초록은 바로 '많고 좋은' 것이며 시인은 이런 뜻에서 '마흔두 개'라는 수식어를 견인했을 터이다.

　시인은 인용문의 생략된 부분에서 바로 그 초록의 다양함을 노래한다. "둥근 초록, 단단한 초록, 퍼져 있는 초록사이, / 얼굴 작은 초록, 초록 아닌 것 같은 초록, / 머리 헹구는 초록과 껴안은 초록"이 두루 있다. 심지어 "젊은 초록이 늙은 초록으로 부축하며 나온다." 이제

보니 초록이 참 많기도 하다. 그러나 하나하나 뜯어보면 모두 수긍이 된다. 숲속에는 작은 잎도 큰 잎도, 넓적한 잎도 뾰족한 잎도 있다. 새로 물든 신록이 있는가 하면 사철 푸른 상록수도 있다. 이것들이 "햇살의 장터"가 되어 왁자하다. 시인의 눈에는 서로 엉겨 껴안은 초록들이 "그리운 내 강산에서" 맘껏 '통정'을 하고 있는 것으로 보인다. 그러나 그 몸들은 "전혀 부끄럽지 않다."

이 시는 두 연으로 구성되어 있다. 첫 연은 차창 밖에 펼쳐지는 초록의 풍경을 노래한다. 그러나 이런 거시적 시선은 둘째 연에서 극단의 미시적 시선으로 좁혀든다. "열차가 어느 역에서 잠시 머"물 때 시인의 시선은 "바깥이 궁금"해서 "흙을 헤치고 나"온 '양파'에 모아진다. 시인은 비인격체인 양파에 인격을 부여하고 정감을 나눈다. 그것은 "제가 꽃인 줄" 알고 "갈색 머리를 반 이상 지상에 올려놓고" "초록의 색깔을 취하도록 마시고 있"다. 아름다운 햇살과 초록빛에 "정신이 나간" 모양이다. 양파까지 가세한 '마흔두 개'의 눈부신 초록 세상은 시인의 "무겁기만 한" '혼'까지 내려놓게 만들고 있다. 이 시에서 압권이 되는 부분이다.

시인의 통상적 어조에 비해서는 참으로 밝은 이미지가 넘쳐 부서지는 작품이다. 그럼에도 "그리운 내 강산"이나 "무겁기만 한 내 혼"과 같은 시구에서는 고국을 떠나 사는 디아스포라의 아픔이 묻어있음을 어쩌지 못한다. 그러나 "한참 부풀어 오른" 조국의 땅처럼 모처럼 남행열차에 탄 시인의 마음은 "정읍까지는 몇 정거장이나 더 남"았는지 궁금할 정도로 어린애 같이 부풀어 있다.

시 두 편밖에 읽지 못했지만 전체적으로 이번 시집의 작품들은 인간과 사물을 따뜻하게 감싸 안는 시인의 사유가 조용조용한 목소리로, 또한 어렵지 않은 어법으로 우리에게 무리 없이 전달되고 있다. 또한 그의 시편에는 '찌푸린 얼굴의 미소'처럼 이산의 상처로 인한 개인적 삶의 쓸쓸한 정조가 간간히 내비쳐지고 있다. '성공한 삶 속의 아픔'처럼, '웃고 있는 눈물의 이슬'처럼 그 정조는 가히 그의 시창작의 근간이라 할 만하다.

그러나 이제 그는 이렇게 말할 수 있다. 꽃들이 피어나 "동네가 들썩이고/ 지나가던 바람까지 돌아보며" 웃는 날은 "죽고 사는 소식조차/ 한 송이 지는 꽃같이 가볍고 어리석"은 것(「봄날의 심장」)이라고. 그는 자신의 아픔을 시대의 보편적 체험으로 간주하고 이제는 삶과 죽음의 사유로까지 승화시키는 경지를 보여주고 있는 것이다.

더구나 그는 실제로 「국적회복」을 했다. 같은 제목의 시에서 시인은 "찢어져 헌 걸레 같은 몸을" 자신이 미워했던 고국이 말없이 "보듬어주었다"고 말한다. 그는 "물고기는 물고기끼리/ 낙타는 낙타끼리/ 사람은 사람끼리/ 언젠가는 서로 화해한다."는 것을 믿었다.

이제 그에게 남은 일은 '왁자한 햇살의 장터'가 축제를 이루는 곳에서 '마흔두 개의 초록'이 만드는 합창을 즐기는 것이다. 마음껏, 오랫동안 고국의 "다디단 초록의 색깔을 취하도록 마시"길 기원한다.

세월의 문턱에다 대고 불 지르고 싶은

― 이수익의 『침묵의 여울』

　뼈는 몸의 얼개다. 뼈는 콘크리트로 살을 붙이기 전에, 혈관과 같은 수도관, 신경과 같은 전깃줄이 구석구석 안을 감아 돌기 전에, 피부와 같은 대리석 타일이나 유리로 꾸미기 전에, 수십 층 큰 건물의 엄청난 하중을 홀로 감당하기 위해 세워지는 철근 들보와도 같다. 몸을 지탱하는 이 들보를 자신의 존재의미와 연결시켜 바라보는 무섭도록 처절한 시선이 있다.

　뼈는 강고하다/ 무기질이 뿜어내는 어둠의 자막이/ 깊고 현저하다// 살들은/ 단 며칠 만에 해체되었다/ 떨어지지 않으려는 피의 응집력이 계속되었지만/ 뼈는/ 제 살들을/ 떨쳐내어 버렸다/ 울부짖음 속으로 흘러내리던 그 오랜 말들,/ 혹은/ 그런 기억들…// 이제 뼈는/ 날카로운 각도로서/ 수식어를 필요로 하지 않는 냉정한 심판자처럼/ 우뚝/ 내 앞에 섰다// 뼈의 결기는 한참 꼿꼿한데/ 나는 조금씩,/ 울음을 터뜨릴 것만 같다

―「견고한 뼈」 전문

시는 '무기질' '해체' '응집력'과 같이 감정과 정서와는 동떨어진 어휘들이 동원되며 건조하게 진행된다. 마지막 연을 제외하고는 자신의 내부에 존재하는 뼈의 속성을 응시하는 엄정한 눈이 있을 뿐이다. "뼈는 강고하다" 강철보다 가볍고 강철보다 단단하다. 몸이 그 기능을 다할 때 "무기질을 뿜어내는" 뼈를 제외한 모든 것은 "단 며칠 만에" 해체되어 버리고 만다. 뼈가 "제 살들을/ 떨쳐내어" 버리는 것이다. 생식기관과 소화기관은 뇌와 함께 곧 문드러져 버린다. 뼈와 뼈를 잇는 강한 인대(靭帶)들조차, 뼈와 근육을 붙여주는 질긴 힘줄조차 "떨어지지 않으려는 피의 응집력"으로 버텨보지만 결국은 "울부짖음 속"에서 사라질 뿐이다.

그 모든 것들은 몸이 한참 기능할 때 쏟아냈던 '말'과 행위들의 '기억'과도 같다. '뼈 빠지게' 일 했고 '뼈 사무치는' 일도 당해가며 살아왔다. 그러나 빠진 관절도 사무치던 골수도 이제 부질없는 것이 되어버린 말과 기억들처럼 사라져 간다. 덧없는 인생이 아닐 수 없다. 화자는 자신에게도 멀리 떨어져있지 않은 이런 육탈의 시간을 지켜보고 있다. 이제 뼈는 어떤 '수식어'도 필요 없는 "냉정한 심판자처럼" 화자 앞에 우뚝 서있는 것이다.

마침내 마지막 연에서 화자는 인간적 감성을 토로한다. 뼈의 견고함과 결기는 아직도 "한참 꼿꼿"하다고 믿고 있는데 몸은 이미 늙고, 죽음의 시간이 머지않은 곳에서 자신을 지켜보고 있다. 화자는 이제 "울음을 터뜨릴 것만 같다" 그러나 그럴 것 같을 뿐이다. 그나마 "조금씩". 화자는 끝까지 울음소리를 내지는 않는다.

강하게 제어된 감정이 더 처연한 느낌을 조성한다. 뼈라는 사물의 객관적 속성을 그야말로 '수식어' 없이 건조하게 진술해가던 시는 처음이자 마지막인 '울 것 같다'는 감성적 발화로 우리의 급소를 여지없이 찌르고 만다. 그리고 시는 끝이 난다. 필자는 '뼈 있는 시인'의 놀라운 '뼈 있는 말'이 담긴 이 시에 더 이상의 해석을 삼가려한다. "수식어를 필요로 하지 않는" 시에 쓸데없는 수식어를 붙이는 꼴이 될까 저어하는 마음 때문이다.

시인은 이번 시집에서 인간의 몸, 그 중 특히 '뼈'를 생명의 존재이유와 그 방식을 설명하는 이미지로 구체화 시키고 있다. 그는 뼈를 "소용이 있을 때"는 쓰이지만 "별 볼 일 없어지면" "알게 모르게 버려지"는 폐품으로 인식한다. 그리하여 다음과 같은 절창을 뽑아낸다.

> 자기 존재를 회의하는 뼈가 가득히 / 실려서 떠내려가는 어느 지하철역, / 이른 아침 시간
>
> ─「흘러가는 뼈」 부분

이른 아침, 지하철에 실려 가고 있는 뼈들! 이 뼈들은 "나이 육십 넘어" 자신의 "존재를 회의하는" 노인들이다. 처연한 아름다움으로 육박해오는 구절이 아닐 수 없다. 그 뼈는 "두 개의 눈알이 뭉텅 빠지고 / 코가 없어지고 / 이빨만이 서늘하게 닫힌" 섬뜩한 모습으로 "당신의 형상에서 이미 사라져버린 / 정체불명의 수신자"(「두개골 X」)가 되기도

한다. 그러나 이처럼 자신의 존재위치를 가늠하는 치열한 시선은 있으나 어디에도 허무의 발로나 좌절의 몸짓은 없다. 눈물도 한 방울 비치지 않는다. 오히려 시인은 뼈의 이미지와 상통하는 "참담하게 굳어"진 얼음 아래에서 "물의 맥박과 생기"(「쩡, 쩡, 소리치며 울리는 저 얼음 속에」)를 건져 올려내고자 한다. 또한 작별의 공간조차도 축복의 공간으로 환치시키는 당당한 생명력의 분출을 보여준다.

사과가/ 고요히 떨어진다./ 온몸 가득히 펼쳐지던 지상의 복된 시간과/ 눈물 나게도 그리운 정든 분위기와 마지막 이별의 공간이/ 차마 아쉬운 듯/ 한 알의 그리움이 떨어진다.// 이 땅에,/ 한 알의 축복이 떨어진다.

- 「낙과(落果)의 이유」 부분

떨어지는 '사과'와 이를 기꺼이 받아들이는 '땅'을 묘사하고 있는 이 시는 '낙과'가 허무와 절망이 되는 것이 아니라 축복이 되는 것으로 결론짓는다. 물론 낙과는 우리 인생살이가 그런 것처럼 "지상의 복된 시간"과 "눈물 나게도 그리운" 것들과의 "마지막 이별"을 의미한다. 따라서 열매는 "차마 아쉬운 듯" 떨어지는 것이다. 그러나 '땅'은 열매가 "자라면서 조금씩 달라지는 그 빛깔과 향기"를 지켜보고 "꽃과 벌의 나타남과 사라지는 때"를 기억하고 있다. 그리고 언젠가 열매가 "제 몫을 다"하고 지상으로 떨어질 날을 "가슴에 새기고" 있다. 따라서 '낙과'는 제 몫을 다한 열매가 거두게 되는 결과로서의 현상이고 이는 당연히 열매에게 '축복'이 된다. 낙원에는 죽음도 없고 익은 과일도 떨어지지 않는다고 한다. 그렇다면 그것은 설은 것과 익은 것의 구별도 없는 일체의 운동과 변화가 영원히 정지된 숨 막히는 광물적 공간으로 이미 낙원도 아니다. 물론 생자필멸의 현세도 낙원은 아니지만 익은 열매는 떨어지는 것이 마땅하고 이는 축복이다. 모든 '산' 것들은 결국 죽음이 되어 땅으로 돌아간다. 열매도, 우리의 뼈도 땅으로 돌아간다. 우리는 이 시에서 경험적 사실과 일치되는 여러 심상의 직접성을 통해 삶의 근원적 진실에 대한 물음의 제기와 그에 대한 생생한 답을 보게 된다. 한 알의 사과가 땅에 떨어지는 것은 "한 알의 축복이 땅에 떨어"지는 것이다.

이제 축복의 낙과를 받아드리는 '땅'은 '뼈'를 거두는 죽음의 어두운 이미지에서 탈피한다. 시인은 거무죽죽한 땅의 '흙'에 황금빛 채색을 가한다. "죽은 듯해 보이지만 흙은/ 시퍼렇게, 고스란히 살아 있다"며 "꿈틀거리는 흙의 지문과 맥박"이 "이 땅에 새파란 새싹들을 피워주게 될 것"(「흙의 심장」)이라고 희망의 노래를 부른다. 육탈한 뼈를 대하던 시인의 처절했던 시선은 거두어지고 대신 생명의 충만함이 넘실댄다. 그의 이젤에는 "뿌리와 뿌리가 엉켜서 거칠게 폭발하는"(「나무들 일어 서다」) '새벽의 숲'이 그려진다. 더 나아가 도전적이기까지 하다. "그리하여 나는 때때로 미친 듯이/ 세월의 문턱에다 대고 불 지르고 싶다." (「둘레」)

시인은 극명하게 대비되는 삶과 죽음을 상승의 이미지로 변주하며 우리를 압도하고 있다. 사실 그는 자신의 "시정신이 되도록 푸르게 살아 있기를 희망하면서, 쓰고 또 쓰기를 기대하고 있다."고 말하며 "시의 영혼이 늘 내 가슴속에 두근두근 살아 숨쉬기를" 바란다고 「시인의 말」에서 토로한다. 시퍼렇게 왕성한 이런 시정신은 떨어지는 빗방울을 보며 대수롭지 않게 말하는 세 살짜리 손녀의 한 마디를 인용하는 대목에서 정점을 이룬다. 참으로 눈부시다.

"온 세상이 구름에 가려져서/ 큰 빗자루로 쓸어 버려야겠어."

— 「나보다 더 시인 같은」 부분

시, 아무도 돌보지 않는 고독에 바치는

— 천양희의 『새벽에 생각하다』

바흐는 시력을 잃은 두 눈을 수술하다 실패하여 죽었고, 베토벤은 완전히 귀가 먹어 자신의 음악도 들을 수 없는 상태로 죽었다. 슈베르트는 매독과 가난으로 고생하다 죽었고, 고흐는 자신의 귀를 자르고 발광하여 스스로 총을 쏘아 37세의 나이로 죽었다. 디오게네스는 한데서 자고 음식을 구걸하며 살다 죽었고, 위고는 나폴레옹의 행보를 비판하다 반체제 인사로 낙인 찍혀 망명길을 떠돌다 죽었다.

여기까지 쓰다 보니 내 글이 시인의 어법과 정확히 일치한다. 누구는 뭐하다 죽었고 누구는 뭐하다 죽었다는 통사구조의 정확한 반복병치다. 그리고 거의 모든 시에서 시인은 이런 구성방식을 채택하고 있다.

새벽에 홀로 깨어 있으면 노트르담의 성당 종탑에 새겨진 '운명'이라는 희랍어를 보고 「노트르담의 꼽추」를 썼다는 빅토르 위고가 생각나고 연인에게 달려가며 빨리 가고 싶어 30분마다 마부에게 팁을 주었다는 발자크 생각난다 새벽에 홀로 깨어 있으면 인간의 소리를 가장 닮았다는 바흐의 무반주 첼로가 생각나고 너무 외로워서 자신의 얼굴 그리는 일밖에 할 일이 없었다는 고흐의 자화상이 생각난다 (…)새벽에 홀로 깨어 있으면 어둠을 말하는 자만이 진실을 말한다던 파울 첼란이 생각나고 좌우명이 진리는 구체적이라던 브레히트도 생각난다 새벽에 홀로 깨어 있으면 소리 한 점 없는 침묵도 잡다한 소음도 훌륭한 음악이라고 한 존 케이지가 생각나고 소유를 자유로 바꾼 디오게네스도 생각난다 새벽에 홀로 깨어 있으면 괴테의 시에 슈베르트가 작곡한 「마왕」이 생각나고 실러의 시에 베토벤이 작곡한 「환희의 송가」도 생각난다 새벽에 홀로 깨어 있으면 마지막으로 미셸 투르니에의 묘비명이 생각난다 "내 그대를 찬양했더니 그대는 그보다 백 배나 많은 것을 내게 갚아주었도다 고맙다 나의 인생이여"

— 「새벽에 생각하다」

　인용된 시는 시집의 표제작으로 그만큼 시집 전체를 가름할 수 있는 판단의 근거가 될 수 있다. 일견 산문시처럼 보이지만 6개로 이루어진 문장은 행과 연을 나누지 않았을 뿐 반복과 병치의 형식을 통해 완벽한 운율을 확보하고 있다. 모든 문장은 시간적 정황을 나타내는 "새벽에 홀로 깨어 있으면"이라는 조건 절로 시작된다. 당연히 이 말은 작품에 6번 나타나게 된다. 각 문장은 이어 '무엇'을 한 '어떤 사람'이 "생각나고", 반복하여 '무엇'을 한 '어떤 사람'이 "생각난다"고 각각 두 인물을 거명하는 복문의 형식으로 일정한 위치에서 정확히 병치된다. 다만 마지막 문장에서는 "마지막으로"라는 말을 사용하며 투르니에 한 사람의 묘비명을 인용하고 작품을 마감하고 있는데 따라서 모두 11명의 인물이 등장하고 있다.

시의 호흡은 거침이 없다. 일정한 속도를 가지고 첫째 문장부터 마지막 문장까지 단번에 내어달린다. 마치 시인이 원하는 "호흡 빠른 시"가 "양철지붕에 빗방울 떨어지듯"(「산문시에 대한 최근의 생각」) 쏟아붓는 느낌이다. 시 마지막 부분의 인용부호 앞에서 약간의 휴지(休止)가 발생하지만 "고맙다 나의 인생이여"라는 영탄조의 긍정적 발화는 지나친 정형으로 자칫 단조로워질지 모르는 시행의 반복을 일거에 깨는 신선한 결미로 작동한다.

시는 전체적으로 일정한 통사구조의 병치로 조형되어 시의 중요 요소인 음악성을 살리는 한편 화자와 독자의 정서를 함께 고양시키고 있다. 물론 완벽한 짜임새를 보여주는 작품구성은 시인의 면밀한 기획의 산물임이 자명하다.

시인은 자신이 거론하고 있는 인물들에 대해서는 어떤 평가도 보류한다. 단지 "새벽에 홀로 깨어 있으면" 그들이 "생각난다." 생각은 생각일 뿐이다. 연인에게 빨리 달려가고 싶어 "30분마다 마부에게 팁을 주었다는 발자크"의 일화나 "침묵도 잡다한 소음도 훌륭한 음악"이라며 연주자가 연주를 하지 않는 〈4분 33초〉를 대표작으로 만든 존 케이지에 대해 시인은 있었던 사실을 알려줄 뿐 평가는 하지 않는다. 그럴 필요도 없다. 독자들도 그들에 관한 전기를 읽고 나름대로 평가할 수 있다. 그들을 알기 위해 굳이 '시'를 읽을 필요는 없는 것 아닌가.

그럼에도 필자가 이 글의 서두에서 언급한 것처럼 이 역사적 인물들은 현세의 고통에 시달렸다. 불행의 마신은 광포한 적개심으로 그들의 뒷덜미를 단단히 움켜쥐고 흔들어 댔다. 그러나 작정한 듯 내려치는 운명의 정(釘)에 얻어맞으면 맞을수록 그들은 단단한 놋쇠뭉치로 벼리어졌다. 그들은 위대한 정신적 투쟁으로 마침내 불멸의 업적을 남겼다. 시인은 새벽에 이들을 생각하고 또 생각하는 것이다. 그리고 "마지막으로" 투르니에의 묘비명을 생각하며 생에 대한 긍정적 해답을 도출한다. "고맙다 나의 인생이여"

시에 대해서도 마찬가지다. 시 쓰기는 시인의 일생 동안 "진창에서 절창으로 나아가는 도정"이었다. "삶을 철저히 앓는 위독한 병"이었지만 "그래서 의연하게 고독을 살아내"게(「시작법」) 하였다. 그래서 시인은 '새벽'에 '위대한 정신들'을 생각하고 투르니에 말을 빌려 인생에 대한 고마움을 영탄하는 것처럼 시에 대한 고마움을 「시인의 말」 첫 구절에 쓰고 있다. "새벽에 생각하니/ 시여 고맙다/ 네가 늦도록 나를 살렸구나"

자신의 생에 대해서도 시에 대해서도 긍정적 해답을 도출하는 시인은 실패에서도 힘을 얻는다. "아픈 신발이 걸어"가는 시인은 지상에서 "홀로 우월"할 것이다.(「실패의 힘」)

전주에 간다는 것이/ 진주에 내렸다/ 독백을 한다는 것이/ 고백을 했다/ 너를 배반하는 건/ 바로 너다

– 「저녁의 정거장」 부분

어느 시인의 시집을 받고/ 정진하기를 바란다는 문자를 보낸다는 것이/
'ㄴ'자를 빼먹고/ 정지하기를 바란다고 보내고 말았다

— 「글자를 놓친 하루」 부분

　전주 갈 사람이 진주에 내리면 낭패다. 상대방 없이 혼자 중얼거리
는 것이 독백이고, 듣는 상대방을 앞에 두고 숨김없이 사실대로 말하
는 것이 고백이다. 그렇다면 '독백'해야 할 사람이 '고백'을 해버리면
또한 큰 낭패다. "잘못 내린 역에서/ 잘못을 탓"하는 것처럼 위의 시에
는 잘못된 삶에 대한 성찰과 그로 인한 자책이 진하게 묻어있다. 전주
와 진주, 독백과 고백은 유사하게 발음되는 언어다. 그러나 두 언어에
따라 각기 행동하면 그 결과는 천양지판이다. '정진'과 '정지'도 'ㄴ'자
하나 차이다. 어떤 시인에게 정진하라고 하면 앞으로 계속 노력하여
좋은 시를 쓰라는 격려의 말이 되지만 정지하라고 하면 시 쓰기를 그
만두라는 엄청난 질책이 된다.

　시인은 삶의 또 다른 이면을 직시하며 아이러니의 상징체계를 생성
하는 이러한 동·유음이어를 여러 시편에서 구사하고 있다. "시작의
비결은 어떤 복잡한 문장이라도/ 짧은 줄로 나누어 시작하는 데 있다"
(「시작법」)에서 시작(詩作)과 시작(始作)은 음절 하나 다르지 않는 동음이
어다. 시를 짓는 시작과 어떤 행동이나 현상의 처음을 말하는 시작은
아무런 상관이 없어 보인다. 과연 그러한가. 한 편의 시라는 예술 작품
에서 서두의 '시작' 부분이 전체의 '시작'에 얼마나 중요한 의미를 갖는
것인지 시인은 모두 안다.

"분노를 분뇨라 하고/ 인품을 인분이라 발음"하는 사람이 있다. "(『수양대군』) 이런 사람이 우리 기분을 '환하게' 하는가. 아니면 '화나게' 하는가. 시인은 단연 전자 편에 선다. 그래서 시인은 "말과 깊이 내통"하는 그가 "내심 반가웠다"고 속내를 털어 놓는다 그리하여 그를 조카의 왕위를 찬탈한 못된 '수양(首陽)대군'이 아니라 자신을 수양시키는 '수양(修養)대군'으로 부른다.

분뇨는 똥오줌이고 인분은 사람 똥이다. 둘 다 더럽게 생각하는 인간의 배설물이다. 물론 분노와 분뇨, 인품과 인분은 유사음의 어휘지만 양자의 의미는 전혀 상통할 수 없어 보인다. 과연 그러한가. 어느 누구도 한 개인의 똥오줌(분뇨)을 대신 해결해 줄 수 없듯 어느 누구도 한 개인의 '분노'를 대신 풀어줄 수 없다. 둘 다 당사자 스스로가 해결해야 한다. '인품' 없는 저질 인간을 보면 '인분' 냄새가 나는 것 같아 눈이 찌푸려진다.

우리는 여기서 서로 모순되면서도 상통되는 '아이러니'를 발견한다. 시인은 주의 깊게 어휘를 선별하고 그 어휘들을 적절하게 배열하여 의미 구현을 위한 문장을 만든다. 당연히 그 문장은 의사전달을 위한 사회적 언어용법을 벗어날 수 없지만 시인은 최대한 그 가능성을 확대하여 보다 독특한 의미구현을 꾀하려 한다. 여기에서 특별한 개성을 가진 작가의 '문학적 어조'가 드러난다. 그 양상은 여러 가지로 나타나겠지만 특히 우리의 관심을 끄는 부분은 '아이러니'다. 우리는 분노와 분뇨, 인품과 인분이라는 아무 상관없는 말이 어쩔 수 없는 인간 한계의 경계 속에서 서로 상통되는 현상을 보았다. 패러디나 역설도 하나의 말로 두 가지 이상의 뜻을 만들어 내지만 유사·동음이어와 같은 펀(pun)은 결정적이다. 이런 어휘의 견인은 독자에게 지적 즐거움을 줄 뿐만 아니라 행간에 내재하는 삶에 대한 새로운 통찰을 발견하게 하는 즐거움도 준다.

전주와 진주는 다른 도시지만 한반도 남쪽에 위치한 고도라는 공통점이 있다. 독백은 안으로 향해 들리지 않고, 고백은 밖으로 향해 들리는 것이지만 최소한 인간의 마음이 담긴 발화는 발화다.

필자도 계속 '정진'하여 글을 써야할 것인지, 아니면 '정지'하고 붓을 꺾어야 하는지 고민할 때가 있다. 그럴 때는 고독하다. 그러나 "아무도 돌보지 않는 고독에 바치는"(「그 때가 절정이다」, 「시작법」) 글쓰기는 계속될 것 같다.

'아련한' 퉁소 소리와 '가파른' 능선 길

— 최명길의 『아내』

나는 이미 이 시집 『아내』의 해설을 「놀라운 눈, '현빈의 진리'와 '똥덩어리'를 조화롭게 보는」이라는 다소 낯선 느낌이 드는 제목으로 쓴 바 있다. 그러나 '현빈'이라는 말은 시인이 아내에게 바치는 헌사 "아내 당신은 내 영원한 주인/ 씨앗이요 생명이요 우주 현빈"(「아내, 나의 신부」)이라는 문장에서 따왔고, '똥덩어리'는 두 사람이 신혼살림을 차린 산비탈집 변소에 "탑처럼 쌓여 올라오던 똥덩어리"(「조양동 새마을 단칸방」)에서 따온 것이다. 아주 이질적인 언어지만 시인은 사랑하는 아내를 생각하며 이 천양지판 두 언어를 조화롭게 작품에 견인하고 있다. 이런 의미에서 필자의 제목은 타당성을 갖는다.

실상 '현빈(玄牝)'은 대단한 말도 아니다. 새끼를 낳는 '암컷'을 뜻한다. 그러나 도덕경 6장에 나오는 이 말은 심오한 '창조의 힘'으로 우주만물을 생성하게 하는 근본이 된다. 즉 '도(道)'의 뿌리에 다름 아닌 것이다.

세상의 모든 어머니, 아내, 딸에게 바치는 헌사가 있다.

> 아내와 함께 살아온 지 사십 년/ 돌아보면 어머니 생각난다./ 세상의 모
> 든 딸들 생각난다./(…)/ 사랑의 제물이 되어/ 뱃가죽이 찢어지고/ 골반이
> 어긋나 몸뚱이가 어기적거려도/ 그 고통에 대해서는 말하지 않는다./ 여
> 인이여 그 일 하나만으로도/ 나 그대 앞에 경배하고 싶어라/ 세상의 모든
> 창조의 모성이여/ 딸이여 어머니여
>
> ─「사랑의 제물」 부분

첫 연에 세상의 존재하는 모든 여인이 다 나온다. 어떤 여자라도 아
내든, 어머니든, 딸이든 최소한 셋 중 하나에는 속한다. 그리고 이들은
모두가 창조의 근본이 되는 "현빈의 문"을 지니고 있다. 시제가 「사랑
의 제물」이다. '제물'은 '희생물'을 비유한다. 사랑은 둘이 나누는 것이
지만 "회임과 출산의 죽을 고비"는 이들 중 하나가 담당한다. 달리 말
하면 '사랑의 희생물'이 되는 것이다.

시인은 출산의 고통을 "뱃가죽이 찢어지고 골반이 어긋나 몸뚱이가
어기적"거리는 것으로 다소 투박하고 거친 어조로 표현하고 있다. 그
러나 이런 표현이야말로 대상을 추상적이 아니라 우리가 직접 체험하
는 것처럼 '감각적으로 인식하도록 자극하는 말'이 된다. 즉 강렬한 '심
상'으로 복무하고 있는 것이다. 그럼에도 이들은 '사랑의 희생물'이 되
어 견뎌내야 했던 "그 고통에 대해서는 말하지 않는다." 시인은 '뱃가
죽 찢어지고 골반 어긋나는' 그 희생, 바로 "창조의 모성" 하나만으로
도 이들을 경배하고 싶다고 영탄조로 작품을 끝내고 있다. 역시 '현빈'

의 문은 '도'에 직결되는 문이었다.

　　처음 그녀와 어른들께 인사드리러 가던 날은/ 우리 아버지가 용구새를 맺고/ 어머니는 마당가에서 고추를 널었다./ 그해 밭떼기는 풍요로워 고추빛깔이 곱고/ 쪽동박 열매 영그는 소리가 산울타리를 붉혔다./ 초가 추녀 끝으로 일찍 가을이 와서/ 밤나무 가지 탐스러운 밤송이들은/ 누가 먼저 입을 벌리나 내기를 하고/ 가지마다 풀매미들이 달라붙어 째지게 울었다./ 우물 속에 더러 먼저 떨어진 감나무잎들/ 그 새로 물기 머금어 더욱 노래진 낮 반달/ 우리는 나란히 엎드려 큰절을 올리고/ 천장에 드러나 댓진처럼 까매진 서까래를 보며/ 서로 눈길을 주고받았다./ 구멍 뚫린 지창으로 마른 햇살이 들어와/ 고소하게 들깨 칠을 한 방바닥 한켠에 와서 놀고/ 나는 이 사람이 내 사람이구나 했다./ 산빛을 돌아서면 실댕기 같이 아련하던 통소 소리/ 그러나 가파른 능선길이 거기 또 있었다.

－「용구새」전문

　　내가 지금 글을 쓰고 있는 문예지는 전국 각지는 물론 해외에도 널리 분포된 독자들에 의해 애독되고 있는 것으로 알고 있다. 차제에 최명길의 시세계를 더 널리 알리고자 하는 바람으로 최소한『아내』에서 대표작이라고 생각되는 작품을 하나 골라 이에 집중하고자 한다. 개인적인 생각이지만 위에 인용된 작품이 이번 시집에서 시인의 대표작이 되리라 판단된다.

　　이 작품에서 주목할 점은 우선 시인의 놀라운 언어 선별과 그 배치 능력, 거기서 야기되는 선명한 심상, 그리고 그 뒤 물결 위 달빛처럼 어른대는 관념 등이 될 것이다.

　작품은 아내 될 사람을 처음 본가에 데리고 가 부모님께 인사시키던 날의 집 안팎 정경을 묘사하고 있다. 연 가름은 없지만 마당, 방 안, 집 바깥의 정경을 각각 나누어 세 연으로 읽을 수 있다.

　시인은 롱테이크 기법으로 찍은 영상을 보여주고 있다. 그는 집 마당에 들어서자마자 바로 아버지와 어머니의 모습을 카메라에 담는다. 아버지는 "용구새를 뺏고" 있고 어머니는 "고추를 널"고 있었다. '용구새'는 초가지붕을 덮는 '이엉'의 강원도 사투리고 '뺏다'는 '엮다'의 북한 사투리다. 즉 아버지는 이엉을 엮고 어머니는 고추를 건사해 겨울을 대비하고 계셨던 것이다. 이제 소리까지 담는 고성능 카메라는 서서히 주위 풍광을 향해 돌아가기 시작한다. 고운 "고추빛깔"에 이어 "쪽 동박 열매 영그는 소리"를 담고, 밤송이들이 "누가 먼저 입을 벌리나" 내기하는 것도 담고, 또 "가지마다 풀매미들이 달라붙어 째지게" 우는 소리도 담는다. 마침내 고감도 필름은 "우물 속에 더러 먼저 떨어진 감나무 잎들" 사이로 "물기 머금어 더욱 노래진 낮 반달"까지 놓치지 않고 포착한다. 전형적인 산촌의 초가을 풍광이 선연하다. 우리는 이런 장면들에서 시각과 청각이 어우러진 싱싱한 심상을 느낀다. 첫 연에 해당된다.

　카메라는 방안으로 들어서서 촬영을 계속한다. 둘이 큰절을 올리고 있는 방 천장에 드러난 "댓진처럼 까매진 서까래"를 놓치지 않고, "구멍 뚫린 지창으로 마른 햇살"이 들어오는 것도 놓치지 않는다. 더구나 그 햇살이 "고소하게 들깨 칠을 한 방바닥 한켠에 와서 놀고" 있는 것까지도 포착한다. 우리는 방안에서 시각적 심상에 고소한 들깨 냄새의 후각적 심상까지 더해진 감각의 자극에 부딪히게 된다. 둘째 연에 해당한다.

카메라는 집 밖으로 나와 "실댕기 같이 아련하던 통소 소리"를 담고 멀리 "가파른 능선길"을 보여주며 그림 같은 영상의 막을 닫는다. 마지막 연에 해당한다.

이 작품에서 '나'라는 화자의 행위는 "엎드려 큰절"하는 것이 전부다. 나머지는 모두 주위의 정경묘사일 뿐이다. 그러나 이 묘사에는 작품의 예술성을 가름하는 결정적 요소들이 모두 포함되어 있다.

앞서 언급한 것처럼 우선 시인의 어휘 선별과 그 배치에 따른 미학적 효과를 보자. '용구새' '밭뙈기' '산울타리' '초가추녀' '서까래,' '우물' 등과 같은 어휘는 시골 민초들의 삶과 직결되는 것들로 지금은 거의 사라져 보기 힘든 것들이다. 이런 말들은 미묘하면서도 거역할 수 없는 독특한 정서를 환기시키며 강한 호소력으로 우리 가슴에 파고든다.

이 어휘들은 문장 속에서 다른 어휘의 전후 또는 중간에 정확히 위치할 곳에 배치되어 문학적 효과를 제고시키고 있다. '우물' 속 감잎 사이로 보이는 낮달은 얼마나 아름다운 정경인가. 또한 천장에 드러나 보이는 댓진처럼 까매진 '서까래'는 얼마나 감각적인 모습인가. 이런 탁월 언어 선별과 배치 능력이 반짝이는 심상으로 대상을 감각적으로 인식하게 하는 동시에 빼어난 예술적 문장을 만들고 있는 것이다. 우리는 이미 시인의 카메라를 따라가며 시각적, 청각적 심상에 후각적 심상까지 더해진 가을 산촌의 서정을 향유했다. 이는 바로 시인이 구사하는 언어의 힘에 의한 것에 다름 아니다.

시인과 그 아내 될 사람이 마당에 들어섰을 때 아버지는 이엉을 엮고 어머니는 고추를 널고 있었다. 산마을 부부가 보여주는 평범한 정경 같지만, 부부가 손수 겨울맞이를 하는 이 모습에는 신산한 삶의 모습이 진하게 배어 있다. 특히 "천장에 드러나 댓진처럼 까매진 서까래"는 고단한 삶을 정확하게 은유하고 있다. 천장도 다듬고 종이도 발랐다면 서까래가 드러날 일이 없다. 그러나 서까래는 드러나 있고 게다가 그것은 까매져 있다. 그렇다면 그 집은 오랜 세월 풍상을 견딘 작은 초가삼간에 불과하다. 그 속에서 부모님은 자식을 낳고, 키우고, 뒷바라지하며 한 생을 보낸 것이다. 부모님의 신산한 삶을 역력하게 비유하고 있는 대목이다. 그럼에도 '생의 간난'을 드러내는 어떠한 관념·철학적 어휘는 하나도 없다. 그런 것은 부부가 일하고 있는 정경이나 까만 서까래 같은 사물 뒤에 어른대고 있을 뿐이다.

이제 시의 마지막 연에 해당하는 두 행을 보자. 집을 나선 둘이 산을 돌아서니 "실댕기 같이 아련한 통소 소리"가 들린다. 평화스럽고 아늑한 청각적 심상이다. 우리는 그리운 고향의 서정에 빠져든다. 그러나 다음 행에서 일순 분위기가 바뀌며 갑자기 "가파른 능선길"이 등장한다. '아련한'과 '가파른'은 판이한 정서를 일으키는 서로 대척점에 위치하는 말이다. 우리는 놀란다. 그런데 시는 끝나버렸다.

"가파른 능선길이 거기 또 있었다." 무슨 말인가. 작품의 마지막이 되는 이 한 행은 가장 중요한 대목이라 할 수 있다. 지금까지 우리는 시인이 선별하여 견인한 토착 모국어와 이를 적절히 배치하는 뛰어난 언어조형으로, 그리고 이에서 발현하는 선명한 심상으로 강원도 산골 마을의 서정에 빠져들었다. 물론 '가파른 오르막길' 역시 강원도에서 흔히 만날 수 있는 자연 대상의 하나다. 그러나 시인은 이 대상에 자신의 관념을 은닉하고 있다. 앞에 놓인 이 길은 앞으로 두 사람이 함께 가야 할 길이다. 부모님이 그랬던 것처럼 우리가 겪어야 할 '삶의 여정'이나 마찬가지다. '능선길'은 바로 우리의 '인생길'을 비유하고 있는 것이다.

시인의 시에는 어디에서도 설교 · 교훈적 발화를 찾을 수 없다. 아니 그것이 직설적으로 발화되면 그것은 시도 아니다. 그는 하늘의 달을 가리키며 노래하지 않는다. 대신 물결 위에 어른대는 달빛을 노래한다. 그리하여 예술미학적으로도 감동이 배가되는 효과를 창출하고 있다.

감사하고 눈물겨운 '숲길'의 맑은 바람
─ 허형만의 『만났다』

시집의 마지막 책장을 덮으며 생각한다. 물론 나는 많은 '시편'들을 독서했다. 그런데 동시에 '시학'을 읽은 것 같기도 하고 또한 '철학' 서적을, '신학' 서적을 읽은 것 같기도 하다. 그런데도 작품들의 내용은 그런 학문적 전문지식을 요하는 난해함은 전혀 없다. 왜 이런 생각이 드는 것인가. 『만났다』는 시집의 표제작이다. 과연 시인은 '무엇'을, 혹은 '누구'를 만난 것인가. 작품을 보며 논의를 계속하기로 하자.

숲길을 거닐 때마다/ 나를 위해 기도하는 참나무/ 나를 위해 기도하는 멧새/ 나를 위해 기도하는 풀잎/ 나를 위해 기도하는 그를 만났다.// 오늘은 평생을 나와 함께 걸었던/ 그의 연약한 뒷모습이 안쓰러워/ 나는 그를 살포시 껴안아 주고는/ 십자가 앞에 꿇어앉은 그를 일으켜 세워/ 나의 식탁으로 모시고/ 보림사 큰스님이 손수 덖어 보낸/ 우전차를 그에게 대접했다./ 그는 천천히 차를 마시며/ 낯설지 않은 듯 나에게 미소를 보냈다.// 너무도 멀고 너무도 가까웠던/ 나와 그는/ 참으로 오랜 시간의 숲길에/ 서로를 향해 걷고 있음을 알았다.

-「만났다」 전문

작품 첫 연, 첫 행에 등장하는 첫째 어휘는 '숲길'이다. 시인을 위해 기도하는 '참나무' '멧새' '풀잎'들이 사는 곳이다. 시인을 위해 기도하는 '그'를 만난 장소도 역시 '숲길'이다.

'숲길'은 시인에게 거의 종교적일 정도로 위대하고 귀중한 곳이다. "나의 묵주기도에 귀를 기울"이고 "내가 얼마나 가엾은지" "내가 얼마나 자비를 바라는지"를 아는 곳이 바로 숲길이기 때문이다.(「숲길은 안다」) 이 작품은 시집 맨 마지막에 위치하고 있다. 앞에 놓인 수많은 시편들을 갈무리하며 자신의 세계관을 드러내고 있는 작품으로 보이는데 그것의 결정적인 매개체가 바로 '숲'이 되는 것이다.

이 작품 바로 앞에는 「위대한 숲」이라는 시편이 있다. 시인이 숲을 대하는 마음이 아름다운 비유로 표출되고 있다. 여기서 시인은 숲은 "가을 지나 겨울이면" 빈 가지들 사이 끝에 "푸른 깃발을 달고 흔드는 우듬지를 우러러 바라볼 줄 알게" 하시고, "봄 거쳐 여름"이면 "이파리와 가지마다 한없는 생명을 낳게 하시니" 대단하다고 찬사를 바친다. 그리하여 숲은 '사계절' 모두 "지상과 하늘을 하나로/ 번지고 스미고, 스미고 번지게" 하신다. 따라서 숲은 '천지합일'을 이루게 하는 존재가 되는 것이다. 여기서 시인이 모든 문장의 종지를 '한다'가 아닌 '하신다'라는 형식의 경칭을 쓰고 있다는 점이 주목된다. 그만큼 시인에게 숲은 '위대한 곳'이다.

　이어지는 연에서 시인은 "십자가 앞에 꿇어앉은" '그'를 모셔 들이고 "보림사 큰스님이 손수 덖어 보낸/ 우전차"를 대접한다. 그는 차를 마시며 시인에게 "낯설지 않은 듯" 미소를 보낸다. 참 따뜻한 정경이다. 그는 십자가 앞에 꿇어앉아 있었고 이는 기독을 믿는 사람이란 의미다. 여러 작품에 산견되는 것처럼 시인 역시 신심 깊은 기독교도다. 그런데 시인은 '스님'이 덖은 우전차를 대접하고 있다. 물론 스님은 불가 사람이다. 그가 "손수" 덖은 차를 보냈다면 두 사람은 평소에도 좋은 교분을 나누고 있다는 말이 된다. 아무런 편견도 차별도 없는 시인의 평화롭기만 한 초월적 종교관이 엿보인다. 이런 사고는 「숲에 가는 이유」의 발화에서 더욱 여실히 드러난다. 이유인즉슨 "묵주와 염주를 손에 쥐고 기도하며 걷는/ 선한 사람을 만나기 위해서다" '묵주'는 기도드릴 때 쓰는 성물(聖物)이고 '염주'는 염불할 때 쓰는 법구(法具)다. 그 도구가 무엇이 되었든 "마음을 비우려고" 숲길을 걷고 있는 사람은 '선한 사람'이 아닐 수 없다.

　마지막 연에서 시인은 숲에서 만난 '그'를 다시 불러낸다. 그리고 그와는 "너무도 멀고 너무도 가까웠던" 사이라고 말한다. 시인은 이제 "참으로 오랜 시간의 숲길에서" 그와 "서로를 향해 걷고 있음"을 깨닫는다. 아니, 어찌 보면 "평생을 나와 함께 걸었던" 사람일지도 모른다. 그러나 그는 너무도 멀리 있다. 그러면서도 가깝게 있다. '멀고도 가까운 존재', 그렇다면 그는 누구인가. 숲길에서 만난 '그'는 다름 아닌 시인이 따르는 바로 그 '신'이 아니었을까.

이 작품은 시집 3부에 있다. 그런데 3부 전체가 숲을 노래하고 있다고 해도 과언이 아니다. 시제만 일별해도 「숲에서 배운다」「숲에서 꾸는 꿈」「숲길에서」「숲에서 바라보기」「숲에 가는 이유」「침묵의 숲」「위대한 숲」 등이 눈에 띈다.

그런데 숲은 앞에서 본 바와 같이 시인의 '종교관'과 긴밀히 연결되고 있다. 숲은 시인의 "기도에 귀를 기울"여주는 곳이자, "묵주와 염주를" 쥐고 걷는 "선한 사람을 만나"게 하는 곳이다. 「오후 네 시쯤」이면 시인은 "호숫가에서/ 그분을 만난 사도 요한처럼" "맑고 신성한 바람을" "숲길에서" 만난다. 그는 이것이 얼마나 "감사하고 눈물겨운 일"이냐고 묻고 있다. 초월적 '평화의 신학'을 읽는 느낌이다.

'신학'이 인간과 신에 대한 궁극의 원리를 고구한다면 '철학'은 인간과 세계에 대한 근본 원리를 고구한다. 시인은 자신이 "얼마나 작은지를/ 숲에서 배운다." 자신보다 "작은 키의 풀이 꽃을 피우고" 자신보다 "몸집이 작은 나무에 새들이 쉬었다 간다." 그러하니 숲에서는 자신보다 "작은 것은 하나도 없다."(「숲에서 배운다」) 놀라운 성찰의 발화다. 그리하여 마침내 시인은 시간과 역사에 대해 다음과 같은 철학적 절창을 뽑는다.

참꼬막 껍질에 새겨진/ 파도의 무늬/ 그 사이사이 숨겨진/ 푸른 별 자국/ 개펄처럼 부드러운/ 물결 피부/ 서서히 스며든/ 투명한 시간// 모든 역사는 시간의 무늬다.

─「시간의 무늬」 전문

'꼬막'은 작은 조개다. 이 조개 "껍질에 새겨진 파도의 무늬"는 얼마나 작을 것인가. 더구나 "그 사이사이 숨겨진/ 푸른 별 자국" 또 얼마나 작을 것인가. 그러나 "서서히 스며든/ 투명한 시간"은 이 작은 것에도 "개펄처럼 부드러운/ 물결 피부"를 만들어 놓았다. 강한 심상이 눈에 선명하다. 시인의 따뜻한 시선은 앞에서도 본 것처럼 '작은 것들'에게 눈길을 모두고 있다. 그런데 연이 바뀌며 시인의 철학적 사유는 갑자기 대 '우주적 통찰'로 비약한다. "모든 역사는 시간의 무늬다." 맞다. 세계대전과 같은 대사건만이 역사가 아니다. 꼬막껍질에 새겨진 파도의 무늬도 '시간'이 만든 '역사'의 하나다. 짧은 시는 끝났다. 그러나 긴 여운이 감돈다.

한편 '숲'은 그의 시학의 원천이 되기도 한다. 「침묵의 숲」에서 시인은 "오늘도 숲에 들어" "침묵의 소리를 듣기 위해" "귀를 기울"인다. "나무와 나무 사이를/ 바람결 따라" "언어들이 지상으로 내려앉는다." 바로 이 언어들은 "숲이 침묵 속에서 들려주는 소리"로 고요한 "시의 파동"이 된다. 시인은 깨닫는다. "시의 고향"이 침묵이라는 것을.

「숲에서 꾸는 꿈」에서도 시인은 또한 "숲의 언어를 알아듣기 위해" "귀를 세우고 집중하며" 걷는다. "햇살 속 빛나는 잎새처럼" "영혼이 맑고 신선해지기를 바라며" 자신을 "숲의 고요 속에" 맡긴다. 시인은 꿈꾼다. "숲에서/ 숲의 언어로 숲의 정령과" 뛰어노는 꿈을.

침묵과 고요는 상통한다. '숲의 침묵'과 '숲의 고요'가 들려주는 언어로 시인은 자신의 시를 깎고자 하는 것이다. 참으로 아름다운 '시학'이다.

시인은 이번 시집에서 많은 지면을 할애하며 자신의 시세계를 피력한다. 「산까치」라는 작품에서 시인은 "보슬비 오는 날/ 날마다 찾아가는 산길"을 걷는다. 시인에게 '매일 찾는 산길'이라면 바로 '숲길'에 다름 아니다. "산까치 대여섯 마리/ 보슬보슬 젖는 길에서/ 신나게 뛰놀고 있다." 시인도 "함께 뛰고 싶어 우산을 접고/ 비에 젖으며 가만가만" 다가가지만 "눈치 빠른" 까치들은 "후르르 나뭇가지 위로 날아오른다." 시인은 못 본 척하고 그냥 되돌아갈 걸 "미안해하며 비에 젖어" 다시 숲길을 걷는다. 여기까지는 숲길에서 발생한 사건이자 정경을 묘사한 대목이다. 주목할 점은 '젖는' '젖으며' '젖어'와 같이 '젖다'에서 온 파생어가 계속 반복되고 있다는 점이다. 이제 시인은 속내를 드러낸다. "산까치도 젖으며 노래"하고, "산딸기도 젖으며 붉게 익"는다. 따라서 자신의 시도 독자를 '젖게' 하는 시가 되었으면 한다. 시인은 "젖어라 시여/ 뼛속까지 젖어라 시여" 외치듯 발화하며 작품을 마감한다.

필자는 이 글에서 주로 '숲'과 관련된 시인의 '세계관'만을 다루었다. 그럼에도 글 초입에서 필자가 시편들을 독서하며 '시학'을 읽은 것 같기도 하고 동시에 '철학' 서적을, '신학' 서적을 읽은 것 같기도 하다는 말이 이해가 갈 것이다. 지면 관계상 수많은 작품들에 나타나는 빼어난 문학적 장치에 대해서는 언급조차 못 했다. 한 가지 부기할 점이 있다. 시인은 숲길에서 맑은 바람을 만나도 "얼마나 감사하고 눈물겨운 일"이냐고 묻고, 이웃이 상추나 감자를 보내도 또한 "얼마나 고맙고 큰 기쁨"(「내 시의 텃밭」)이냐고 묻는 사람이다. 〈시인의 말〉대로 그에게 "모든 삶과 시간은 은총과 경이로움 그 자체"이다. 그런 삶과 시간이 한결같기를 기원한다.

2부

황홀한 고수의 검광(劍光)

도저하고 거침없는 시

— 김수우의 『젯밥과 화분』

비온 뒤 햇살에 마르는 '지렁이를 처음 발견한 개미의 찬란한 전율'(『양식(糧食)』)과도 같은 느낌이다. 젯밥, 맨발, 화분들이 한 축으로 치고 들고, 동광동, 인쇄소, 사십 계단, 산복도로가 다른 축으로 치고 들어와 어우러진다. 몽골의 지평선, 사하라의 열사, 파미르의 만년설이 아득히 막막한가 하면 영도 앞바다, 뱃머리의 비린내, 선박공장의 쇳내가 너울져 출렁거린다. 모든 언어들이 서로 지탱하고 조명하고, 당기고 밀며 관계하면서 시편 하나를, 아니 시집 전체를 하나의 커다란 덩어리 메타포로 밀고 나간다. 한마디로 모든 시편들이 다 거침없고 도저(到底)하다.

우선 시인은 책머리 '시인의 말'에서 "내 언어들이 '제사'일 수 있을까. 하다못해 지극한 '맨발'일 수 있을까"라고 스스로 묻고 있다. 치열한 질문이다. 제사는 신령에게 음식을 바쳐 정성을 드리는 예절이다. 맨발은 그야말로 아무 것도 신지 않은 발로 지극한 자세를 나타내는 말이다. 이는 자신의 언어들이 얼마나 정성스러움과 지극함이 있었던가 하는 자문이다. 여기서 우리는 자기성찰이던 의지지향이던 '정성'과 지극함'으로 표상되는 '제사'와 '맨발'이 시인의 키워드가 될 것임을 눈치 채게 된다. 그리고 이것은 사실이다.

이 시집은 책의 크기와 디자인, 표제의 글씨체가 특별나다.(「춘향전」 완판본을 보는 것처럼 책이 편안하게 손에 잡힌다.) 허나 책 모양보다 더 특별나고 중요한 것은 모든 시편들이 완전히 독립되어 제각기 빛을 뽐고 있지만 '제사'와 '맨발' 같은 주요 어휘들은 각 시편에 침투하여 교묘히 서로 관계하며 교직되고 있다는 점이다.

> 머리맡에서 여자가 울고 있었다. 발목에 스밀 듯 숙인 얼굴, 자운영이 흑흑거리며 방안 지천으로 피어났다// 어디서 오셨냐고 묻고 싶었다 허나 조심스러웠다 무릎과 어깨를 감싼 울음베일이 연붉다 먼 길을 보여주듯 치마 밑으로 고요히 비져나온 맨발, 맨발이 흰 젯밥처럼 소붓했다// 다만 바라보다가, 잠을 깼다 읽다만 시집이 베갯머리에 펼쳐져 있었다 울음값을 받지 못하는 곡비들, 죽을힘으로 살아있는 나의 귀신들, 영원을 절름발이로 걷고 있으니// 송구해라 저 맨발, 나를 위한 제사였구나 어디서 잎 눈 돋는지 발끝 아리는 새벽, 삼배를 올린다 고생대의 밤숲처럼 머리를 푸는 하염없는 귀신들// 문을 두드린다
>
> ─「맨발 봄비」 전문

봄꽃인 홍자색 '자운영'이 어떤 '여자', 즉 '봄비'로 비유되며 감각적 효과를 극대화하는 심상으로 첫 연이 열리고 있다. 곤히 자고 있는 시

인의 방안에 자운영은 '지천으로' 피어난다. 긴 겨울의 '먼 길'을 돌아 찾아온 그 자운영은 '치마 밑으로 고요히 비져나온' 하얀 '맨발'을 시인에게 보여준다. 잠을 깬 시인은 바로 자신이 했던 '시인의 말'을 독자에게 상기시킨다. 제값을 받지 못하는 '시'들, 그래도 죽을힘을 다해 버티는 자신의 '시'들…, 그 '시'들은 영원히 절름발이로 걷는 것 같다. 그러나 마지막 연에서 시인은 먼 길을 거쳐 찾아온 자운영, 즉 봄비가 보여주는 맨발이 자신을 위한 정성이었음을 깨닫는다. 당연한 계절의 순환이지만 시인의 눈에는 긴 겨울 끝에 찾아온 봄이 자신을 위한 지극함으로 보이는 것이다. 자신에게 그런 지극함이 있었던가. 그래서 시인은 송구스럽다. 자운영이 피고 어디서 잎눈 돋는 봄날 새벽, 하염없이 내리는 비(혹은 시상(詩想))가 시인의 창문을 두드린다.

대충 위의 시는 이런 얼개로 독해된다. 우리는 이 시에서 주요 어휘인 '제사'와 '맨발'을 한꺼번에 보게 된다. 이미 어느 평론가가 '제사'에 주목하고 「생명을 위한 제의」라는 제목으로 해설을 붙였음으로 나는 '제사'가 아닌 '맨발'에 시선을 집중하려 한다.

위의 시에서 '흰 젯밥처럼 소복'한 맨발은, 그것도 '고요히 비져나온' 맨발은 '맨발로 뛰어라' 같은 투박한 적극성을 의미하는 맨발과는 거리가 멀다. '제사 덕에 쌀밥'이란 말이 있듯 젯밥은 쌀밥처럼 하얗고 부드럽다. 더구나 '치마 밑'의 맨발이 아닌가.

보드라운 장딴지 아래로 흐르는 아킬레스힘줄 밑동, 그 양옆에 '종지'처럼 옴폭 패어진 골이 있는 발목으로부터 맨발은 시작된다. 커다란 몸을 저런 가는 것으로 잘도 견디는구나 생각이 드는 발목 바깥엔 복숭아씨를 닮은 복사뼈가 앙증맞게 튀어나와 있고, 발목 아래 하얀 평원의 발등에는 다섯 발가락까지 힘줄인지 뼈인지 작은 산맥이 갈퀴 형으로 뻗어 내려간다. 그 사이를 파란 정맥의 강들이 이리저리 달리고 이 파란 강줄기들은 하얀 평원을 더 희게 만든다. 나에게 맨발은 이런 모양으로 다가온다. 물론 부처가 관 밖으로 불쑥 내민 '백련 꽃 같은 희고 고운 맨발'은 종교적인 성스러움으로 옷깃을 여미게 하는 발이다. 희고 아름다운 맨발은 성(聖)스럽기도 하고 성性스럽기도 하다. 여하튼 어느 경우에도 맨발은 어떤 극진함이 배어있다. 더구나 '시인의 말'처럼 정성을 다해야 하는 '제사'와 교직되는 '지극한 맨발'에 있어서랴.

시인은 국수집 신발장 위에 핀 난(蘭)꽃을 '우리를 위해 올리는 향불처럼 희디흰, 맨발들'(「흰 꽃」)로 보며 그 지극함을 알아챈다. 이 악물고 벙글코자 하는 '봄눈' 맞는 '목련 망울'에서도 귀여운 '오소리 맨발'(「목련, 여미다」)을 본다. 이 악무는 것은 또 다른 지극함이 아닌가. 주눅들 일도 없고 결핍도 느낄 일 없는 순정한 '맨발'의 지극함으로 시인은 살려 한다. 그래서 시인은 거침없이 신발을 차 내버리는 것이다.

거침없이 신발을 벗는 시인은 시도 거침없이 쓴다. 위의 시에서 시인은 거두절미하고 "머리맡에서 여자가 울고 있었다"고 곧바로 본론으로 들어가 버린다. 뭔가 도입부가 있음직하지만 중간에서 불쑥 시작하는 것 같은 많은 시편의 이런 스타일이 '거침없는 시'라고 말하게 된 연유 중의 하나가 될 것이다.

이제 제사와 맨발이 없는 시를 일부러라도 찾아야 될 지경이 되었다.

아버지는 평생 원양어선을 탔다/ 어머닌 새벽마다 늙은 북어를 끼고 용왕을 섬기러 나갔다/ 큰아버지도 풍으로 눕기까지 그물을 끌었다/ 바다에 매달린 산동네/ 둘째 삼촌은 뱃머리의 녹을 벗기는 선박공장 노동자였다/ 셋째 넷째 삼촌 작업복에서도 늘 비린내와 쇳내가 났다/ 비탈길 오르던 파도/ 큰 고모는 산복도로 끝에 있는 파란대문이 높다고 불평했다/ 막내 고모는 그물공장에 다니며 뾰족구두를 샀다/ 골목 우물은 검고 깊었다/ 동생은 도르레로 물날개를 건지며 놀았고/ 일곱 살 나는 우물가에서 설거지를 배웠다/ 모든 그림자를 낳고 사랑한/ 헐렁한 바다만 껴입고 입던 할머닌/ 종일 후줄근한 파도를 탱탱하게 풀먹여 빨랫줄에 널었다/ 봉래동,/ 신선동,/ 청학동,/ 영선동/ 동네 이름 때문인지 천천히 신선이 되어갔다/ 온몸땡이 굴딱지인 신선들은 오늘도 굴딱지발톱을 깍고/ 쌓인 발톱 위로/ 아파트 아파트 아파트, 멀다

―「영도」전문

많은 산과 강을 가보지 않고는 산이 높다 강이 깊다 말할 수 없다. 부산, 그곳에서 바다와 부대끼지 않은 사람은 부산을 제대로 말할 수도, 자격도 없다. 아무리 무대장치와 분장과 연기를 사실처럼 하여도 관객은 무대를 현실로 오해하지 않는다. 시인이 진솔하게, 거침없이 그려내는 사람들은 부산이 언제든지 제공할 수 있고, 부산에서 언제든지 볼 수 있는 사람들이며, 언제든지 공유할 수 있는 인간성을 가진 사람들이고, 생의 기틀을 추동(推動)하는 바닷사람의 보편적 감정과 원리에서 말하고 행동하는 사람들이다.

열매는 같은 햇빛에 익지만, 그 맛과 색과 모양은 자라난 토양에서

얻는다. 김수우를 길러낸 토양은 부산이다. 위의 시에 등장하는 식구들은 아버지, 어머니, 큰아버지, 둘째 셋째 삼촌, 큰 고모, 막내 고모, 나, 동생, 할머니 등 많기도 하다. 다른 시에서 네 남매(「엄마와 북어」)가 언급되는 걸 보면 식구 숫자는 더 늘어난다. 그들은 하나같이 바다와 연관을 맺고 있다. 원양어선을 타고, 그물을 건지고, 선박공장에서 노동하고, 그물공장에 다니며 열심히 사는 사람들이지만 가난과 함께 산복도로 끝에 산다. 이들은 한 특수한 개체가 아니라 한 부류다. 이들의 공통된 '보편적 본성'을 제시하기 위해서는 구체적 체험이 요구된다. 시인의 어린 시절, 살 부비며 함께 숨 쉰 식구들은 바로 당시의 부산사람을 표상하는 한 부류, 즉 집단이라 할 수 있고 이들은 같은 환경 속에서 공통된 감정을 갖게 된다. 그래서 시인 같은 사람이야말로 '부산사람'이라는 당시의 보편적 인간성을 제대로 제시할 수 있는 것이다. 시인이 그리고 있는 「쇠고래 박씨」, 점방집 할매(「느그 집 어데고」), 짜장면집(「신선각」) 주인도 마찬가지다. 그들이 함께 울고 웃는 동광동 뒷골목, 봉래동 시장통, 달동네 공동 수돗가. 사십계단 앞 마로니에는 그들이 삶에 바치는 지극한 제단이었다. 가난해서 오히려 넉넉한 아름다운 제단이었다.

위의 시는 마지막 행 직전까지 담담하게 식구들을 소개하는 것으로 일관한다. 그들의 성격이나 외모에 대한 묘사는 전혀 없다. 그럼에도 늙은 북어를 끼고 나가는 어머니, 비린내와 쇳내가 나는 삼촌들, 파란대문이 높다고 불평하는 큰 고모, 뾰족구두를 사는 막내 이모, 파도를 풀 먹여 빨랫줄에 널던 할머니는 우리의 상상력을 적극적으로 자극한다. 그 결과 이제 그들의 모습은 물론 서로 다른 성격까지 손에 잡힌다. 그들의 숨결이 바로 곁에서 느껴진다.

삶의 배경으로 시 중간에 별도의 행으로 삽입된 "바다에 매달린 산동네"와 "비탈길 오르던 파도"는 여백 속의 파격처럼 반짝인다. 취하지 않았다면 큰일 날 뻔한 아름다운 행이다. 독자는 시인의 언어적 도움으로 직접 보는 것보다 더 강렬한 색채로 물결치는 바다를 보게 된다. 시인은 마지막에서야 한마디 페이소스가 담긴 자신의 말을 한다. "아파트, 멀다". 계속되는 서정적 진술에 잠겨있던 우리는 이런 갑작스런 발언에 눈을 번쩍 뜨고 시인을 바라본다. 찌푸린 듯 웃고 있는 시인의 얼굴을 보고 나서야 우리는 고개를 끄덕거린다. 하기야 굴딱지를 따던 민초들에게 당시의 귀한 아파트는 거리가 멀었다. 멀어도 너무 멀었다. 순간 눈을 번쩍 뜨게 만드는 이런 마무리도 좋은 시가 필연적으로 취하지 않으면 안 되었을 부분이다.

찌푸린 듯 웃는 얼굴이라 했다. 슬픈 얼굴도 심각한 얼굴도 아니다. '아파트, 멀다'라는 회억에 약간 찌푸렸겠지만 전혀 그에 개의치 않았음이 웃음으로 나타난다. 시인은 그런 것에 주눅 들지 않는다. 따라서 식구 얘기든 자신 얘기든 거침없이 솔직할 수 있다. '어디를 가다가, 어쩌다가' 한마디 언급도 없이 "길을 잃었다"로 예의 단도직입 식으로 본론에 들어가는 시를 본다.

점방집 할매가 나를 데려갔다 막 태어난 듯 울기만 하는 입에 물려주던 왕사탕 하나, 볼이 불거지면서 눈물은 이내 솜깃으로 보풀거렸다 콧물 훔치며 열중하던 단맛, 거기서 수평선이 보였다 (중략) 물렁물렁해진 불안 사이로 청어처럼 파닥이는 문고리, 언뜻 보이곤 했다 길을 잃을 수도 있다 길은, 없어질, 수, 있는, 것이다

─「느그집 어데고」 일부

길을 잃은 것처럼 아이에게 치명적인 사건은 없다. 동네가게 할머니가 물려주던 왕사탕 한 알에 그 절망적인 사건은 희석된다. 이 엄청나게 솔직한 시는 아이가 길을 '잃어버렸다는 사실'조차 '잃어버려가는 과정'을 생생하게 포착하고 있다. 절망의 '눈물'은 곧 '솜깃'처럼 보풀거린다. 집을 잃은 치명적인 사건 앞에 네 살짜리 아이가 수평선을 볼 여유는 전혀 없다. 그러나 '콧물 훔치며 열중하던 단맛'으로 수평선이 보인다. 그래도 불안하다. 그러나 '단맛'으로 많이 물렁해진 불안이다. 얼핏 집의 문고리가 보인다. 그 다음 아이의 의식 과정이 절창이다. "길을 잃을 수도 있다 길은, 없어질, 수, 있는, 것이다". 단지 '쉼표'만으로 순차적 처리되고 있는 아이의 불안에 대한 자위自慰의 의식과정이 어떤 표현보다도 더 생생하다. 집 잃은 아이가 걱정 속에 단맛에 열중하고 있는, 순진하고 애처로운 모습이 눈에 선하다. 코가 찡해진다.

시인은 자신의 시가 아어(雅語)체가 되는 것을 경계하는 것 같다. 시인은 자연스런 사람이 실제로 쓰는 말을 그대로 견인한다. 이 시에서 '왕왕' 울고 있는 아이에게 "느그집 어데고" 물으며 '왕사탕' 물려주는 '두룽치마' 입은 '점방집 할매'만 봐도 그러하다. 앞의 시 「영도」에서도 쉰내, 뾰족구두, 온몸땡이, 굴딱지 등 사람냄새 풀풀 나는 이

런 어휘는 여러 시편에 수두룩하다. 사람이 실제 쓰는 언어는 시가 될 수 있다. 단 선택된 것이어야 한다. 이 선택이 진정한 감식력과 예리한 판단력에서 온 것이라면 일상의 조잡성으로부터 작품은 완전히 분리되고 애초의 생각보다 훨씬 큰 효과가 발생한다. 거기에 운율이 가해진다면 이는 독자의 쾌감을 증폭·배가시키는 미학적 장치로 작동한다.

이런 시적 전략은 시인의 진솔함을 거침없이 드러내게 하고 이것은 필연적으로 도저함과 연계된다. 시인은 '달동네 퇴락한 식탁'에서 짜장면을 대하고 "감지덕지하다가, 감지덕지가 한심하다가, 반성하고 다시 감지덕지하기로 한다"(「신선각」). 이런 연유는 간단하다. 이 시의 마지막 연은 "배가 고팠다" 단 한 마디로 끝난다. 입덧도 간단하다. "내리 일주일 하루 세끼 라면만 먹었다/ 전부였다 입덧은 간단했다"(「입덧」). 뉴욕의 7번가도, 파리의 카페도, 런던의 리버티도 이 시집에는 없다. 대신 문명 너머 먼 곳, 티베트의 어린 라마승, 사하라의 맨발 아이들, 파키스탄의 양치기, 노래하는 고비의 딸이 등장한다. 시인은 스스로 "나는 고대 이집트의 여사제이다"(「광인의 여름외투」)라며 "네 편리한 문명을 나는 선택한 적 없으니/ 함부로 나를 거래하지 않았으니" "동광동 뒷골목/ 내 예배는 여전하다"고 노래한다. 그리고 "내 사전을 사서 읽으라"고 사제께서는 지엄한 명령을 내리신다. 참으로 도저하다. 도저하다고해서 어깨에 힘이 실렸다는 말이 아니다. 시인은 상냥한 사람이다. '새끼 도마뱀'에게도 '어디서 오셨을까' '무얼 좋아하실까' 깍듯한 경어를 쓰며 결국 사십계단 앞 마로니에 앞에 '모셔다주'는(「연두야 연두야」) 살가운 마음을 가진 사람이다. 시인은 직접 시집 뒷표지에 표사를 썼다. "자본에 주눅들지 않고, 자위적인 언어에 기대지 않고, 변명과 핑계에 물들지 않은 지극한 몸짓", 바로 이런 것이 김수우의 도저함이다.

시인은 '시인의 말'에서 지금은 '불행한 사치에 지불하는 절대적 비용'이라고 '그대'를 칭한다. 그러나 시인은 '그래도, 그래도, 그래도' 세 번이나 반복하며 '그대를 만날 수 있을까' 희망한다. 김수우는 반드시 만날 것이다. 그 '그대'를.

산복도로가 보고 싶다.

부세(浮世)에서 기다려지는 '밀애'

— 이성렬의 『밀애』

　"시인은 공인받지 못한 세상의 입법자"라는 자부심 넘치는 정의가 있다. 이 말은 시인들에게 모든 금지와 한계로부터의 해방을 추구하자는 선언적 언술로 받아들여진다. 시인들의 창작에 무한한 '자유'를 허용하는 복음처럼도 들린다. 물론 자유에 대한 의지는 모든 예술가의 꿈이자 영원한 이상이다. 그러나 결핍이 없다면 충족이 존재할 수 없는 것처럼 의무 없는 자유도 존재하지 않는다. 제대로 '아는 사람'은 지켜야 할 것은 지키고 바꿔야 할 것은 바꾼다는 구분을 정확히 인식한다. 의외로 평범하게 들리는 이 말이 쉬운 게 아닌 모양이다. 많은 시인들이, 특히 엘리트 지식인이라고 자부하는 시인들이—동료비평가들의 묵인 아래, 오히려 찬사를 받으며—진공을 유영하는 요령부득의 작품을 '자유스럽게' 양산한다. '허명'으로 '유명'해지며 의무의 중력을 망각한 그들에게 나 같이 시를 배우고 즐겨야 할 독자들은 안중에도 없다.

많은 시작품을 대하며 자주 이런 회의에 빠지던 차에 이성렬의 시집 『밀애』는 목 타는 여름에 찬 샘물 한 바가지였다. 시집의 표제작 「밀애」를 보자.

비탈진 성곽을 비낀 햇살의 잦아드는 눈빛과/ 낡은 시계탑 그림자의 기우는 손목을 달래며/ 포구의 노을은 대기와 물의 붉은 포옹을 주선한다./ 연락선들은 정사를 나눈 후 오색의 비린 체액을 물속으로 밀어내며 서둘러 떠나간다./ 어느 옛 저자 뒷골목에서 수려한 두 검객 연인이/ 밀애할 때마다 현란한 칼춤으로 흐드러지게/ 애무한 뒤 번개처럼 어둠 속으로 사라지듯. 주막 뒷문으로 엿본 주인장의 바지에 묻은 걸쭉한 정액만이 그 저녁의 진실로 남듯.// 오래 들여다보면 물은 도도한 여자처럼/ 말을 건네지 않는다. 주름을 내보이지 않는 물의/ 견고한 나르시즘을 흔드는 건 바람의 빠른 걸음. 뛰어가듯 지나는 눈길의 사심 없음을 몇 점의 흰 물살이 알아채어 허리춤을 풀며 고백하면/ 한 줄 사연을 노트에 옮겨 적으며 숲의/ 나이테들을 지도에 표시한 후, 길섶에 풀린/ 등뼈 어디쯤의 매듭을 지으며 밀회를 접는다./ 또 어딘가에 잠시 뜨겁게 껴안을 누군가를/ 마주치겠지. 유랑극단의 배우처럼 분장을 지우며.

—「밀애」 전문

시는 지적으로 깊고 미학적으로 세련되어 있다. 책을 읽는 눈과 동시에 머리가 따라잡는 쉬운 시는 아니다. 그렇다고 머리를 싸맬 필요는 없다. 뼈대와도 같은 짧은 발화가 긴 문장 속에서 정확히 그 의미의 물꼬를 터주고 있기 때문이다. 첫째 연의 뼈대를 추려보면 다음과 같이 정리된다.

"포구의 노을은 대기와 물의 포옹을 주선한다. 연락선들은 정사를 나눈 후 서둘러 떠나간다."

위의 짤막한 문장은 그 자체로 이미 충분히 시적이다. '포옹'과 '정사'라는 어휘도 「밀애」라는 시제와 합당한 개연을 가진다. 그러나 시인은 예술적 완결성을 추구하기 위해 이 뼈대에 살을 붙이고 피가 돌게 하는 작업을 수행한다. "포구의 노을"은 "포옹을 주선하는" 일 외에 어느 곳에서 어떤 일을 수행하는가. 때와 장소를 포함한 동작의 수식이 이 체언 앞에 필요하다. 그것은 "성곽에 햇살이 비낄 때"이며, "시계탑에 그림자가 기울 때"이다. 어떤 성곽이며 시계탑인가. 그것은 비탈져 있는 성곽이며 낡아있는 시계이다. 주어 '포구의 노을'은 이들의 "잦아드는 눈빛"과 "기우는 손목"을 '달래는' 일을 수행하며 동시에 "대기와 물"의 포옹을 주선하고 있는 것이다. 포옹도 그냥 포옹이 아니다. "붉은" 포옹이다. 이는 일몰시간의 노을과 맞물려 강력한 심상을 야기한다.

연락선들은 어떻게 떠나는가. 이번에는 동작의 수식이 뒤에 삽입된다. "체액을 물속으로 밀어내며" 떠난다. 체액은? "오색의 비린 체액"이다. 매우 감각적이다. 그리고 시인은 "사라지듯"과 "남듯"이라는 직유를 두 번 길게 사용하며 떠나가는 연락선의 모습을 그려내는 한편 그 감각을 한껏 고취한다. 연락선은 정사를 끝낸 후다. 두 연인의 정사는 "수려한 두 검객"의 "현란한 칼춤"처럼 흐드러진 것이었고, "바지에 묻은 걸쭉한 정액만이" "그 저녁의 진실"을 보여주는 것 같다.

한 마디로 첫째 연은 '노을'과 '포구'라는 체언을 수식과 비유로 설명하는 것이 전부다. 지금까지 첫 연만 보고 있지만 둘째 연도 앞의 방식과 마찬가지로 분석될 수 있다. 이번에는 "들여다보면" "고백하면"과 같은 가정(假定)의 조건 절이 반복 삽입되며 "밀회를 접"기까지의 과정이 부가적 · 순차적으로 설명되며 구체화 되고 있는 것이다.

대개의 시인은 작품의 퇴고 과정에서 최대한 설명을 제거하여 언어 경제를 지향하지만, 이 시는 반대로 수식을 더해가며 시의 몸피를 불려 나간다. 이런 스타일은 이성렬의 시편 전체에서 발견된다. 하나의 전형을 보자.

그 건너 어디쯤에 내 눈을 적셨던 노을들이 가난한 화가의 시력으로 돌아올 채비를 하는 어두운 화실, 흩어져간 숨결이 풍로 속을 내달리며 무쇠 난로를 덥히는 밤의 대합실

— 「검은 강」 부분

'화실'과 '대합실'이 첨가되는 수식을 통해 눈부신 이미지로 형상화되며 구체적 모습을 드러내고 있다. 당연히 이런 글쓰기는 미적 구도의 완결성을 추구하는 시인이 의도하는 결과다. 그러나 그것뿐인가. 우리는 이런 이성렬의 독특한 시작(詩作) 스타일이 뜻하는 바를 좀 더 깊이 살펴볼 필요가 있다.

시는 설명적인 것을 생략하고 사물의 물질성을 최대한 부각해야한다는 생각은 모더니즘 시학과 연계되고 특히 이미지즘의 수사와 긴밀한 관계를 가진다. 소위 풍경과 사물의 물질성에 초점을 맞추는 김광균식의 시적 방법론이다. 이는 감상적 상징주의와 이념적 경향문학에 대한 회의에서 비롯된 것으로 나름대로 가치를 가진다. 그러나 이런 생각은 시의 예술적 자율성에 지나치게 경도됨으로써 개인의 사유와 사상은 제쳐두는 패착으로 작용될 수 있다. 그 결과 세련된 기교로 깔끔하게 완결된 작고 아름다운 작품이 깎여지지만 거기까지가 한계다. 그 한계를 넘지 못한 시는 갖출 것 다 갖춘 것 같지만 무엇인가 미진하고 왜소한 느낌을 들게 한다. 「밀애」를 다시 보자.

이 시의 수월성은 설명적 수사와 수식이 심미적 완결성을 저해하는 법이 없이—오히려 제고시키며—동시에 시인의 사유를 넉넉하게 녹아들어 가게 하는 역할을 하는 데 있다. 단조의 색깔로 노을져가는 포구의 풍경은 시인의 거듭되는 붓끝에서 여러 색의 파장을 만들며 그 깊이를 더한다. 연락선도 반복되는 비유적 수사에 의해 훨씬 감각적인 모습으로 움직이지만 '검객의 칼춤'이란 특별한 사고가 개입된다. 풍경과 사물의 물질성은 그 구체성을 잃지 않으면서도 최대한의 사유가 배어들어 간다.

'밀애'는 구체적 이미지를 가지지 않는 비물질적이고 관념적이다. '포구'와 '연락선'은 풍경이자 사물로 물질적인 것이다. 이 시는 비유기의인 '밀애'가 제목으로 올라서는 대신, 그것을 선명한 이미지로 보여주는 '포구'와 '연락선'이 비유기표로 견인되고 있다. 따라서 시인의 사유를 담고 있는 설명적 수사는 물질성을 부각시키는 역할까지 하고 있다는 말은 타당성을 획득한다. 시인은 이점을 깊이 고려했을 것이다.

나는 이 시를 보며 여러 다른 색의 유리조각이 합쳐져 만들어낸 모자이크 그림을 보는 느낌을 갖는다. 성곽, 햇살, 시계탑, 그림자, 포구, 노을, 물, 연락선, 체액, 뒷골목, 검객, 연인, 칼춤, 애무, 번개, 어둠, 주막, 뒷문, 바지, 정액, 저녁 등, 시의 첫 연을 구성하는 유리조각들만도 색색으로 반짝인다. 이들 시어는 매우 이질적이면서도 시적 공간에서 동질적인 연관을 맺고 있다. 상이한 '구체적' 물상들은 서로의 연관 속에 '추상적'인 작가의 사유를 위해 버티며 당기며 평등한 질서로 복무한다. 부조화 속에 조화를 만들며, 상호작용 속에 긴장을 유지하며 각자의 생명력으로 숨을 쉰다.

그러나 이 시의 백미는 마지막 행에 있다. 자칫 긴장의 이완으로 접어든다 싶은 순간 홀연히 "분장을 지우며" 등장하는 '유랑극단의 배우'는 우리의 눈을 크게 뜨게 만든다. 이해하기 쉬운 문장은 아니다. 그러나 우리는 직관의 도움으로 떠도는 유랑극단이 바로 '부세(浮世)', 즉 헛되고 덧없는 인생의 은유로 작동되고 있음을 감지하게 된다.

이 극단의 배우가 분장을 지운다는 데 주목하자. 우리는 이를 융의 말을 빌려 아니마의 얼굴을 덮었던 페르소나의 가면을 벗기는 것으로 복잡하게 생각할 필요는 없다. 이 고을 저 고을을 방랑하는 유랑극단의 배우가 바쁘게 분장하고 또 지우는 일을 반복할 것임은 당연하다. 그리고 우리 인생이 그런 것처럼 이 배우는 구름처럼 떠도는 가운데

"뜨겁게 껴안을" '누군가'를 '어딘가'에서 만날 것이다. 그것은 반갑고 그래서 행복한 일이다. 그런데 '잠시'라는 시간적 부사가 눈을 멈추게 한다. 그 반가운 사람이 애인이든, 친구든, 가족이든 결국 만남의 시간 은 '잠시'에 불과한 것이다. 이 마지막 행에서 우리는 삶의 존재와 허무, 그 밝음과 어둠의 역설적 융합을 동시에 보며 '완성'에 도달한 시와 직면한다. 이 시에서 '처음' 등장한 유랑극단의 배우는 글의 '마지막'을 결정적으로 장식하고 '서둘러' 떠나간다. 그러나 뒤에 남긴 '체액'의 여운이 깊다.

시 한 편 읽다가 글이 끝나게 되었다. 이외에도 시집 『밀애』에는 넓고 깊은 지식과 경험만이 깎아낼 수 있는 시편이 수두룩하다. 모든 언어가 제자리에 있을 곳에 정확히 위치하고 있는 시편들은 속기와 궁기(窮氣)를 벗어버렸다. 특히 '단편으로 본 미시근대사'라는 부제가 붙은 연작은 거칠게 두드려 맞았는데도 시원하기만 하다. 「식물의 사생활」 연작은 막막한 경이감까지 준다. 시인은 정녕 '사생활'에서 스스로 노래한—요새야 제주에서 발견된—'땅속에 핀 꽃'이었던가.

『밀애』를 읽고 난 지금, 나는 모처럼 황홀한 '밀애'를 막 끝낸 기분이다. 시인이 시를 계속 쓰는 한 다시 '뜨겁게 껴안을' 밀애의 시간도 언젠가 올 것이다.

콩 넝쿨처럼 쑥쑥 푸르게 오르는 시

— 김영탁의 『냉장고 여자』

김영탁의 상상력은 어린아이의 그림을 보는 것처럼 자유분방하고 생생하다. 대상을 쏘아보는 그의 눈빛은 심사숙고의 추리적 사유보다는 정신적 민첩성으로 급변하는 이미지를 놓치지 않고 낚아챈다. 따라서 비약하는 그의 상상력은 모방적 재능에 의한 대상의 시각적 재현에 의지하지 않고 표의조형(表意造形)적인 경우가 수두룩하다. 즉 외적관찰이라기보다는 내적 느낌으로 표출되기 때문에 우리가 따라잡기 바쁠 때도 발생하게 되는 것이다. "지상의 풀"은 "무명의 전사들이 죽었다가 살아난"(『곡우』) 것이고 돼지목살에는 "나발 소리가 아직 쟁쟁하게 재어"져(『여름, 한다』) 있다. "푸르고 붉은 산소용접기" 불꽃 소리에 여자의 "젖꽃판이 부풀어 오를 대로" 올랐다가 다시 "닫히고", 사람의 "붉은 입술에서 튀어나온 말은" "더듬거리며 지치지 않고/ 태양의 반점까지 달려가지만" 다시 "또 더듬거리며 파랑새를 따라/ 날아다닌다"(『일식』) 여기서 우리는 시각적 묘사로 유발되는 서정 대신 자유분

방하게 '날아다니는' 상상력을 단박에 감지한다. 그러나 얼마나 싱싱한
가. 우선 그런 시 한 편을 보자.

　　지구의 모든 인간이 똑같은 시간에 식사를 같이한다면, 그러니까 이라
크, 아프가니스탄, 파키스탄, 북한, 나이지리아의 아이와 여자, 그리고 노
인도 빠짐없이 같이 식사한다면, 음식의 열기와 뿜어 나오는 수증기, 침샘
을 자극하는 음식냄새, 쇠붙이 달그락거리는 소리, 손으로 음식을 집을 때
마다 흐느끼는 알맹이들, 쇠붙이가 밀림을 자르는 톱과 불도저처럼 굉음
을 울리고, 와자지껄 수다에 소곤거리는 소금과 모든 인간의 입들이 벌어
지며 꿀꺽거리는 소리, 그 사이에 울고 웃는 소리, 그러는 동안 음식들은
몸에서 춤을 추고, 음식의 열기는 최고조에 달하여 뻥! 하고 폭발이 일어
나 지구에 있는 핵폭탄이나 어디에 숨겨진 화생무기도 한방에 지구 밖으
로 퉁겨날 빅뱅이 일어날 것인데!// 저기 있잖아요, 혼자 밥 먹지 마세요/
그래도 혼자라고요?/ 그럼, 우선 점심이라도 같이 해요
　　　　　　　　　　　　　　　　　　　　　　　　　　　－「점심 대폭발」 전문

　　그야말로 어린아이의 오염되지 않은 꿈이 자유스럽게 그러나 명쾌
하게 표출된 것 같은 느낌이 드는 작품이다. 혼자 밥 먹지 말라는 권
유가 있기 전까지의 시 앞부분은 그 당위를 설명하는 산문의 문장으
로 속도감 있게 전개된다. 시는 세상 모든 사람이 "똑같은 시간에" "빠
짐없이" 함께 '식사 한다면'이란 기대와 바람이 섞인 가정으로 문을
연다. 그런데 지구의 모든 인간을 설명하기 위해 나열하는 나라들과
사람들을 주목할 필요가 있다. 이라크, 아프가니스탄, 파키스탄, 북

한, 나이지리아가 열거된다. 한결같이 배고픈 나라다. 미국이나 일본 같이 배부른 나라는 없다. 또한 '모든 인간'이라 했지만 건장한 남자는 빠져있고 "아이와 여자, 그리고 노인"만을 열거하고 있다. 모두 약자 들이다. 실상 전쟁, 내전, 독재 등으로 백성을 굶주리게 만드는 부류들은 다 남자다. 그런 재난으로 가장 큰 고통을 당하는 피해자는 결국 연약한 '아이와 여자와 노인'들이 아닌가. 시인이 함께 밥 먹고자 하는 사람들은 배부른 자가 아니라 배고픈 약자들이다. 그들에게 보내는 따뜻한 연민의 정이 뭉클 가슴에 다가온다.

연이나 행이 나뉘지 않았지만 "같이 식사한다면" 희망적인 가정 뒤에서 우리는 잠시 휴지(休止)를 가질 필요가 있다. 다음 부분의 독서를 위해서다. 여기까지는 평상의 호흡으로도 무난하게 읽힌다. 가정은 어디까지나 가정일 뿐이다. 그러나 화자는 그 가정이 완전한 현실이 된 것처럼 그 식사하는 모습을 구체적으로, 빠른 템포로 묘사하기 시작한다. 호흡은 갑자기 빨라지고 격렬해진다. 바쁘고 시끄럽고 요란하고 열기 또한 뜨겁다. 수증기가 뿜어 나오고, 음식냄새가 진동하고, 쇠붙이 달그락거리는 소리도 난다. 얼마나 요란한지 "밀림을 자르는 톱과 불도저처럼 굉음"까지 울린다. 음식을 집을 때마다 왜 '알맹이들이 흐느끼는지', 왁자지껄한 가운데 왜 '소금이 소곤거리는지' 꿀꺽거리는 소리 사이에 왜 '울고 웃는 소리가 들리는지' 우리는 따라잡기 어렵다. 그러나 거침없이 내달리며 전개되는 이 식사장면에서 최고로 고양된 화자의 정서를 여실히 느끼게 된다.

화자의 간절한 소망이 피로되는 이 장면은 "음식들은 몸속에서 춤을 추고" 그 "열기는 최고조에 달하여" 마침내 "뻥! 하고" 터질 때까지 계속된다. 밥을 같이 먹는 사람은 말 그대로 '식구(食口)'다. 이처럼 신나게 함께 밥을 먹는 식구들에게 도대체 '핵폭탄'은 무슨 잠꼬대 같은 소리이며 '화생 무기'는 무슨 자다 봉창 뚜드리는 소리가 될 것인가.

그리고 연이 바뀌며 어린아이와 같은 천진한 권유의 목소리가 들린다. "저기 있잖아요,"는 아이들이 할 말을 깨내기 전 흔히 하는 발화다. 우리가 "거시기 있잖아요?"라고 뜸 들이는 것과 진배없다. 호흡은 다시 평상시로 돌아온다. 전 인류가 함께 거창한 식사를 하는 것을 꿈꾸던 화자는 그것이 불가능한 것이라는 것을 깨친 듯, 그 꿈이 너무 작아지는 것이 미안한 듯 "저기 있잖아요,"로 조심스럽게 말을 꺼내고 있는 것이다. 그리고 최소한 '혼자서는 밥 먹지 말라'고 낮은 목소리로 권유한다. 그럼에도 실재현실에는 혼자서 밥을 먹고 있는 사람이 수두룩하다. "그래도 혼자라고요?" 화자 또한 소통부재의 이런 현실을 이해하고 있다. 시를 마감하는 마지막 발화는 절창이다. "그럼, 우선 점심이라도 같이 해요" 이 어린아이 같은 목소리는 이제 자신이 직접 적극적으로 나서고 있다. 점심 한 끼라도 이웃과 함께 나누자는 이 천진스런 마지막 발화에 우리는 스스로를 돌아보며 갑자기 가슴이 서늘해지는 짐을 느낀다.

시인의 분방한 상상력으로 민첩하게 변모하는 시적 이미지는 우리가 따라잡기 바쁘다고 말했다. 어린아이가 그리는 그림은 분방하게 갈지자로 왔다 갔다 하며 어디가 시작이고 끊어지는지도 알 수가 없다. 그러나 마구잡이로 그은 것 같은 선 하나하나에는 그가 아는 대상에

대한 모든 것이 담겨있으며 그것을 정확하게 표현하려는 최선의 열정
이 깃들여 있다. 그는 나름대로 대상을 전혀 왜곡됨이 없이 명확하게
그리고 있는 것이다.

우리가 먹는 많은 먹거리에는 그것을 키운 사람, 운반한 사람, 연료
를 댄 사람, 음식으로 만든 사람, 그 밖에 수많은 사람들의 힘든 노동
이 깃들여 있다. 그래서 화자는 음식을 집으며 땀과 눈물의 결실인 그
'알맹이들의 흐느낌'을 느끼게 될 수 있는 것이다. 그리고 그 음식과 관
계된 많은 사람의 애환이 "울고 웃는 소리"로도 들리게 되는 것이다.

그러나 "소곤거리는 소금"은 좀 힘이 든다. 어떤 인종의, 어떤 문화
의, 어떤 계급의 무슨 음식이든지간에 음식에는 소금이 들어가야 하는
것이 필수다. 그렇다고 해서 소금을 요란한 소리처럼 퍼 부어넣어서는
절대 안 된다. '소곤거리듯' 살짝 뿌려 적당히 간을 맞춰야 한다. 지구의
모든 인간이 함께 모여 즐기는 거창한 식사 자리다. 이 소망스런 자리
에 소금은 소곤거리듯 음식에 적당히 스며들어 향연을 더욱 빛나게 하
고 있다. 이제 이해가 간다. 더구나 '소곤'과 '소금'의 유사 발음은 서로
완벽한 조화를 이루고 있다. 이런 점에서 볼 때 "소곤거리는 소금"은 시
인의 예지를 통해 획득되어진 어휘로 감동 깊은 성취라 할 만하다.

어린아이 같은 분방한 상상력에서 기인하는 시인의 독특한 어조는
표제 시 「냉장고 여자」에서도 유감없이 표출된다.

그녀가 내 집에 온 지 10년이 넘었다/ 우리는 결혼식도 안 하고 간편하
게 동거했다/ 그녀는 지상의 태양들을 가져온 내 식탐을 나무라지 않고/

차가운 인내심으로 잘 받아 주었다// 홀아비가 처녀를 데리고 산다고/ 주변의 지인들은 손가락질하며 입방아를 찧으며 쑥덕거렸다//(…)// 실제로 그녀를 본 사람은 없다/ 물론 나도 그녀를 찾아 헤매다가/ 그녀의 고향인 저 설산(雪山)이나 안나푸르나엘 갔나 하고/ 냉동실 문을 열어 봤지만, 차가운 숨결만 느꼈을 뿐이다// 그녀와 동거한 지 10년이 넘는, 어느 날부터/ 그녀는 밤마다 흐느껴 우는 것이었다/ 나는 거실로 나가 냉장고 문을 열고 그녀를 찾아보지만/ 언제나처럼 그녀는 보이지 않고 울음소리만 들린다/(…)// 이제 그녀의 흐느낌은 앓는 신음까지 내며 집안을 흔들었다/ 보내 줘야지, 미련 없이/ 이별이라는 비장한 마음으로 그녀의 문을 열자/ 태양의 자식들은 아이스크림처럼 녹아내리고/ 마지막 차가운 숨결 한 줄기가 내 얼굴을 스친다

－「냉장고 여자」부분

우리는 화자가 "결혼식도 안 하고" 10년이나 동거하고 있는 '그녀'를 설명하며 글을 시작할 때 그럴 수도 있겠다고 인정하며 무심코 독서를 시작한다. 세상에는 그런 커플들도 더러 있기 때문이다. "태양들을 가져온 내 식탁"과 그녀의 "차가운 인내심"을 언급할 때 약간 그 속내가 궁금해지지만 자세한 뜻을 따지지 않고도 무리 없이 독서를 계속할 수 있다. 더구나 "홀아비가 처녀를 데리고 산다고" 지인들이 쑥덕거렸다는 대목에 와서는 정말 화자가 자신의 동거녀를 소개하고 있는 것으로 느끼게 된다.

그러나 우리는 사람들이 찾아오면 그녀가 "냉장고 안으로 들어"가고 또한 그녀를 찾기 위해 "냉동실 문을 열어" 본다는 데서 바로 그녀

가 '냉장고'라는 사실을 깨닫는다. 그럼에도 화자는 시의 마지막까지 냉장고라는 사물에 철저하게 '그녀'라는 인간의 속성을 부여한다. 은유는 명사에 한정되지 않는다. 흔히 '의인(擬人)'이라고 부르지만 동사도 얼마든지 은유로 사용될 수 있다. 그녀, 즉 냉장고는 "속을 무던히도 썩이는" 화자를 인내심으로 "잘 받아주었다" 그리고 동거 10년이 지난 어느 날부터 "밤마다 흐느껴" 울기 시작한다. 마침내 "앓는 신음까지 내며" 운다. 인내심이라는 인간의 덕목을 발휘하고, 신음소리까지 내며 감정을 표출하며 우는 '무생물체'를 보며 우리는 '동사'가 얼마나 적절한 은유가 되는지 머리를 치며 깨닫게 된다.

그녀가 신음소리까지 하며 흐느껴 운다는 것은 '이별할 때'가 되었다는 말이다. 살아있는 인간으로 대하며 정을 나누던 화자에게는 미안한 말이지만 냉장고는 이제 '폐기처분 할 때'가 되었다는 소리다. 화자는 그녀를 보내주기로 하고 "비장한 마음으로" 그녀의 문을 연다. "태양의 자식들"은 녹아내리고 그녀의 "마지막 차가운 숨결 한 줄기가" 화자의 얼굴에 스친다. 애잔한 서사다. 냉장고와의 이별이 어쩌면 이렇게 안타까울 수 있을까. 사랑하는 사람과 이별하는 것 같은 애절함이 고스란히 손에 잡힌다.

이 시에서 "태양의 자식들"이란 어휘를 주목해볼 필요가 있다. 이 말은 "지상의 태양들"이란 말로 시 앞부분에서도 나타난다. 어찌하여 '태양의 자식들'은 냉장고 안에서 녹아내리고, '지상의 태양들'은 식탁의 대상이 되는 것인가. 모든 식물은 햇빛을 받아 잎의 엽록소로 광합성을 하여 성장한다. 이것을 초식동물이 먹고 그 동물을 다시 육식동물이 먹고 산다. 우리가 먹는 모든 것의 근원을 따지다보면 결국 태양에 이르게 된다. 냉장고 안의 "할인점에서 산 채소"도, 먹다 남은 "순대나 홍어"도, 냉동상태로 잠자고 있는 "떡국과 돼지고기와 소머리"도 모두 태양에서 비롯된 '태양의 자식'들이다. 물론 우리도 '태양의 자식들'인 것은 마찬가지 아닌가. 냉장고 안은 차다. 화자는 자신의 생명과 직결되는 여러 음식물을 그 "찬 인내심"으로 10년 동안이나 갈무리해주던 그녀와 이제 이별해야한다. 그녀는 마지막으로 "차가운 숨결 한 줄기"를 화자의 얼굴에 뿜어주며 말없는 작별인사를 대신한다. 그 이별은 참으로 안타까울 만하다.

앞에서 보는 것처럼 김영탁의 시에는 서사가 담겨 있다. 서사문학의 원초적 상황은 화자가 어떤 사건, 즉 일어난 일을 청중에게 이야기하는 것이다. 다음 시에서도 그 일어난 어떤 일이 어른을 위한 동화처럼 기술된다.

어디서 왔는지 모를/ 플라스틱으로 만든 애기 주먹만 한 부처/ 정수리에 상투 구멍을 만들어/ 언제부터 누가 매달아 놨는지/ 대웅전 가운데 자리도 아닌/ 백미러에 매달려 흔들거리는/ 후광도 없는 플라스틱 부처, 어느 날 그 행적이 궁금하여/ 부처의 엉덩이 밑을 바라보니/ 중국에서 건너오셨구나/ 가볍고 조잡한 플라스틱 중국제라고/ 그럼 그렇지, 고개를 끄덕이지만/ 그래도 금물을 들여/ 번쩍번쩍 금빛의 부처/ 백미러에 매달려 나를 지그시 바라보시네/ 내가 운전을 하며 앞차나 옆차에 대고/ 보행자와 오토바이에 대고/ 씩씩거리며 쌍말이나 욕을 할 때마다/ 백미러에 매달린 플라스틱 부처는/ 말없이 바라보셨네/ 사람보다 차가 우선이라고 믿던 습관이/ 횡단보도에서 사람을 깔아뭉갤 뻔했다가/ 다행히 가벼운 사고에 나는 가슴을 쓸어내리며/ 아이고, 부처님! 두 손을 플라스틱 부처를 향해 비볐네/ 여기저기 다니며 절했던 우람한 대웅전 부처보다/ 내가 타고 있는 승용차가 대웅보전이고 금부처였네!

— 「플라스틱 부처」 전문

자동차 백미러에 매달려 흔들거리는 "애기 주먹만 한 부처"가 있다. 현재의 상황이다. 시인은 이어 그 부처의 내력을 설명한다. 그것은 "금물을 들여 번쩍번쩍 금빛이 나는" "가볍고 조잡한 플라스틱 중국제"였다. 싸구려라는 소리다.

필자도 그렇지만 대개의 사람들이 운전대만 잡으면 앞·옆 차량에, 보행자나 오토바이에 "씩씩거리며 쌍말이나 욕을" 한다. "사람보다 차가 우선"이라는 이런 평소의 못된 습관 때문에 결국 "횡단보도에서 사람을 깔아뭉갤 뻔"하는 사고가 발생한다. "다행히 가벼운 사고"로 그쳐 화자는 안도의 마음에 "가슴을 쓸어"내린다.

갑자기 화자는 쌍욕을 할 때마다 백미러에 매달려 자신을 "말없이 바라"보시던 싸구려 부처를 떠올린다. 그분의 은공으로 자칫 엄청난 사고가 될 뻔했던 일이 가볍게 마무리 된 것으로 느껴진다. 화자는 "아이고, 부처님!"을 부르며 그 가볍고 조잡한 "플라스틱 부처를 향해" 두 손을 비빈다.

화자는 쾌속의 깨우침을 얻는다. "여기저기 다니며 절했던 우람한 대웅전 부처보다" 자신의 승용차 안이 "대웅보전"이었고" 백미러에 흔들거리는 플라스틱 부처가 진정 "금부처"였다는 사실을.

필자는 시인과 함께 많은 곳을 여행하였다. 그와 사찰에 가면 꼭 대웅전에 올라 부처에 합장하고 절을 하는 것으로 보아, 신실한지 어쩐지는 몰라도 그가 불교 신자임은 잘 알고 있다. 그래서인지 인용 시는 일상에서 일어난 한 사건을 기술하고 있지만 불교와의 연관성이 짙어 보인다. 그렇다고 무슨 심오한 종교철학을 언급하고 있는 것이 아니다. 그의 모든 시가 그러하듯 시적 발상은 신선하고 그의 깨침 또한 단순하고 명쾌하다. 요즘 많은 시편에서 돈오, 해탈, 화두, 공안 등과 같은 다양한 불교용어와 맞닥뜨리게 된다. 하도 자주 눈에 띄어 이것도 하나의 유행 추수현상이 아닌가 싶어 눈살이 찌푸려질 지경이다. 위의 시에서는 그 흔해빠진 불교용어 하나 발견할 수 없다. '부처'나 '대웅전'이 등장하지만 이런 말은 누구라도 알고 있는 보통명사에 불과하다. 이것이 김영탁 시를 다른 시와 구별하게 하는 특징으로 작용한다.

시인은 감히 "부처 정수리에 상투 구멍"을 보며 그 구멍을 통해 부처가 매달린 것을 알고, 황공하게도 "부처의 엉덩이 밑"을 바라보고 그것이 중국제인 것을 안다. 매달려 흔들리는 "애기 주먹만 한" 조그만 부처라 그런가? 그럼에도 부처는 화자를 "말없이 바라보시고" "지그시 바라보신다" 이처럼 경어를 쓰는 것으로 보면 그가 신자인 것은 확실한 것 같다. 그러나 신자가 아닌 나 같은 사람도 통상 '부처님'이라고 부르고 이 정도 경어는 의식하지도 않고 쓴다. 게다가 화자는 부처가 바라보고 있는데도 우리가 충분히 짐작할 만한 쌍욕을 해댄다. 여기서 우리는 서방정토에 거하시는 부처가 평범한 보통사람의 마음에 안치되고 있음을 본다. 불성의 인격화다.

화자는 아침에 차를 몰고 집에서 나올 때부터 부처에게 '오늘도 무사히' 같은 기원을 드린 것이 아니다. 차 속에서도 마찬가지다. 기원은 커녕 쌍소리만 해댄다. 부처는 하나의 장식물처럼 그냥 백미러에 매달려 흔들거릴 뿐이다. 사고가 터지지 않았더라면 종일 그렇게 흔들거렸을 것이다. 아니 그 이튿날도, 또 그 다음날도 계속 흔들거리고만 있었을 것이다. 그러나 뜨거운 일을 당하고 나서야 그 존재를 깨우친다. 그리고 그것이 바로 우리 같은 보통 인간의 '인간적'인 생각과 행동이다.

선불에서는 바로 이런 평범한 인간이 바로 불성을 이루는 주체가 된다. 고행의 두타행이 아니라 배고프면 밥 먹고 졸리면 잠자는 우리 같은 '인간적' 인간들이야말로 돈오성불을 할 수 있는 주체로 보는 것이다. 돈오는 사변적 추리가 아니다. 그것은 감성을 통한 초월로 개체적인 '직각(直覺) 체험'이다. 따라서 그것은 현실생활 중에서 거의 무의식적으로 획득할 수 있다는 게 선불의 논리다. 그렇다면 위 시의 화자야 말로 "아이고, 부처님!"하며 손을 비빌 때 바로 이런 직각적인 체험을 하고 있는 것이다. 세속의 감성적 일상이 그대로 수행이 되고 이를 통한 깨침을 얻는 것은 재가불교를 떠받치는 기둥이다. 따라서 화자에게 깨침의 장소는 웅장한 대웅전이 아니라 "내가 타고 있는 승용차"가 되는 것이며, 깨침을 주는 대상은 황금 칠로 번쩍이며 가부좌하고 있는 우람한 부처가 아니라 매달려 흔들리는 "애기 주먹만 한" 부처가 되는 것이다.

시인의 이런 생각은 「완두콩」이란 작은 사물을 보면서도 마찬가지로 나타난다.

어찌어찌 껍질 안에서 빠져나온 콩 하나가 지하철 계단을 콩콩콩 내려 간다/ 땅속으로 들어간 콩의 유전(流轉)이야 뻔하겠지만/ 그때부터 여인 의 손에서 완두콩 넝쿨이 쑥쑥 뻗어 나와 하늘로 푸르게 푸르게 올라간다
　　　　　　　　　　　　　　　　　　　　　　　　－「완두콩」 부분

"콩"이 "콩콩콩" 내려간다. 발음만 해보아도 귀가 즐겁다. 모국어의 아름다움을 새삼 느끼게 하는 대목이다. 화자는 "지하철 계단에서 완 두콩을 까고 있는 늙은 여인"을 보며 그 정경을 그리고 있다. 여인의 "손이 부지런"하여 콩은 "쌓여" 가지만 사람들은 "콩을 사"지도 않고 "바삐 지나가"기만 한다. 연민과 동정을 표현하는 직접적인 어휘는 이 시에 전혀 없다. 그러나 작품 전체에는 여인을 향한 따뜻한 연민의 눈 길이 가득 차있다. 특히 "여인의 손에서 완두콩 넝쿨이 쑥쑥 뻗어" 올 라간다는 말은 예의 어린아이 같은 기발한 상상력으로 그녀에 대한 지 극한 애정의 표출이 아닐 수 없다.

이 시에서 눈길을 끄는 어휘는 "콩의 유전"이다. '인생유전'이란 말 처럼 '유전(流轉)'은 여기저기 떠돌아다니는 것을 뜻하는 흔히 쓰이는 말로 특별히 어려울 것도 없는 어휘다. 그러나 불교적으로 따지자면 '유전'이란 말은 생사(生死)가 계속하여 반복되고, 삼계육도(三界六道)를 끊임없이 윤회하는 것을 의미한다. 우리의 운명이 그러하고, 콩을 까

고 있는 여인의 운명이 그러하고, 콩의 운명 또한 마찬가지다. 어찌 보면 우리는 하루에도 몇 번씩 생사를 넘나들며 산다. 좋아 죽고 미워 죽고, 더워 죽고 추워 죽고, 바빠 죽고 심심해 죽고, 배고파 죽고 배불러 죽는다. 목말라 죽고, 오줌 마려워 죽고, 졸려 죽기도 한다. 몇 번이 아니라 하루 종일 생사를 오가며 사는 게 우리 삶이다. 이것이 인간 유전의 한 예가 된다면 모든 생명의 유전 또한 그러할 것이다. 그래서 화자는 "콩의 유전이야 뻔"하다고 말하고 있는 것이 아닌가.

화자는 이런 사실에 비관적이 아니다. 콩은 "넝쿨이 쑥쑥 뻗어 나와 하늘로 푸르게 푸르게 올라간다"고 콩의 유전을 긍정적으로 보고 있다. 불교적 유전으로 보면 내세에는 여인이 콩으로, 콩이 여인으로 윤회하여 되풀이되는 삶을 살지도 모른다. 그래서 콩 넝쿨은 여인의 손에서 뻗어가는 것이 아닌가.

완두콩 넝쿨은 푸르다. 시인의 마음도 푸르다. 그래서 그런지 김영탁의 시에는 '푸름'이 많다. "푸른 잎"은 "시퍼런 강물을 출렁"이게 하고, 여름 신부는 "푸른 강물에 날마다 뒷물"을 한다.(「여름, 한다」) "별들은 서늘한 푸른색으로" 반짝거리고 "파랑의 파랑새"들이 날아다닌다.(「일식」) "파랑새"가 "물푸레나무 건드리면" "푸른 잎"이 돋아난다.(「봄, 한다」) 그리고 이 시에서처럼 콩 넝쿨도 "푸르게 푸르게" 올라간다.

한마디로 김영탁의 시는 어린아이처럼 싱싱하고 푸르다.

밝은 어조의 죽음, '나도 곧 갈 테니 꼭 거기서 만나'

— 유자효의 『꼭』

　　꼭 유자효 시인의 작품에 글을 쓰고 싶었다. 그를 만날 때마다 환한 얼굴과 아이 같이 해맑은 웃음이 좋았다. 이런 시인은 어떤 시를 쓸까 궁금했다. 그래서 더 그의 작품을 읽고 글을 쓰고 싶었던 것 같다. 이런 구김살 없는 얼굴과 웃음은 바로 거짓 없이 진솔한 그의 마음에서 비롯되었음을 알게 되었다. 작품도 마찬가지다. 시인은 시집의 머리말에서 자신의 작품이 비록 "재주의 부족으로 완성도가 떨어지는 작품"은 있을지 몰라도 "거짓으로 쓴 작품"은 없다고 말하고 있다. 그만큼 시인은 위선과 가식을 걷어내 버린 작품을 생산해왔고 또 앞으로도 그러할 것임을 다짐하고 있다. 우선 시집의 표제작이자 첫 번째 등장하는 작품인 「꼭」을 본다.

꼭/ 돌아갈 거야/ 그날 그 시간 그곳/ 이제는 영원이 되어/ 흔적 없이
사라진/ 그날 그 시간 그곳/ 우리 다시 만나/ 꼭

– 「꼭」 전문

시는 "그날 그 시간 그곳"으로 꼭 돌아가겠다는 화자의 강한 의지
를 표출하며 시작된다. 이어 화자는 "그날 그 시간 그곳"에 대해 설명
한다. 그곳은 바로 "이제는 영원이 되어/ 흔적 없이 사라진" 곳이다.
그렇다면 꼭 돌아가겠다는 그곳은 '죽음의 세계'다. 시의 마지막 부분
에서 "꼭" "우리 다시 만나"자고 기약하고 있는 곳도 다른 곳이 아닌
죽음의 세계인 것이다.

시는 한 마디로 화자가 "이제는 영원이 되어/ 흔적 없이 사라진" 죽
음의 세계로 꼭 돌아갈 것이며, 시적 대상인 상대방에게 그곳에서 꼭
다시 만날 것을 기약하고 있는 것으로 정리된다. 시는 '꼭'으로 시작하
여 '꼭'으로 끝이 난다. 이 단음절의 부사어에는 무슨 일이 있어도 어떤
일을 반드시 하고 말겠다는 뜻이 담겨있다. 즉 이 발화를 하는 자신에
게는 굳은 '다짐'을, 발화를 듣는 상대방에게는 강한 '당부'를 하고 있
는 말이다.

모든 생명은 필멸한다. 엄숙한 말이다. 그럼에도 어조로 보아서는
화자가 돌아가겠다는 그곳, 다시 만나자는 그곳은 그처럼 심각하고 두
려운 곳이 아니다. 화자는 그곳이 좋은 곳인지 나쁜 곳인지, 즐거운 곳
인지 슬픈 곳인지 아무런 평가를 하지 않는다. 그러나 "우리 다시 만
나"라는 어조는 마치 동네 마실 나가는 사람에게 '나도 곧 따라갈 테니

거기서 만나' 정도의 밝고 경쾌한 어조다. 침울한 어조가 절대 아니다. 그렇다면 시인의 이런 밝은 어조는 어디에서 연유하는 것인가.

> 지상의 한 생명이 떠났다는 것은/ 별이 되었다는 뜻이다/ 우주의 모든 것은 별에서 왔기에/ 그가 태어난 우주로 돌아갔다는 뜻이다/ 유한한 세상을 떠나/ 무한한 시공의 주민이 되었으니/ 이제 비로소 이루었다는 뜻이다

- 「죽음」 전문

시인은 간명하게 자신이 보는 죽음의 의미를 설명한다. 즉 "한 생명이 떠났다는 것은 별이 되었다는 뜻"이고, 이는 그가 '왔던' "우주로 돌아갔다는 뜻"이다. 또한 유한에서 무한 세계의 주민이 되었으니 "이제 비로소 이루었다는 뜻"이기도 하다. 이것이 시인의 죽음에 대한 해석이자 위 시의 전부다.

시인은 "죽어 별로 돌아간 어린 왕자처럼"(「예술론」) 죽음과 별을 연계시킨다. '돌아갔다'는 말은 온 곳으로 다시 갔다는 말이다. '온 곳'은 어디인가. 우주의 별이다. 이는 오직 시인의 꿈과 상상력에 의해서만 나온 말이 아니다. 물론 아침이슬에서 개똥벌레가 생긴다는 생명기원에 대한 자연발생설은 이제 아무도 믿지 않는다. 그러나 우주기원설, 즉 우주공간에서 태양계로 날라든 생명체가 혜성에 실려 지구표면에 떨어지고 이것이 진화·발전했다는 설과, 물질진화설, 즉 무기질이 유기질로 변화·형성되고 이것이 원시세포가 되어 다세포 생물로 진화

했다는 설은 생명기원을 설명하는 양축의 현대 이론임에 사실이다. 시인은 전자를 믿고 있다. 실제로 맹장수술을 받은 어느 시인이 "이제 안드로메다에는 갈 수 없겠구나"라고 한탄의 노래를 부르는 걸 보았다. 자신이 지구에 올 때 선조들이 다 생각이 있어 표지로 달아준 맹장을 떼어버렸으니 다시는 고향에 돌아갈 수가 없다는 것이다.

죽음은 시인에게 특별난 게 아니다. 단지 고향의 별에 돌아가는 것이다. 그곳은 무한의 세계다. 결국 유한한 생명이 무한한 존재의 일원이 되는 것이니 죽음은 "이제 비로소" '이루어지는 것'이다. 해면에 적신 신포도주를 맛본 예수가 "이제 다 이루었다" 하시고 고개를 떨어뜨리는 정경이 확 다가온다. 예수도 아버지가 거하는 하늘나라로 다시 돌아가신 것이 아닌가. 시인은 자신의 관심사가 "인생의 완성"이라고 강조한다. 이 시집도 "그 출발선상 쯤이 될 것"(『시인의 말』)이라 한다. 과연 '완성'이 무엇인가. 바로 '이루는 것' 아닌가.

"어제도" "오늘도" "내일도" 쓰는 글은 바로 "유언을 쓰고 있는" 것(『유언』)이라고 시인은 말한다. 그래서인지 시인의 작품에는 유달리 죽음에 대한 것이 많이 눈에 띤다. 그런데 하나같이 어둡고 칙칙한 구석이 전혀 없다. "돌아가신 아버지는 아들을 효자로 만들어" 주시고 "문학상도 받게 해"주신다.(『착한 아들』) 먼저 떠난 시인은 "죽은 그가/ 산 우리에게" "육개장 한 그릇" 씩을 내는 사람이 된다.(『육개장』) "백발에 눈썹까지 흰" 최형우가 YS영정 앞에 "퍼질러 앉아 아이처럼 우는" 모습과, 이를 "꽃들에 쌓여 묵묵히 보고 있는" 고인의 모습은 오히려 부러울 지경이다.(『울음2』) "남은 이 전송받는 게 호강"이다.(『호강』) 모두가 잔잔한 감동의 물결로 우리의 가슴을 적시는 따뜻한 정경들이 아닐 수 없다.

　시인의 환한 얼굴과 밝은 웃음은 거짓 없는 진솔함에서 비롯된 것이라 말했다. 이런 순수한 마음이 죽음까지도 긍정적으로 담담하게 바라볼 수 있게 한다. 그래서 저절로 밝은 어조로 죽음을 노래할 수 있는 것이 아닌가. 죽음은 시인에게 결코 두려운 대상이 아니라 얼마든지 수용할 만한 '생의 완성'일 뿐이다. 이럴진대 시인의 여생이 「꽃길」이 될 것임은 말해 잔소리다. 그는 어제도, 오늘도 '유언'을 쓰고 있다고 했다. 물론 내일도, 내년에도, 이삼십년 후에도 계속 아름다운 유언, 즉 '찬란한 예술'을 쓰고 있을 것이다. 그렇게 믿고 기원한다. 꼭.

뻘 묻은 아낙네의 튼튼한 종아리
─ 김종태의 『오각의 방』

늦가을 저녁나절, 썰물 지는 바닷가를 그린 서정 짙은 풍경화 하나를 본다.

아낙네 둘이 육 척 널배를 밀며/ 달그림자 진 참뻘을 기어가고 있다/ 쇠발 달린 밀대로 건져 올린/ 새치름한 참꼬막을 다라이에 담으면/ 실하게 살 올라 붉은 종아리 아래/ 사뿐사뿐 저녁 안개 피어 오른다/ 꼬막된장찌개 얼큰해진 늦가을 바람/ 가판 새조개 부러진 날개는 아직 젖어/ 한없이 파닥이는 은빛 썰물은/ 저 찾아온 객들을 외로이 재워두고/ 밤 마실 다니는 능청스런 주인장인가

― 「벌교」 전문

이 시에는 짧은 시간에 시각적 감각으로 포착된 강렬한 심상이 있다. 시간은 달 떠오르는 저녁이다. 바닷물이 빠져나가며 번질번질한 개펄이 송두리째 드러나는 때다. 수많은 작은 생명이 숨 쉬고 있는 곳

이고 또 그것들로 생을 꾸려가는 사람이 있는 곳이다.

"저녁 안개 피어오른다."까지는 그야말로 인상주의 화법으로 묘사된 풍경화이다. 이 시는 크게 두 단락으로 구분이 되는 데 여기까지는 그림이고 이후에는 화자가 자신을 성찰하는 내용이다. 색채는 사물의 지속적이고 본원적인 성질이 아니라 그 표면에 영향을 미치는 날씨나 빛에 따라 끊임없이 변화하는 것이다. 시인은 추상어가 아니라 구체적 언어를 찾아 짧은 붓의 터치로 저녁나절 개펄에 부서지는 빛을 점묘하기 시작한다. 그가 보는 풍경에는 새파란 아가씨도, 폐경 지난 할머니도 아닌 '아낙네'가, 하나도 여럿도 아닌 딱 '둘'이 보인다. 아낙네는 세상 쓴맛단맛 다 알지만 아직은 생산도 얼마든지 할 수 있는 한창때 여인이다. 그림 속에 움직이는 이런 '두' 아낙네는 저녁풍경을 더 인상적으로 만든다. 하나는 너무 고적하고 떼거리는 시끄럽다. 둘은 '육 척'짜리, 즉 길이 2미터도 안 되는 작은 배로 "달그림자 진 참뻘"을 기어가고 있다. 선연한 심상으로 우리는 당장 화자와 함께 벌교의 개펄에 들어서게 된다.

명징한 시각적 감각을 얻기 위해서는 이처럼 구체어가 견인되어야 한다. 이제 포커스는 아낙네로 좁혀지지만 여전히 화자의 밝은 눈은 그 구체적 밀도를 놓치는 법이 없다. 두 사람이 수확한 꼬막은 "쇠발 달린 밀대"로 잡은 것이다. 그녀들은 그것을 "다라이에 담"고 있다. "붉은 종아리"를 가진 그들의 실하게 튼튼한 다리 아래로 하루가 저무는 "저녁 안개 피어오른다."

있을 것 다 있고 빠진 것은 없는 그림이다. 그러나 강한 심상으로 저녁나절의 개펄이 묘사되고 있지만 시는 자연의 '재현'이라는 모방론적 위치에만 멈추지 않는다. 그 서정 짙은 풍경 위에는 시인의 정신세계 한 자락이 얹혀 있다. 저녁바다에서 일해야 하는 그들은 가난하다. 그러나 누구에게도 부끄럽지 않은 노동을 끝낸 후의 온전한 평화가 수확물을 수습하고 있는 그들 어깨 위에 고즈넉이 머물고 있다.

시의 후반부에도 묘사는 계속되지만 이는 화자 속내의 표출을 위한 수식의 일환이다. 당연히 "꼬막된장찌개"의 얼큰한 냄새는 힘든 일을 마친 아낙네의 휴식에 바쳐지는 '수고의 대가'가 될 것이다. 바닷물은 이제 "한없이 파닥이는 은빛 썰물"이 되어 난바다로 향하고 있다. 이 시의 백미라고도 할 수 있는 아름다운 정경이다. 그런데 화자는 갑자기 이 대목에서 짐짓 먼 바다로 가는 '썰물'에 대해 "저 찾아온 객들"은 외롭게 남겨두고 혼자 "밤 마실 다니는 능청스런 주인장"이라고 볼멘소리를 하고 있다. 그러나 실상 이 말은 스스로를 돌아보며 자신의 존재의미를 확인하고 있는 말이다. 조수(潮水)는 자연의 이치대로 먼 바다를 출입하고, 그곳의 아낙네는 이에 맞춰 생을 꾸리는 당위의 수고를 할 뿐이다. 객이 외롭다는 것은 객의 생각이지 그들과는 무관하다. 화자는 신산한 삶이지만 자연의 순리대로 건강한 삶을 영위하는 벌교의 아낙을 통해 통렬한 존재론적 자기인식의 기회를 갖고 있는 것이다.

짐치라고 부르면/ 장꽝 옹기들처럼 옹기종기 앉아 버무리던/ 젓국물 고치 마늘내 된바람에 실려오고/ 짐치라고 불러 보면/ 삼동내 문풍지 바림

떨릴 때/ 설설 끓던 아랫목같이 목울대 울렁인다.

─「짐치」 부분

　김종태의 시가 뿜어대는 충만한 에너지의 근원은 삶의 밑바닥에서
비롯된다. 유년시절의 구체적인 기억들은 어김없는 감각적 파장으로
시에 강한 역동성을 불어 넣고 있다. 시인은 어머니가 담던 김치를 서
리 내리기 전 수확하는 "내륙의 마감"이라 칭한다. 이는 그가 '동치미'
를 적당히 간이 밴 "내륙의 숨결"(「동치미 한 자루」)이라 자리매김하는
것과도 같다. 그의 기억 속에 남은 김치와 동치미는 바로 그의 고향 김
천과 무관하지 않다. 그곳이 바로 반도의 '내륙'이 아닌가. 그 '내륙'에
계신 어머니의 "국어사전에는" 김치와 배추와 무가 없다. "짐치와 배
차와 무시"가 있을 뿐이다. 시인은 그 구체적 조리법을 정확히 열거하
고 먹는 방법까지 들려준다. 짐치는 "곰삭은 멸치젓"이 들어가야 하
고, "삼한사온 푹 쉬지 않을 만치 짜야" 하고, "땅 파 앉힌 독 속에" 익
혀야 하고, "허연 무시를 숭덩숭덩 안아야" 한다. 그리고 그 "결을 따
라 손으로 찢어먹어야 한다."

　멸치 우린 물에 나물과 밥을 넣어 끓인 경상도 토속음식 '갱시기'에
대해서도 이런 구체성과 역동성은 여전하다. "겨울비 뼛속으로 파고
들" 때는 "멸칫물에 느타리 묵은지 콩나물 익어 찬밥 풀고" 끓이고, 술
드신 아버지를 위해선 "수제비 가래떡 넣어 삶아" 끓여 올리고, "불알
친구 그리워 헛헛"할 때는 "부서진 라면조각이라도" 넣어 끓이라고 당
부하고 있는 것이다.(「갱시기」)

열거된 여러 음식자재들은 한국사람 누구에게나 토속적 정서가 깃든 익숙한 재료들이다. 김종태의 서정시 근저에는 이처럼 구체적 기억들이 깊게 뿌리박고 있다. 시적 대상들은 변화하고 사유의 심도는 깊어가지만 감각적인 구체성은 엄존한다.

"수평의 일터에서 바동대는 사람들은 수직을 왕래하는 그"를 만나게 되고, "안경을 닦는 사람들의 시야"는 흐리지만 "시계를 끄른 그의 창천"은 무한하다. 시제가 「유리창 청소부」라는 것을 알면 우리는 즉시 선연하게 그를 대하게 된다. 일터에서 바동대고, 안경 닦아도 시야가 흐린 사람은 바로 우리고 "도도히 솟구쳐 오르는 사람"은 '그'다. 이런 역설적 대비는 '수평'과 '수직'이란 반대개념을 통하여 그 효과를 배가한다.

예와 격식을 갖춰 입는 옷이 「예장」이다. 화자는 이 시에서 자신의 예장이 "검정 정장, 노란 넥타이"임을 알려준다. '모닝코트'까지 차려입고 "삼동의 산 깊이 죽으러" 간 사내도 소개한다. 우리는 시의 모두에서부터 구체적 옷차림을 시각적 감각으로 인지하며, 동시에 예장이 상징하는 삶과 죽음에 대한 시인의 의도를 간취한다. '무대' 위의 예장과 '영정' 앞의 예장은 동질의 것이어서 이 경계는 지워지고 마는 것이다. 생성과 소멸 또한 "한없이 사라지고 또 순식간에 자라나는 모래산"(「사막의 출입구」)처럼 그 경계를 지운다. 실상 우리의 존재는 "본시 온 곳도 간 곳도 모르는"(「이명」) 것이 아닌가. 대척점에 위치한 형질들은 "그 모든 경계가 스스로 풀어"지고 불이(不二)가 된다.

시인의 형이상학적 사유가 그 심도를 더할수록 서사의 구체성은 서서히 지워지며 마침내 "감각이 사라진, 고통은 있으나 느끼지 않는 언어도단"(『오각의 방』)의 공간으로 향한다. 삶과 죽음, 생성과 소멸, 존재와 부재의 경계는 '오각의 방'이란 은유 속에서 대립적 경계를 지우고 공존한다. 실상 이런 양면성이 바로 존재를 구성하는 필연적 속성들이 아닌가. 대개의 모든 방은 직각으로 된 '사각의 방'이다. 그럼에도 시인의 사유는 결국 직각이 두 개 이상은 없거나 아예 존재하지 않는 「오각의 방」으로 치닫게 되는 것이다.

그러나 분명한 것은, 시집을 접은 지금도 "실하게 살"이 오른 꼬막 잡는 아낙네의 건강한 종아리가 우리 눈앞에 선연하다는 사실이다.

황홀한 고수의 검광(劍光)

— 강영은의 『최초의 그늘』

검객으로 말하자면 강영은은 고수 중의 고수인 것 같다. 그가 무당(武當)파인지, 소림(少林)파인지 아미(峨嵋)파인지 어느 파인지 알 수는 없으나, 짐작하건대 아홉 문파의 검법을 모두 섭렵하고 지금은 사문(師門)을 떠나 말 그대로 '무당파(無黨派)'로 자유롭게 강호를 떠돌고 있는 것 같다. 가끔 의협의 검광으로 "몇 개의 산을 베어"넘겼지만 "어둠을 가른" 검객의 "종적은 묘연하다."

시집 『최초의 그늘』의 마지막 시, 「시인」에서 몇 마디 인용하여 시인을 그려본 말이다 "둥글게 허공을 베며" 나는 시인의 검광에는 "그리움의 날"도 "서럽게 운" 세월도 배어 있다. 허기야 고수가 되기까지 검림(劍林)의 숲에서 어찌 베이고 다치고 울지 않았으랴. 그러나 그런 것들은 "칼날에 토막 난 시공"에 불과하며 시인은 이제 그의 검비(劍鼻)에 "하늘 한 귀퉁이"를 "숭덩 떨어"뜨리려 한다. 그리하여 시인은 시집의 머리말에서 "시야, 언제 내 밥이 돼 줄래?" 라고 무림의 고수답게 중얼거릴 수 있는 것이다.

> 천야만야, 날을 벼리고 천길 벼랑 위로 솟구친/ 검 한 자루/ 절대고독의
> 죽음을 가른다
>
> －「시인」 마지막 연

이런 시인의 결기는 글쓰기 스타일부터 다르게 나타난다.

> 항해의 시작은 이러하니 바다의 얼굴을 어루만져 눈이 있음직한 부위를
> 파내니 두 개의 굴형 밖으로 뜨거운 용암이 흘러내리더라 쇄설물이 파도
> 의 미간에 박히니 사람들은 그것을 별빛이라 불렀더라 별의 궤적이 물결
> 을 안내하니 사람들이 별빛을 운구하더라//…// 달의 호흡이 이와 같으니
> 이는 바다 밑창이 뚫렸음이라 달의 호흡을 밀물과 썰물이라 부르니 바다
> 의 들숨과 날숨이라 들숨인 곤이 몸을 뒤척여 붕새를 날려 보내니 이는 심
> 해에 허파꽈리가 생겼음이라 서쪽의 수평선이 기울어져 바다의 안팎이 구
> 분되니 사람과 사람들 사이 결계가 생기고 얼굴빛이 나누어졌더라//…//
> 이는 혼돈이 완성되었음이라 비로소 바다가 두 개의 눈동자와 두 개의 콧
> 구멍, 두 개의 귓구멍과 한 개의 입을 지니게 되니 사람들은 물결이 혼융
> 하는 바다를 혼돈이라 부르기 시작하더라 일몰이 포구에 가득 들어차니
> 이는 항해의 끝이라
>
> －「혼돈에 대하여」 부분

위의 시는 일곱 연으로 구성되어 있는 데 그 중 "항해의 시작" "항해
의 끝" 그리고 '항해의 중간' 부분 세 연만 인용한 것이다. 대서사시적

어조로 절대적 과거를 장중하게 묘사하고 있다. 서사시적 절대과거는 후대에서 일어나는 모든 것의 유일한 근원이며 시초로, 단순한 시간적 범주가 아니라 최고로 가치 평가된 범주다. 그것은 절대적 완결성으로 그 자체로 충분하며 어떠한 연속도 가정하지 않고 그럴 필요도 없다. 따라서 서사지적 언어를 구사하는 시인의 위치는 접근 불가능한 과거에 대해 이야기하는 사람의 위치로, 그 이야기는 존경에 가득 찬 후대인의 관점에서 비롯된다.

일반적으로 '즐겁고도 유익한 것'이라는 효용가치로 문학을 정의하지만 롱기누스는 문학이 발휘할 수 있는 최고의 능력을 '숭엄미'로 본다. 설득을 당하고 안 당하고는 자의에 따를 수 있지만 불가항력적 힘으로 압도하며 다가오는 이 숭엄미는 독자를 황홀감으로 몰아간다. 황홀감은 그 자체로 무엇에 비할 바 없는 독자의 귀한 체험이기도 하다. 위의 시에서의 웅장한 묘사는 바로 작가의 웅장한 상상력에 근기를 둔다.

인간안면의 칠공이 만들어지는 과정을, 성서의 의고적 어휘와 어조를 사용하여 묘사하고 있는 위 시는, 우선 두 눈은 "바다의 얼굴"에 "눈이 있음직한 부위를 파내" 만들어진 것이고, "뜨거운 용암이 흘러" 내리는 두 구멍에 박힌 부스러기들이 바로 별빛이 된다. 콧구멍은 "바다 밑창"을 뚫은 것이고 그 "들숨과 날숨"이 바다의 "밀물과 썰물"이 된 것이며 이는 "달의 호흡"과 같다고 설명한다. 일곱 개의 구멍을 가진 바다, 그 바다의 "물결이 혼융"하는 것이 곧 "혼돈"이다. 그리고 그 혼돈의 얼굴을 가진 것이 바로 인간인 것이다.

위 시는 창세기의 일절인 '하나님이 가라사대 빛이 있으라 하시니 빛이 있더라' 라는 말처럼 어마어마한 사건이 한 마디 말에 그대로 이루어진다는 '막막한 경이감'과 통한다. 눈을 만드는 과정에서 별빛 또한 형성되고, 숨구멍을 만드는 과정에서 밀물과 썰물의 기원이 설명된다. 확실히 크고 위대하고 경이로운 것에 위압당하는 것은 '교훈과 쾌감' 같은 현실적 효용가치와는 또 다른 가치가 있다.

이런 글쓰기 스타일은 「개기일식」에서도 마찬가지다. 첫 연만 보자.

> 은자의 두 손이 황홀한 우주를 불러들이니, 지평선 끝에서 돌연 방추차가 나타나 시간을 거꾸로 돌리더라 어둠이 씨실과 날실을 풀어 허공을 베틀 삼으니, 어제를 숭배한 무리들이 환호성을 지르며 너를 내게 보내어 노래하게 하도다
>
> ─「개기일식」 첫 연

어둠이 해를 물어뜯기 시작하는 현상을 방추(紡錘)가 "시간을 거꾸로 돌리"는 것으로, 어둠이 해를 덮어가는 현상을 '베틀'이 어둠을 직조(織造)하는 것으로 비유하여 개기일식을 설명하고 있다. 특히 방추, 씨실, 날실, 베틀, 경금(經錦), 평직, 교직, 능라(綾羅), 겸견(縑絹), 일광(日光)단 등 비단직물과 그것을 제직하는 전문용어들을 사용하여 일식 현상 전체를 놀랍게 그려내고 있다.

시인은 이 시에서 자신만의 특별한 문체와 어조를 만들기 위해 자신이 소유하고 있는 다양하고 고유한 언어를 특유의 조직과 통합의 원칙

으로 직조하고 있다. 여기에서 시가 추구하는 심미적 신기(神奇)성도 능라 무늬처럼 들어나게 된다.

시집의 제목, 『최초의 그늘』도 시, 「무화과」에서 견인된 것으로 부끄러운 곳을 무화과 잎으로 가리게 되는 인류 '최초'의 서사적 기원을 묘사하고 있다.

하지 마, 하지 마, 두 마리의 짐승이 잎사귀를 흔드는 저녁/ 손바닥보다 작은 잎사귀는 최초의 그늘

－「무화과」 부분

'모든 산자의 어미'가 금단의 열매를 취하고 지아비도 그녀를 따른다. 타부를 깨고자 하는 인간의 속성이, 성애의 한 장면을 연상하게 하며 감각적으로 그려지고 있다. 인류 '최초의 그늘'은 손바닥보다 작은 무화과 잎사귀였지만, 이 '그늘'은 이후 영원한 고통 속에 살아야 하는 인간 삶의 원초적 그늘이기도 하다.

"어머니는 모계의 혈통 따라 부족의 기원이 되었지만", "죽을 때까지 쑥 마늘을 삼켰지만" "여자가 되지 못했다"고 시인은 단군신화를 상기하게 하는 어조로 어머니의 여성성을 거론한다. 그런데 시인은 "어머니가 낳은 나는 아이를 쑥, 낳지도 매운 마늘을 좋아하지도 않는다"(「새로운 토템」)며 식물인 '쑥'과, 깊게 밀어 넣거나 뽑아내는 모양의 '쑥'을 절묘하게 병치시키고 자신이 "어머니를 가둔 토템"이라고 말한다. 신화적 사유와 서사시적 문체로 글을 쓰는 강영은의 스케일은

크다. 그는 마침내 '고독한 이마'를 가진 '세계의 지붕'을 꿈꾼다. 그리고 황홀한 목소리로 '절대적 영원'인 "어머니"라는 이름을 노래한다.

> 나는 이제, 가도 가도 눈밖에 보이지 않는 고독한 이마가 되었습니다. 무수한 바람을 잠재워야 하는 세계의 지붕이 되었습니다 마침내 어머니라는 영원한 이름을 지녔습니다.
>
> —「에베레스트」

앞으로도 내공 깊은 시인의 칼은 "무수한 바람을 잠재우며" 휘황한 검광을 발할 것이다. "눈밖에 보이지 않는" 설산의 "고독한 이마"처럼, 혹은 "아무르, 아무르 아무리 불러도" 황금색으로 반짝이는 「아무르강가의 멧노랑나비 떼」처럼.

냉철한 시선, 따뜻한 가슴

— 이상옥의 『그리운 외뿔』

그냥 무심코 읽어도 역사책 보듯 재미있는 시가 있다.

> 성품이 조용하고 효심이 깊으며 형제간의 우애가 돈독했다 삼 세 때부
> 터 글을 읽으며 여덟 살의 나이로 성균관에 들어가 매일 세 차례씩 글을
> 읽었다 도학사상에 깊이 매료되어 철저한 금욕생활을 추구하여 동궁에 머
> 물 당시에는 옷을 화려하게 입은 궁녀를 모두 내쫓았다// (중략)// 문정왕
> 후의 뜻대로 하늘은 재위에 오른 지 구 개월 만에 인종을 부르셨다
>
> — 「인종실록을 읽다가 하늘을 바라보다」 부분

위의 시는 세 연으로 구성되어 있는데 가장 긴 둘째 연만 생략했다.
문체는 첫 연과 같이 역사를 기술하는 것처럼 처음부터 끝까지 산문
스타일이다.

첫 연의 마지막 부분, "화려하게 입은 궁녀를 모두 내쫓았다"까지
읽고 눈썰미 있는 독자들은 이미 인종 왕에 대한 작가의 싸늘한 시선

을 눈치챈다. 문맥상 시인은 인종이 어린 시절부터 얼마나 훌륭한 인물이었는지 독자들에게 그 역사적 사실만을 전달하고 있다. 자신의 개인적인 견해는 전혀 없다. 그러나 작가는 보이지 않는 힘으로 이미 첫 연에서 독자들을 자기편으로 완전히 끌어드리고 그 강도를 높여간다.

둘째 연은 인종의 뒷얘기다. 간략하게 말하자면 인종은 표독한 문정왕후 손에서 자라는데 왕후는 자기 아들이 왕위에 오르도록 하기 위해 인종을 죽이려 한다. 그가 세자일 때 처소에 불이 났는데 그는 빈궁을 깨워 먼저 나가라고 하고 자신은 그대로 타 죽으려 한다. 왕후의 뜻대로 죽어 주는 것이 효도라고 생각했기 때문이다. 그러나 부왕인 중종이 부르는 소리를 듣고 죽는 것은 불효이자 불충이라 생각하고 그곳을 탈출한다.

이제 한편이 된 작가와 독자들은 자기기만적인 인종의 위선에 똑같은 눈초리를 보낸다. 인종 본인만 멍청하게 그것을 모르고 있을 뿐이다.

시인은 인종에 대해 나쁜 소리를 하기는커녕 오히려 그의 지극한 효심과 우애, 호학(好學)과 근검함을 강조하고 있는 것 같다. 그러나 속뜻을 깨닫지 못하고 그대로 이 말을 믿으면 이 시는 별 중요하지도 않은 역사의 한 대목에 불과하다. 지독한 아이러니가 여기서 발생한다. 시인은 시 제목처럼 '인종실록을 읽다가 하늘을 바라보았다'고 말했는데 무슨 생각을 하며 하늘을 보았는지 예단할 필요는 없다. 의도적 오류나 감정적 오류를 범할 수 있기 때문이다.

'씩씩한 건아들아. 우리 함께 전진하자.'를 그야말로 씩씩하게 발음하지 않고 끝을 슬쩍슬쩍 올려 발음하며 읽어보자. 완전히 비웃는 어조가 되어 그 의미는 백팔십도 달라진다. 글은 작가가 독자에게 직접 음성으로 들려줄 수 없는 것이어서 글의 어조를 쉽게 파악하기는 힘들다. 그 글을 쓴 작가의 태도가 회의적인지, 조소적인지, 혹은 감상적인지에 따라 같은 말이라도 그 의미는 변화된다.

그런데 위의 시는 제목부터 '인종실록'에서 따온 것임을 작가 스스로 언명하고 있다. 왕실의 역사를 기록한 실록에 어조나 작가의 태도가 관여하고 자시고 할 건더기가 전혀 없다. 역사는 역사일 뿐이기 때문이다.

그럼에도 우리는 작가가 명종을 상찬하기 위해 이 글을 쓰지 않았음을 쉽게 간파한다. 표면상 작가는 사실만을 전달하는 척하고 시치미를 떼었다. 내 생각으로 아마 작가는 하늘을 보며, 결국 왕조조차 제대로 지키지 못한 조선왕조 군왕들의 자기기만에 허탈한 웃음을 웃고 있었을 것이다. 셋째 연에서는 그런 못난 왕이 제대로 나라를 통치해보지도 못하고 요절하고 마는, 이런 졸(拙)한 왕은 일찍 졸卒하고 만다는 그 필연성이 강하게 시사되고 있다.

시집 『그리운 외뿔』은 이러한 아이러니가 산재하고 있다. 특히 시 전체가 아이러니로 구성된 것들은 '너 잘났다'와 같이 쉽게 파악되는 것과는 한참 차원이 달라 정독이 필요하다. 표제작 「그리운 외뿔」을 보자.

"무소의 뿔처럼 혼자서 가라"/ 불교 최초 경전 숫타니파타에 나오는 구절이다/ 무소는 다름 아닌 인도코뿔소다/ 아프리카코뿔소는 뿔이 두 개지

만/ 인도코뿔소는 정신의 뿔을 베어버리고/ 육체의 뿔 달랑 하나다/ 무리
짓지 않고/ 혼자서 길 가는 외뿔이다// 아, 나는 너무 관념주의자다
―「그리운 외뿔」 전문

첫째 연은 불교경전에 나오는 무소는 인도코뿔소라는 것, 아프리카
코뿔소는 뿔이 두 개고 인도코뿔소는 뿔이 하나라는 것, 무리 짓지 않
는다는 것 등 코뿔소에 대한 지식을 독자에게 알려주고 있다. 그러나
둘째 연은 갑자기 '아'라는 영탄을 하며 자신이 너무 관념주의자라는
돌발적 발언으로 시가 끝난다. 순간 우리는 연과 연과의 관계가 너무
비약적이고 그 사이의 연결고리도 찾을 수 없어 어리둥절해진다.

우리는 이 시를 다시 읽어본다. '정신의 뿔'을 베어버렸다는 인도코
뿔소에 눈이 간다. 그런데 이 코뿔소는 무리 짓지 않고 혼자 가는 '외
뿔'이다. 불교경전에서 '무소처럼 혼자서 가라'고 가르치는 바로 그 코
뿔소다. 그렇다면 우리는 '육체의 뿔'만 달린 '인도코뿔소'를 닮아야
한다. 첫째 연은 이처럼 정리된다. 여기서 우리는 벌써 머리를 갸웃거
리기 시작한다. 아이러니가 발생한 것이다.

더구나 시인은 둘째 연에서 스스로 자신을 '관념주의자'라고 칭하며
영탄까지 하고 있다. 관념은 정신의 세계에 속하지 육체의 세계가 아
니다. 그렇다면 문맥으로 보아 '아프리카코뿔소'를 닮아야 된다는 말이
된다. 이는 경전이 가르치는 '무소', 즉 '인도코뿔소'와 정면으로 배치
된다. 당황한다.

다시 읽어 본다. 이때 시 제목 '그리운 외뿔'을 놓쳐서는 아니 된다.

시인은 분명 '그리운'이라는 수식어를 외뿔 앞에 붙였다. 시인의 속내가 드러나기 시작한다. 시인은 외뿔, 즉 인도코뿔소가 그리운 것이다. 그런데 인도의 것은 '정신의 뿔'을 잘라낸 것이고 그렇다면 그가 추구하는 것은 '육체의 뿔'이라는 것이 드러난다. 이제 '관념주의'를 수식하고 있는 '너무'라는 부사어에도 반짝 불이 켜진다.

관념의 세계는 우리가 먹고 자고, 울고 웃는 구체적 현실과는 거리가 멀다. 그 세계는 객관적 실재가 아닌 주관적이고도 추상적 사고를 바탕으로 하는 세계다. 시인은 통렬한 아이러니를 통해 '체'하는 우리에게 '육체의 뿔'만 가진 코뿔소처럼, 비록 혼자 외로울지라도 사람답게 세상을 살아가라는 메시지를 전하고 있는 것이다. 물론 시인이 이래라 저래라 우리를 가르치려는 것은 아니다. 관념주의자로 사는, 혹은 살지 모르는 자신을 포함한 모두에게 성찰의 장을 열어두고 싶은 것이다. 시인은 바로 자신에게 "나는 너무 관념주의자다"라고 스스로 영탄하고 있지 않은가.

시인은 펄 벅, 마더 테레사, 미켈란젤로, 간디와 같은 위인들의 일화를 시로 형상화하고 있다. 그들 현자들의 행적에서 현묘한 잠언을 견인해 사랑과 겸허와 포용을 강조하는 것처럼 보인다. 그러나 이미 언급한 것처럼 시인은 우리를 가르치려는 것이 아니다.

갑자기 펄 벅 여사가 이규태 기자의 무릎을 내리치며 "저거 보라"며 소리쳤다// 볏단 실은 소달구지 고삐를 잡고/ 농부도 볏단을 지고 가는 60년대 풍경// "미국 같으면 저렇게 하지 않을 거야 지게의 짐도 달구지에 싣고 농부도 올라탔을 거야."

—「펄 벅」전문

60년대 한국의 농촌풍경을 보고 펄 벅이 기자에게 말한 내용이 이 시의 전부다. 형용사, 부사 하나 사용되지 않은 풍경 묘사에 심상이고 비유고 상징이고 분석할 여지가 전혀 없다. 더구나 시의 주 골격인 펄 벅의 발언도 인용부호 안에 들어간 직접화법이고, 또 발언 자체가 시적 발언이 아닌 일상 언어에 불과함으로 미학적 분석의 근거 자체가 없다.

이 시에서 우리는 동물에게까지 보내는 펄 벅의 이타적 사랑에 감동해야 하는가. 아니면 시인이 제기하는 서구의 기계주의 사고에 대한 비판의식에 동의해야 하는가. 이런 것들이 이 시가 우리에게 전언하고자 하는 모든 것이란 말인가.

아니다. 이번에는 앞의 인종 왕처럼 펄 벅이 아이러니의 대상이 되었다. 허망한 장밋빛 희망에 사는 순진한 공상가, 현실을 잘 알지 못하며 자신을 신뢰하는 망상가가 이 시에서의 펄 벅인 것이다. 한국의 농부가 오직 이타심으로 달구지에 실을 수 있는 볏단을 자신의 지게에 싣고 가는 게 아니다. 물론 그는 자신의 식구처럼 소를 아낀다. 당시 소는 노동력을 제공하는 것 이상의 훨씬 중요한 의미를 갖기 때문이다. 소는 농가의 커다란 재산이었다. 현명한 농부는 소의 운반 한계 능력을 너무 잘 알고 있다. 거기까지 싣는 것이다. 그렇다고 근면한 농부가 빈 지게로 갈 것인가. 그도 한계능력까지 지고 간다. 그래야 둘이 합쳐 최대한의 운반량을 창출할 수 있다.

이것은 미국의 농부라고 다를 게 없다. 아니 전 세계의 농부가 마찬가지다. 농부는 자신이 부리는 가축에 대해 정통하고 전체 운반량을 참작해서 한 번에 운반해야 할 양을 정확히 배분할 줄 안다. 이는 시인도 알고 독자도 안다. 순진한 펄 벅만 기자의 무릎까지 내리치며 헛소리를 한 것이다. 여사를 향한 시인의 냉철한 시선이 눈에 잡힌다.

「성녀 마더 데레사」에서 시인은 어디에 '밑줄'을 치고 있는가. "신앙과 사랑, 믿음을 잃은 상실감과 공허" "하느님을 간절히 바라는 끝없는 고통만 있을 뿐 기도도 사랑도 신앙도 아무것도 없다"는 것은 독자가 예측하고 기대한 바를 여지없이 부셔버리는 발언이다. 일단 시인은 독자의 상투적인 기대를 저버린다. 그러나 "사랑 안에 있으면서도 사랑하지 않고, 신앙에 의해 살면서도 믿지 않는 것, 자신을 소비하면서도 완전한 어둠 속에 있는 것"이라는 성녀 테레사에 대한 역설은 독자가 충분히 고개를 끄덕이게 하는 발언이기도 하다.

"어떻게 피에타 상이나 다비드 상 같은 훌륭한 조각상을 만들 수 있었습니까"라는 질문에 "대리석 속에 숨어 있는 조각상을 정이나 쇠망치로 손상 없이 꺼내주었을 뿐"이라는 「미켈란젤로」의 멋진 대답은 멋진 것으로 끝나는 게 아니다. 시인은 비판 없이 한 일화를 소개하고 있는 것처럼 보이지만 행간에는 예술은 눈에 보이는 사물을 단순히 재현하는 것이 아니라 자연의 원천인 관념으로 되돌아간다는 것, 따라서 예술은 미를 형성하는 것뿐 아니라 자연의 부족한 점을 메울 수 있다는 것을 말하고 있다. 페이디아스는 감각적 대상에서 모델을 구하여 그의 제우스 상을 만들지 않고, 제우스가 인간의 눈에 보이도록 나타났을 때 취했을 형상을 파악함으로써 그것을 만든 것이 아니던가.

시인은 냉철한 시선으로 현상을 바라보지만 그의 가슴은 세상을 보듬는 따뜻한 마음으로 가득하다.

> (전략) 고향집 가는 초등학교 앞길이 도로 보수공사로 분주하다/ 차선 한 쪽이 통제되었다/ 손수 운전하며 장애우와 함께 예수의 작은 마을로 향하는 수녀님께 잠시 길을 양보하다/ 눈인사를 하신다// 금방 눈빛 한 구절로 세상의 아침이 환하다
>
> ─「나팔꽃」부분

어느 날 아침 시인의 일상이 산뜻한 수채화처럼 그려져 있다. 바로 시인이 추구하는 작지만 소중한 삶의 단편이다. 시인은 풀을 뽑고 있는 청소부 아주머니가 시인의 인사에 답하는 웃음 띤 얼굴에서 "아이 둘 정도는 출산하고/ 나이 오십 정도는 되어야 확보할 수 있는 저 하늘 어머니 눈빛"(「보석」)을 보는 사람이다. '막일'하는 '사내'들이 잠시 '담배를 물고' '막걸리 몇 병' 마시며 휴식하는 '대로변 인도'에서 "가로수 이파리들 애써 그들 머리 위로 모여"(「성소」) 그늘을 만들어 주는 것을 알아채는 사람이기도 하다.

이런 평범한 사람을 넘어 그의 따뜻한 눈길은 작은 미물들에게도 같이 건네진다. 시인은 "오지항아리에 작은 물고기 대여섯 마리"가 "며칠치 식수에 불과한 물을 우주로 삼고/ 불평 없이 목숨을 이어가는 손톱만한 생"(「어떤 생」)을 눈부시게 바라본다. 개가 남긴 사료를 먹으러

'아침마다 방문하는' '참새 몇 마리'를, "부스러기 몇 알갱이 먹는다고/ 가장 아름다운 아침 자명종을 울리는"(『참새』) 손님으로 맞는다. 특히 먼저 간 여동생을 그리며 노래하는 「누이」「오누이」같은 사매곡(思妹曲)은 우리의 누선을 적신다.

시집 전체를 아우르며 반짝이는 '별'이 있다. 정녕 '별' 중의 '별'이다.

> 어머니/ 아직 주무시지 못하신다// 아직 세상살이 서툰/ 아들 빤히 지
> 켜보신다
>
> － 「별」 전문

하늘이 무너지는 일이 있더라도 이번 주말에는 어머니를 뵈러 가야 겠다.

정오가 되면 제 그림자를 바싹 끌어드리는 나무
── 구재기의 『휘어진 가지』

　다른 사물의 영향 속에서도 한 사물이 자체의 성격과 법칙을 가지고 그 변함없는 독자성을 유지할 때 우리는 이를 '존재'라고 부를 수 있다. 나는 구재기의 시편들을 읽으며 내내 강한 그의 존재의식을 감지할 수 있었다. 그가 이번 시집에 게재된 「존재론」이란 작품에서 열거하고 있는 "마디풀 방동사니 여뀌 미나리아제비 애기똥풀 곰보배추 수영 소리쟁이 하삼넝쿨 박주가리"와 "개망초 씀바귀 고들빼기 바랭이 쇠뜨기 강아지풀 쇠비름 매듭풀 땅빈대 가막살이" 등은 사소하고 별 볼 일 없는 것들이지만 모두가 객관적으로 실재하고 있는 당당한 존재들이다. 즉 스스로 존립하고 성장하는 원리와 능력을 가진 생물들인 것이다. 동시에 이들은 우리 곁에서 정답고 아름답게 반짝이는 풀들의 이름이기도 하다. 이 작품에서 시인 자신도 "지구의 땅 한가운데" "홀로, 우뚝 서있다"고 강한 존재감을 드러내고 있다. 실상 하나의 구체적이고 독립적인 문학작품 자체 또한 그런 존재의 하나로 볼 수 있는 것이 아닌가. 그렇다면 나도 문학존재론에 입각한 글을 쓸 수 있을 터이다. 시집의 표제작을 본다.

> 열매가/ 가득 차면/ 가지는 절로 휘어진다// 열매를/ 다 쏟아내고서야// 휘어진/ 가지는 비로소/ 똑바로 돌아간다/ 일 년 전/ 하던 짓 그대로이다
>
> — 「휘어진 가지」 전문

위 시에는 그 흔한 비유 하나도 없다. 어떤 나무의 가지이며 열매인지에 대해서도 전혀 언급이 없다. 어찌 보면 시의 내용도 너무나 당연한 소리를 하고 있는 것 같다. 열매가 가득 달리면 그 '무게'에 가지는 휘어질 것이고, 다 떨어지면 가지는 그 '무게'에서 풀려나 제자리로 돌아갈 것이다. 따라서 여기까지 전개된 문장에 대해 특별히 해석하고 자시고 할 것도 없을 듯싶다. 그러나 당연한 듯 보이는 한 '존재의 몸짓'을 이처럼 눈여겨 지켜본 사람이 과연 몇이나 될 것인가. 이것이 중요한 점이다.

시인의 이런 존재의식은 존재에 대한 강한 철학적 신념과 이해가 없으면 유지되기 힘들다. 나무의 미세한 움직임은 혹 바람이나 불면 몰라도 당장 볼 수 있는 것은 아니다. 나무줄기는 항상 가지를 단단히 붙잡고 있다. 가지들이 자라는 것이 곧 나무 자체의 성장이 아닌가. 그럼에도 열매를 잔뜩 단 가지는 아래로 휘어지기 마련이다. 지구 중심으로부터 받는 중력으로 열매가 땅에 떨어지려 하기 때문이다. 우리

는 이를 열매의 무게 때문인 것으로 안다. 그러나 시인의 혜안은 우리가 간과하는 중력과 인력의 작용을 뚫어보고 있다. 이것 또한 다른 점이다.

위 시는 마지막 부분에서 그 미학적 효과가 완연히 드러난다. 억지로 열매를 붙잡고 휘어져 있던 가지는 그것을 다 떨구면 원 위치한다. 매년 반복되는 일이다. 시인은 이를 "일 년 전/ 하던 짓 그대로이다"라고 표현한다. '짓'이라는 시어에 눈길이 간다. 이 말은 통상 어떤 버릇을 행동으로 드러날 때 관용으로 쓰는 말이다. '미운 짓'은 좋지 않은 버릇이 나타날 때 쓰는 말이 될 것이다. 그러나 휘어졌다가 원 위치하는 나무의 몸짓을 애정의 눈길로 지켜보는 시인이 이를 나쁜 뜻으로 말할 리가 없다. '너는 어찌 미운 짓만 골라하니?'라고 엄마가 꼬마에게 말했다면 실은 '너는 어찌 귀엽고 예쁜 짓만 골라하니?'라는 말이 된다. 일종의 반어법이다. 나무는 '일 년 전 하던 짓'을 되풀이하고 있다. 시인의 시선이 참 따뜻하다. 읽는 우리 마음도 따뜻해진다.

> 데구루루/ 가랑잎 무리져/ 잘도 굴러가는데// 바람은 머리칼 하나 보이지 않는다
>
> — 「심증론(心證論)」 전문

늦가을 우리는 소슬한 바람에 가랑잎이 굴러가는 모습을 본다. 버석거리는 소리도 듣는다. 우리는 확실히 시각과 청각으로 가랑잎 굴러가는 것에 대해 감각적으로 지각하게 되는 것이다. 보통 시인은 이 '감각

적 지각'을 여러 수단을 사용하여 생생하게 재생하려 한다. 즉 심상을 만들고자 한다. 따라서 심상을 강화하기 위해 비유를, 나아가서 상징을 만들어 낸다. 그러나 위 시는 그런 것이 하나도 없다. "데구루루"라는 의성어 하나뿐이다. 따라서 첫 연은 한마디로 '가랑잎이 굴러간다'가 전부인 셈이다. 둘째 연에 가서야 우리는 무릎을 친다. '바람'이 불기 때문에 가랑잎이 굴러가는 것은 확실한 사실이다. 그러나 "바람은 머리칼 하나 보이지 않는다" 시인은 둘째 연에서 존재의 본질을 말하고 있는 것이다.

바람은 기압의 변화에 의하여 일어나는 공기의 움직임이다. 공기는 지구를 둘러싸고 있는 무색·무성·무취의 투명한 기체다. 따라서 실상 어느 누구도 바람을 볼 수도, 그 소리를 들을 수도 없다. 이 시의 제목이 「심증론」이다. 심증은 사건 심리에서 법관이 얻은 인식이나 확신을 말한다. 그렇다면 시인의 인식과 확신은 무엇인가.

'본질'은 '현상의 내부에 숨어 존재하는 실체'를 말한다. 밖으로 드러나 있는 현상은 감각으로 직접 지각할 수 있다. 그러나 현상의 내면에 숨어있는 본질은 감각으로 지각할 수 있는 게 아니다. 단지 이성적 사고에 의해서나 파악될 수 있는 것이다. 앞의 시에서 휘어진 나뭇가지는 열매를 다 떨구고 나서야 제자리로 돌아간다. 떨어지는 열매는 눈으로 볼 수 있는 '현상'이지만 그런 작용을 하는 '본질'인 중력이나 인력은 볼 수가 없다. 그럼에도 중력과 인력은 보편적 존재로 실재한다. 시인은 가랑잎이 굴러가는 계절의 한 현상을 정확히 바라보고 있다. 동시에 그런 작용을 하는, 즉 본질이 되는 공기의 움직임도 정확히 직시하고 있다.

태풍·폭풍도 바람의 일종이다. 이것들은 가랑잎을 굴러가게 할 뿐 아니라 나무를 쓰러뜨릴 수도 있다. 이처럼 바람이 만드는 현상은 쉽고 다양하게 변화하지만 바람 자체는 아무런 표정 없이 보편적으로 존재할 뿐이다. 나무가 자빠지는 것은 중력으로 땅을 끌어안고 있는 뿌리가 반대 방향으로 작용하는 공기의 움직임, 즉 바람의 힘에 저항할 수 없었기 때문이다. 그 과정에서 나무는 얼마나 울부짖었을 것인가. 그러나 공기는 원래 소리가 없다.

시인은 나뭇잎이 굴러가는 현상을 보고 그 본질이 되는 바람의 존재를 인식했고 역으로 바람이 있기에 잎이 굴러가는 현상을 인식했다. 즉 '현상은 본질의 구체적 표현'이고 본질은 '현상을 드러내는 바탕'이다. 이 때문에 모든 현상의 내부에는 반드시 본질이 있고, 모든 본질은 반드시 현상을 통해서만 나타난다는 철학적 사변을 이 짧은 시를 통해 갈파하고 있는 것이다.

창밖을 보니 바람에 나무가 흔들리고 있다.

> 바람에/ 흔들리던 나무가/ 갑자기 부끄러운지/ 제 그림자를 잡아/ 발밑으로 바싹 끌어드린다
>
> ―「정오」부분

인용문은 두 연으로 구성된 시의 둘째 연으로 시 전체의 길이도 짐작할 수 있을 것이다. 구재기의 시는 앞서도 본 것처럼 대개가 아주

짧다. 그러나 깊이가 있다. 이 시도 그러하다.

　굳이 여기서는 자전·공전과 같은 천체의 운행과 그에 따른 그림자의 장단(長短) 현상에 대해 거론할 필요는 없다고 본다. 그러나 분명한 것은 '정오'는 낮 열두 시고, 사물의 그림자는 해가 중천에 위치한 이때가 가장 짧다는 사실이다. 이는 필연이다. 꽃은 피면 지고, 달은 차면 기운다. 사람은 누구나 죽는다. 이 모든 것이 필연이다. 이는 주어진 조건 속에서 언제나 마찬가지로 나타나고 언제나 예정된 결과만을 나타낸다. 이 짧은 시에는 이런 관념이 내포되어 있다. 그런 것을 설명하기 위해 시인이 말이 많아야 되는가. 절대 아니다. 자칫 잘못하면 독자를 가르치려는 꼴이 되고 독자는 고개를 돌려버린다. 좋은 시인은 언제나 언어에 경제적이다.

　바람이 부는 대로 나무가 흔들린다. 물론 나무의 그림자도 흔들린다. 나무는 흔들리는 자신의 모습이 갑자기 부끄러워졌는지 "제 그림자를 잡아/ 발밑으로 바싹 끌어드린다" 이때가 바로 정확하게 '정오'다. 하루 중 그림자가 가장 짧은 시간이다. 시인의 애정 어린 눈길은 나무에게도 인격을 부여한다. 그리하여 나무는 자신의 그림자를 스스로 끌어당기고 있는 것이 아닌가. 기가 막힌 메타포가 되었다.

　시인은 언어의 번쇄한 나열은 질색인 것 같다. 대신 구체적 사실을 순간적으로 파악하여 짧고 직관적인 언어에 자신의 관념을 담는다. "발밑으로 바싹 끌어드린다"는 마지막 행처럼 짧지만 아름다운 한 문장으로 모든 것을 갈무리하고 있는 것이다.

순수한 영혼이 그려낸 적막한 그러나
아름다운 풍경

— 이상원의 『내 그림자 밟지 마라』

이상원은 한 마디로 미적 경험의 본질적 가치를 추구하는 시인이다. 그는 어떠한 사회적 효용이나 제약에서 벗어나 오로지 자유로운 영혼으로 미의 우월성과 순수성을 구현하고자 한다. 그는 작품의 기능·목적·역할에는 특별한 관심을 두지 않는다. 그에게 좋고 나쁜 글은 없다. 오직 잘 쓰인 글과 서투르게 쓰인 글이 있을 뿐이고 그는 언제나 전자를 추구할 뿐이다.

이런 순수예술의 지향성은 자신과 자신이 소속되어 있는 사회 사이에 절망적인 모순을 느낄 때 생성된다는 지적이 있다. 이는 사회에서 '소외된 예술가'의 자기방어적 국면을 말하는 것으로 해석할 수 있다. 나는 이상원의 시편을 보며 이 지적에 동의한다. 그래서 그는 더욱 어떤 목적이나 제약을 초월하여 자유로운 미의 세계를 지향하게 되는 것이고 그 결과 '잘 쓰인 글' 이상으로 받아들여지게 되는 '극적 표현'을 거두고 있는 것 같다.

먼동이 트기에는 아직 때가 이릅니다. 지금은 새벽 세시, 한 그루 나무
는 뒤뜰 모서리에 제 몸을 기대고 한 땀 한 땀 고단한 숨을 고르고 있습
니다. 이따금 잔 물살마냥 떨리는 잎을 내밀어 보지만 잡히는 건 허접한
어둠의 부스러기뿐, 더불어 정원을 이룬 이웃들 이름마저 불러 볼 수 없습
니다. 지독한 적막에 스스로 눈을 감고 아득한 기억의 땅속, 실뿌리 끝에
서 전해오는 한 톨 온기로 얼어가는 핏줄을 녹이고 있습니다./ 몇 방울 이
슬로 잎사귀나 닦고 선 어이없는 이 인내도 밝은 날은 또 만개한 빛의 알
갱이를 먼지마냥 덮어쓴 채 세상의 뒷전 어디 묻히고 말겠지요. 어쩌면 약
속의 말처럼/ 청하늘에 머릿결 부비는 날은 영 아니 올지도 모릅니다.

　　　　　　　　　　　　　　　　　　　　　　　　－「새벽 세시」 전문

　새벽 세시의 적막 속에 "한 그루 나무"가 서 있다. 뒤뜰에 혼자 서있
는 이 나무는 시인의 모습을 그대로 보는 것 같다.

　나무는 "잔 물살마냥 떨리는" 잎사귀를 내밀어도 보지만 "잡히는 건
허접한 어둠의 부스러기뿐"이다. 나무로 비유된 시적 화자의 가파르기
만 한 현실의 모습이다. 그 나무는 "더불어 정원을 이룬 이웃들 이름마
저 불러 볼 수" 없다. '더불어' 살아가야 하는 사회에서 이웃의 이름조
차 부를 수 없다면 철저히 소외되고 고립된 예술가의 모습이 아닌가.
그럼에도 먼 과거가 되었지만 누구에게나 아름다운 시절이 있다. 이
제 나무는 "지독한 적막에 스스로 눈을 감고" 그 꿈같은 시절의 "아득
한 기억"을 되뇌며 "전해오는 한 톨 온기"로 "얼어가는 핏줄을" 녹이고
있다. 이 소외된 자의 앞날은 어떨 것인가. 희망은 없다. 날이 밝아도

"청하늘에 머릿결 부비는 날"은 되지 않을 것이다. "몇 방울 이슬로 잎 사귀나" 닦는 '어이없는 인내'에도 불구하고 "빛의 알갱이를 먼지마냥 덮어쓴 채" "세상의 뒷전" 어딘가 묻히고 말 것이다.

화자는 모순된 사회와 악수하지 못하고 있다. 그러나 그 사회를 변혁시킬 강력한 힘도 없다. 소속되어 있지만 국외자다. 쓸쓸하지만 참으로 아름다운 작품이다.

> 내 그림자 밟지 마라/ 긴 날을 함께 걸었으나 한 번도/ 내 가진 빛깔을 걸쳐보지 못했다./ 검정 단벌 깊숙이 모가지를 묻은 채/ 눈도 귀도 접고, 풀포기에 던져져도/ 각인 되는 법도 없이 묵묵히/ 내 가는 걸음을 따랐을 뿐이다./ 지나가면 그뿐, 누구의 꿈도 아닌/ 허접한 길을 돌다 저물녘 지친 산기슭/ 한 모금 연기나 흩는 내 등에 기대어/ 저만치서 흔들리는 바다 잔 물살에도/ 춥다고 움츠리는, 내 그림자 밟지 마라.
>
> ─「내 그림자 밟지 마라」 전문

이상원의 모든 시편들이 강한 흡입력을 가지고 있다. 이 시는 시집의 표제작이다. 그런 만큼 이 시는 더 시선을 모아야 할 필요가 있다.

빛이 존재하는 한 그림자도 존재한다. 그러나 늘 검정색으로만 존재한다. 내가 청색 옷을 입든 홍색 옷을 입든 내 그림자는 그런 "빛깔을 걸쳐보지 못했다." 오직 '검정 단벌'만을 입고 평생 묵묵히 나의 발걸음을 따라다녔다. 그것은 그림자의 속성이자 숙명이다.

시적 화자가 걸어온 길은 영광의 길과는 거리가 멀었다. 내내 "허접한 길"이나 돌다가 이제 "저물녘 지친 산기슭" 앉아 한 모금 담배 연기나 흘리고 있는 존재에 불과하다. 그런데도 그림자는 여전히 "내 등에 기대어" 함께 바다를 보고 있다. 이제 그림자는 "바다 잔 물살에도/ 춥다고 움츠리는" 가여운 존재가 되었다. 그림자는 처음부터 '그늘이란 어둠'으로 운명 지워졌고 이를 감내하며 화자의 발걸음만 따라다녔다. 그리고 지금도 화자의 등 뒤에 웅크리고 있다. 이 딱한 그림자를 어느 누가 함부로 밟을 수 있단 말인가. 그림자는 시인 자신의 모습이었다. 아니 시를 읽고 있는 나 자신의 모습이기도 하였다.

나는 이상원의 작품을 읽으며 우리가 왜 문학을 읽어야 하는지 그 이유를 생각해 본다. 문학은 우리가 만나야 할 '가치 있는 경험' 그 자체다. 그리고 이 경험의 발효 에너지는 우리가 현실세계와 충돌하고 긴장할 때, 그리하여 소외와 고립을 느낄 때 오히려 우리를 위무하고 새로운 삶의 지평을 열어주는 힘으로 작동한다. 그러나 문학이 이런 효용을 스스로 내세우거나 드러내는 것은 결코 아니다. 이는 시인의 의도적인 목적도 아니다. 그렇게 된다면 그것은 문학이 아니라 철학이다.

'새벽의 한 그루 나무'나 '석양의 쓸쓸한 그림자'는 구체적 사실이자 직접적 경험이다. 이상원에게 이런 경험의 의미에 대해 어떠한 체계적·논리적 설명을 가한다는 것은 천 리 밖 얘기다. 앞서 말한 것처럼 그는 문학작품의 목적이나 역할 같은 것에는 관심이 없다. 그러나 그에게는 구체적 사실을 순간적으로 파악하는 예민한 감수성이 있다. 직관력이다. 시인은 '나무'나 '그림자'의 '시각적 모습'을 이질적인 매개수단, 즉 자신의 직관적 언어로 '해석'한다. 아니 '번역'해내고 있다. 그리하여 시인은 그가 견인하는 특수한 시적 언어로 우리의 모든 감각, 기억, 상상의 능력을 최대한 작동시킨다. 따라서 나무와 그림자는 더 생생하게 드러나고 풍경에 불과했던 그것들은 새로운 의미를 띠고 우리의 삶에 대한 통상적 인식에 대해 의문을 던지게 한다. 결과적으로 문학에 있어서 우리가 만나야 할 작가의 실제적 경험을 더 '가치 있는 경험'으로 체험하게 하는 것이다.

'도저히' 따라잡기 힘든 높이와 깊이의 '도저함'

— 한성례의 『웃는 꽃』

한 마디로 한성례의 글에는 도저함이 있다.

그는 「시인의 말」에서 단도직입적으로 "고대 제정일치 시대의 왕은 샤먼"이었고 그의 "구술과 주문은 신을 대신해서 부르는 노래이고 시였다"며, 자신은 그 샤먼처럼 "오늘 난 미래의 내 시에 전언을 보낸다"고 자신감에 찬 어투로 말하고 있다. 그리고 "내 시가 나를 증언해 주길 바란다"고 그야말로 샤먼 왕처럼 자신의 희망을 거침없이 피력하고 있다.

그렇다고 교만하다는 느낌은 전혀 들지 않는다. 대개의 교만은 이처럼 표면에 드러내지 않고 겸손을 가장하며 행간에 숨어있게 마련이다. 오히려 시인은 매우 솔직한 사람이라는 느낌이 강하게 온다.

제발 누구도 내 삶에 끼어들지 마! 원시의 푸른 하늘이 가득 들어찬 눈동자가 그걸 말해주는 것 같다. 사람 손을 타면 그 낯선 냄새가 견딜 수 없

어, 타계(他界)와의 접선에 몸부림치며 핏덩어리 제 새끼조차 물어 죽이고
마는 몽골의 야생마는 수만 년을 건너온 유전자 속에 자유! 오로지 그 자
유의 인자만이 새겨져 있다.// 아무리 좋아해도 결코 먼저 다가가지 않는
이 야생마는 발밑을 간질이는 초원의 야생화나 종종 놀러 오는 사막의 늑
대들과도 침묵의 교분을 맺으며 별빛 쏟아지는 밤이면 몽환의 꿈을 꾼다.

— 「야생마 보호구역」 부분

　작품의 둘째, 셋째 연이다. 첫째 연에서는 몽골 "야생마 보호구역"
의 말들이 묘사되고 있다. 그들은 "선사시대 동굴 벽화에서 막 뛰어나
온 듯"한 모습으로 "온종일 먼 하늘을 응시"하며 "사막의 거센 바람 소
리에 가만히 귀 기울이고 있다." 강한 심상으로 말의 모습이 선연히 묘
사되고 있다. 또한 그들이 "보호구역"에서 "보호받기를 완강히 거부"
한다는 말에서 큰 역설의 효과를 드러내기도 한다. 그러나 나는 이글
에서 시인이 깔아놓은 문학적 장치에 초점을 맞추고 싶지는 않다. 일
단 시가 되려면 시로서의 언어조직을 충족시켜야 하고 동시에 시 고
유의 즐거움도 주어야 한다. 그렇지 않으면 독자는 읽던 책을 내던져
버리고 만다. 나는 한 독자로서 이 글을 재미있게 읽고 있다. 이는 시
로서 갖춰야 할 언어적 형태—모든 문학적 장치를 포함한—를 갖추고
있다는 말에 다름 아니다. 따라서 나는 이글에서 앞서 언급한 시인의
'도저한' 사유와 그에 따른 발화를 따라잡는 데 힘을 쓰고자 한다.

　"제발 누구도 내 삶에 끼어들지 마!" 단호한 야생마의 발화이자 시
인 자신의 발화이기도 하다. 화자는 "수만 년을 건너온" 야생마의 "유
전자 속에" 오로지 "자유의 인자만이 새겨져 있다"고 말한다. 오죽하

면 "사람 손을 타면 그 낯선 냄새가 견딜 수 없어" "제 새끼조차 물어" 죽이기까지 할 것인가. 화자는 이런 야생마의 습성을 말하며 '독립된 존재로서의 자유의지'를 강력하게 재천명하고 있다. 도저하다.

야생마는 "아무리 좋아해도 결코 먼저 다가가지" 않는다. 그럼에도 이 동물은 차디찬 사물이 결코 아니다. 혈관에 따뜻한 피가 도는 생명이다. 독립된 존재는 외로운 존재이기도 하다. 그리하여 이 짐승은 "발밑을 간질이는 초원의 야생화나 종종 놀러 오는 사막의 늑대들과" 조용한 교분을 맺는다. 더 나아가 "별빛 쏟아지는 밤이면 몽환의 꿈을" 꾸는 낭만을 보여주기도 한다. 그러나 하늘 가득 담은 눈이 "보통은 꿈을 꾸고 있는" 것처럼 보이지만 말은 여전히 "매몰차게 온몸을" 때리는 모래바람을 맞으며 "온종일 먼 하늘을 응시하고 있다." 철저한 '고독 속의 자유'를 보여주고 있는 것이다.

위 작품이 보여주는 큰 특징은 그 흔해빠진 수식어가 하나도 없다는 점이다. 심지어 명사를 꾸며주는 형용사나 부사도 없다. 그럼에도 "초원의 야생화"나 "별빛 쏟아지는 밤"과 같은 서정 짙은 어휘들이 동원됨으로서 자칫 건조해질 뻔한 문장이 따뜻한 정서로 젖어 있다.

멀리 있는 몽골 야생마에 대한 글을 읽었다. 그렇다면 모국의 '옛날 고향집'에 대해서 시인은 어떠한 노래를 부를 것인가.

발들인 적 없는 시간 속을 무수한 기억이 소용돌이친다// 옛날에 살았던/ 시골집 풍경을 떠올릴 때면/ 발정 난 수캐가 암캐와 흘레붙던 광경이/ 잔상처럼 남아 있다/ 아이들이 던지는 돌멩이를 맞고도/ 묵묵히 견디며/

혹은 반드시 그래야 한다는 듯/ 본능에 충실하던 그 개들의 처연함/ 웃는 것도 같고 화난 것도 같고/ 슬픔과 환희가 뒤섞인 것도 같던 표정이/ 뱀딸기 같은 붉은 눈빛과 함께/ 시간의 얼개 속을 걸어 나온다// 정체 모를 습성/ 참을 수 없는 것을 참아낼 때 인내라고 하겠지/ 수비만을 위한 삶/ 수비만의 발길질/ 목적 없는 집요함/ 죽을 만큼 견디는 것/ 그건 가장 잘할 수 있는 일/ 그래 얼마든지 견뎌주마!// 시간의 안을 들추면 겹겹이 가시가 있다/ 오늘도 그 가시 하나를 뽑아들고/ 습관처럼 다시 곧추선다

- 「수비의 계보」 부분

"옛날에 살았던 시골집 풍경" 하면 우리는 즉각 고향의 강과 산, 꽃과 나무, 그리고 순박하고 정겨웠던 마을 사람을 떠올린다. 그리고 자연스럽게 그런 글이 나올 것으로 기대하기 마련이다. 그러나 시인은 다짜고짜 "발정 난 수캐가 암캐와 흘레붙던 광경"을 들이댄다. 역시 도저한 맛이 있다.

여기서 '도저함'이란 말을 한 번 짚고 넘어가야 할 필요가 있다. 일반적으로 '학식이나 생각 등이 매우 깊다'라는 뜻으로 해석되지만, 나는 이 말에서 이런 사전적 정의를 훨씬 뛰어넘는 어감을 느낀다. 이 말의 부사형인 '도저히'가 '아무리 해도'의 뜻을 갖는 것만 봐도 그러하다. 이 말에는 절대로 범상하지 않다는 뜻이 내포되어 있다. 즉 따라잡기 힘든 어떤 특별한 '높이와 깊이'를 갖고 있다는 말이 된다.

본능에 충실하던 그 개들에게 아이들은 돌멩이를 던졌다. 그래도 그들은 "묵묵히 견디며 혹은 반드시 그래야 한다"는 것처럼 하던 일을 계속했다. 그때 그 동물은 "붉은 눈빛과 함께" "슬픔과 환희가 뒤섞인"

표정이었고 이는 "시간의 얼개"를 벗어나 '소용돌이치는 기억'의 하나로 여전히 화자의 뇌리에 남아있다. 슬픔과 환희는 극과 극의 대척점에 위치한다. 그러나 극도로 슬픔에 빠졌거나 환희에 어쩔 줄 모르는 얼굴은 두 경우 모두 눈이 충혈되어 붉어진다. 출산의 지극한 고통에서나 희열의 극치에 달해서나 여인의 얼굴이 똑같이 찡그려지는 것과 같은 이치다. 절묘한 아이러니가 창출되고 있다.

돌멩이를 참고 견디며 본능에 충실한 "이 정체 모를 습성"은 무엇인가. 돌멩이는 괴로움이나 어려움의 상징이다. 돌멩이의 공격을 견디며 막아내는 것이 수비(守備)다. 이 동물은 「수비의 계보」를 가지고 "수비만을 위한 삶"을 사는 것인가. 발길질도 공격이 아니라 "수비만을 위한 발길질"인가. 그것들의 인내는 "목적 없는 집요함"인가. 화자의 사유는 어느 틈에 스스로를 향하고 있다. "죽을 만큼 견디는 것", 그건 자신이 "가장 잘 할 수 있는 일"이다. 화자는 강력하게 자신의 의지를 발화한다. "그래 얼마든지 견뎌주마!"

"시간의 안을 들추면" 많은 가시들이 있다. 옛 고향의 기억에도 이처럼 "가시가 돋아 있다" 화자는 "오늘도 그 가시 하나를 뽑아들고" 다시 곧추선다. "얼마든지 견뎌주마!"

시인의 도저한 사유는 시편 곳곳에서 우리의 범상한 생각을 전복시키고 있다. 「고향우물」 만해도 그렇다. 그곳은 생각만 해도 서정이 넘치는 곳이다. 목마른 길손에게 버들잎 하나 띄워 물을 건네주던 낭만이 깃든 곳이기도 하다. 그러나 "고향마을 천수답 한가운데" "뻥 뚫린 내 어릴 적 우물"은 시적화자에게 "달구어진 몸이 뜨거워 물을 퍼내"

는 여자들이 모이는 곳이 된다. '앵두나무 우물가'가 아니다. 놀랍게도 "하나쯤은 감추어둔 죄"가 "실뱀으로 구렁이로 꽃뱀으로 매달리거나 물구나무 서" 있는 우물가다. "속절없이 솟구치던 뜨거움"으로 어쩔 수 없었던 "황홀한 죄"였지만 그것은 "전생에 죄진 생들"의 '슬픈 죄'이기도 하다. 앞 시에서의 "슬픔과 환희가 뒤섞인" 죄와도 같았을 터이다.

시인은 바람 소리에 귀 기울이며 먼 하늘을 바라보는 말의 고독한 모습을 본다. 개가 돌멩이를 맞고도 묵묵히 견디는 시골집 풍경도 본다. 몸 뜨거운 여자들이 "차가운 물을 바가지로 푹푹 퍼서 끼얹던 고향우물"도 본다. 모든 현상을 감각적이고 구체적으로 본다. 그러나 시인은 '현상 너머의 본질' 또한 본다. 예로 바다가 만드는 아름다운 밀물과 썰물의 풍경을 시인도 우리도 본다. 그러나 시인은 그 너머에 작용하는 인력과 중력까지 본다.

시인은 자전 주기가 지구와 같은 적도 구만리 상공에 "인공위성과 나란히 옴짝달싹 못 하고" "정지 궤도에 갇혀 있는 신"(「신은 우주의 정지 궤도에 갇혀 있다」)까지 보는 사람이다. 역시 '고대의 샤먼 왕'과 같은 눈이 있다. 도저함이 있다.

소소한 기쁨에도 활짝 웃는 삶

― 동시영의 『비밀의 향기』

우선 시집의 표제작을 본다.

> 시간은 오고/ 꽃은 피어난다// 셀 수 없는 시간 속에/ 셀 수 없는 행복
> 이 살고 있다// 서로는 서로의 풍경/ 비밀의 향기// 시간은 가고/ 추억은
> 온다
>
> ―「비밀의 향기」 전문

위 시는 짧다. 따라서 시적 모티프가 되는 명사도, 움직임을 표현하
는 동사도 몇 개 안 된다. 명사는 시제 외에는 '시간' '꽃' '행복' '풍경'
'추억' 등 다섯 개가 전부다. 어려운 말은 하나도 없다. 동사도 '오다'
'피다' '살다' '가다' 등 네 개가 전부다. 역시 어려운 말은 하나도 없다.

그런데 시인은 작정이나 한 듯「시간」「풍경」「추억」이란 제목의 시
편을 동원하여 각각의 어휘를 사전적 정의를 넘어서는, 시인의 속내

가 담긴 의미까지 해석을 해주고 있다. '꽃 피우는 시간'이 바로 「꽃 피는 순간」이 아닌가. 이 시를 통해 '꽃'에 대한 해석도 해주고 있다. 시제 '비밀의 향기'는 "서로의 풍경"이라고 아예 본문에서 밝히고 있다. 이제 '행복' 하나 남았다. 그런데 열심히 일해 "원하는 걸 얻"고(「소원」) "소소한 기쁨에도/ 크게 웃는"(「소」) 게 바로 '행복'이 아니겠는가. 그렇다면 시인 스스로가 작품을 이끌어가는 주요 어휘들을 모두 다 해석을 해버린 셈이다. 내가 할 일은 무엇인가. 나는 그저 시인이 해석해 놓은 것을 작품에 대입하면 그만이다.

네 연으로 구성된 「비밀의 향기」의 첫 연, "시간은 오고/ 꽃은 피어난다"는 '봄은 오고 꽃은 핀다'로 이해하고 넘어가도 무방할 것이다. 계절의 순환은 바로 '시간의 흐름' 때문이고 따라서 겨울이 지나면 봄이 오는 것이 아닌가. 그래서 꽃들도 다시 피어나는 것이 아닌가. 그러면 시인은 시간을 어떻게 이해하고 있는가.

> 시간보다 날카로운 건 없다
>
> —「시간」 전문

위 선언적인 한 줄짜리 시는 '시간은 날카로운 것'이라는 말에 다름 아니다. 왜 이런 말을 하는 것인가. 더 이상의 설명은 없다. 시는 끝나버렸다.

앞의 표제작 「비밀의 향기」도 짧은 시다. 그런데 이 짧은 시에 '시간'이란 말이 세 번이나 등장하고 있다. '시간'이란 개념을 파악하지 못하면, 위의 한 줄짜리 작품 「시간」은 물론 「비밀의 향기」도 설명할 길이 없다. 따라서 '시간'에 대해 제대로 짚고 넘어가야 할 필요가 있다.

인간이 사고할 수 있는 모든 대상을 분류하다 보면 마침내 '물질'과 '의식'이라는 큰 개념에 도달하게 된다. 세계에는 이 두 가지 이외의 것에 속하는 것은 없다. 즉 우리는 물질적인 것이 아니면 의식적인 것만을 사고할 수 있는 것이다. 그러면 '시간'은 어디에 속하는 것인가. 어떠한 형태도 갖추지 못한 시간, 그래서 보이지도 않는 시간은 비물질적인 것으로 생각되기 쉽다. 그러나 '물질'은 일정한 부피와 질량을 가진 '물체'와는 다르다. 물질은 의식으로부터 독립해서 객관적으로 존재하는 것이다. 시간은 엄연히 우리의 의식 밖에 스스로 존재한다. 따라서 시간은 물질적인 것이다. 시간은 재미있게 놀다 보면 후딱 지나가지만 힘든 일에 매달려 있으면 지겹게 흘러간다. 그러나 이런 것들은 우리의 주관적인 느낌일 뿐이다. 시간은 우리 의식과는 전혀 관계없이 빠르지도 느리지도 않게 엄정하고 일정한 속도로 영원을 향해 흘러가는 것이다. 이제 왜 시인이 시간을 '날카로운 것'으로 비유하고 있는지 이해되는 것 같다.

이렇게 시간은 날카로운 정확함으로 계절을 순환시켜 어김없이 봄을 오게 하고 꽃을 피운다. 그 '꽃 피우는 시간', 즉 「꽃 피는 순간」을 보자.

꽃 안엔 꽃씨가 가져온/ 웃음이 모여 산다// 서로 모여 웃다가 폭발하는/ 저,/ 꽃 피는 순간

- 「꽃 피는 순간」 전문

시인은 "꽃씨가 가져온 웃음"이 모여 폭발할 때가 바로 '꽃 피는 순간'이라고 노래하고 있다. 그렇다면 '꽃'은 꽃씨가 주는 눈물의 선물이 아니라 '웃음의 선물'이다. 누구나 행복할 때는 웃는다. 따라서 '웃음의 선물'은 '행복'과 직결되는 것이다. 결국 봄을 오게 하고 꽃을 피우게 한 '시간'은 행복을 선물한 셈이 된다. 「비밀의 향기」 둘째 연에 등장하는 "시간 속에"는 바로 "행복이" 있었던 것이다. 우리는 시인 말마따나 '날카로운 시간' 속에 사는 고독한 존재들이다. 그러나 그 "셀 수 없는 시간 속에" 우리는 '서로' 봄꽃처럼 작지만, 또한 "셀 수 없는 행복" 역시 만들어 가는 존재들이기도 하다.

'작은 행복'이라 했다. 이는 큰 명예나 부를 거머쥐어야 느끼는 행복과는 거리가 멀다. 시인은 다음에 인용할 두 편의 시에서 보듯 '소'의 모습을 통해 진정한 행복의 의미를 발견하고 있는 것 같다.

짧은 이름에/ 큰 짐승// 소소한 기쁨에도/ 크게 웃는다

- 「소」 전문

소처럼 일하고/ 원하는 걸 얻는 것

- 「소원」 전문

시제 「소원」은 재치 있게도 '소'처럼 일해 '원'하는 걸 얻는다는 시행의 첫 자를 따서 조합한 것으로, 바라고 원하는 '소원'을 이루게 되면 누구라도 행복해질 것임은 자명한 일이다. 열심히 일한 소가 그 결과로 얻고자 하는 것은 과연 무엇이 될 것인가. 부와 명예인가. 천만의 말씀, 소가 원하는 건 단지 넉넉한 식사와 편안한 잠자리일 뿐이다. 소는 결코 이런 "소소한 기쁨" 이상의 것을 원하지 않는다. 이제 시인의 말하는 행복의 의미가 확실히 드러나고 있다. "소소한 기쁨"이야말로 '작은 행복'이 될 것이고 이런 행복에 "크게 웃는" 자야말로 진정 제대로 행복을 알고 느끼는 자가 아닌가.

본문 셋째 연에 드디어 본 작품의 시제이자 시집의 표제가 되는 「비밀의 향기」가 등장한다. 그런데 시인은 "비밀의 향기"가 "서로의 풍경"이라고 짧게 말하고 있을 뿐이다. 우리는 이 '향기'의 비밀을 캐내기 위해 「풍경」이란 시를 찾아보지 않을 수 없다.

> 하늘은/ 시간의 종루// 하루는/ 삶을 내다보는 창// 시간 줄에 널린 빨래 같은 사람들
>
> — 「풍경」 전문

"창"을 통해 "내다보는" "하늘"과 "종루"는 확실히 하나의 '풍경'이 된다. 그러나 이 풍경을 대입시켜도 "비밀의 향기"의 의미는 밝혀지지 않는다. 앞에서 나는 시인이 해석해 놓은 의미를 작품에 대입하기만

하면 된다고 큰소리쳤지만 너무 안이한 말이었다. 우선 「풍경」의 해석부터 급선무가 되고 말았다.

확실히 시인은 '시간'에 중요한 의미를 부여하고 있다. 짧은 위 문장에도 시간은 두 번이나 등장한다. '하늘'은 아침과 저녁의 모습을 달리하여 때를 알려주니 일정한 시각이 되면 종을 울려주기도 하는 '종루'와 대응하며 의미 공유의 타당성을 갖는다. 우리는 '창'밖의 '하늘'을보며 '하루'가 지나감을 알 수 있다. 하루하루를 사는 것이 곧 '삶'이다. 그렇다면 둘째 연도 맞는 말이다. 그러나 "시간 줄에 널린 빨래 같은 사람들"은 무슨 말인가.

앞서 언급한 것처럼 우리는 '시간' 속에 사는 '고독한 존재'들이자 '작은 행복'에 웃고 사는 '평범한 존재'들이다. 시인은 이런 사람들에게 가치를 부여하고 주목하고 있다. "널린 빨래"는 '물에 빠는 일'이 끝난 깨끗한 옷이다. 빨기 위해 벗어 놓은 더러운 옷이 아니란 말이다. 그래서 줄에 널려 있는 게 아닌가. 그런데 물에 빠는 '빨래'는 대단한 옷가지가 아니다. 속옷이나 작업복 따위의 일상에서 마구 입어도 되는 '평범한 옷가지'들이다. 고급 양복은 절대 물빨래를 하지 않는다. 이제 "빨래 같은 사람들"이 우리같이 '평범한 사람'을 비유라고 있음을 눈치채게 된다. 그러나 더러운 '빨랫감'이 아니다. 빠는 게 끝나 "줄에 널린 빨래"다. 하루하루가 우리 삶이고 또한 흘러가는 '시간'이다. 이제 우리는 "시간 줄에 널린 빨래 같은 사람들"이 왜 아름다운 '풍경'이 되는지를 확실하게 이해할 수 있다.

「풍경」을 이해하니 마침내 본문 셋째 연의 "비밀의 향기"가 "서로의 풍경"이라고 하는 말도 쉽게 해석의 문을 연다. 우리는 "줄에 널린 빨래들"처럼 사는 평범한 존재다. '날카로운 시간' 속에 부대끼며 사는 존재다. 그러나 우리는 그 "셀 수 없는 시간 속에" "서로" 소소하지만, 또한 "셀 수 없는 행복" 역시 만들어 가는 존재이기도 하다. 이것이야말로 아름다운 "'서로는 서로의 풍경"이 될 것이고, 이 풍경이야말로 삶에 있어서의 진정한 "비밀의 향기"가 되는 것이 아니겠는가.

본문의 마지막 연, "시간은 가고/ 추억은 온다"는 첫째 연 "시간은 오고/ 꽃은 피어난다"와 정확한 대비 관계를 창출하고 있다. "시간은 오고' 또 "시간은 가고" 이에 따라 세월이 오고 가고 꽃도 피고 진다. 억지도 거짓도 무리도 없는 순리일 뿐이다. 시인은 담담하다. 이런 순리대로 서로가 서로의 풍경이 되어 작은 행복에 웃으며 살다가 떠나는 것이 시인이 바람직하게 생각하는 삶인 것 같다. 그러나 이 과정에서 "추억"이 남게 된다. 「추억」이란 작품을 찾아본다.

추억의/ 뒷모습은/ 길다

– 「추억」 전문

과거의 일을 돌이켜 생각하는 게 '추억'이다. 시인은 그 "뒷모습"이 길다고 말한다. 나는 이 작품을 이번 시집의 백미라고 생각한다. 그만큼 아름다운 함의가 깃들인 작품이다. "추억의 뒷모습"은 흘러간 '시간의 그림자'에 다름 아니다. 시간 속을 가고 있는 우리 뒤에는 그림자가 함께 따라오기 때문이다. 추억은 이미 과거다. 따라서 이 작품의 뒷모습 그림자는 아침나절의 것이 아니다. 하루에 그림자가 가장 짧을 때는 정오다. 그러나 시간이 지나며 저녁이 가까워질수록 그림자는 '길어'진다. 아침, 한낮, 저녁의 그림자는 우리의 유년, 청년, 노년의 인생길에 정확히 비유된다. 그리고 황혼 길에 접어든 뒷모습의 그림자는 당연히 "길다"

본문 마지막 연의 "시간은 가고/ 추억은 온다"라는 문장은 시인의 「추억」이란 작품 해석으로 아무런 걸림도 없이 우리에게 다가온다. 그렇다. 우리 누구에게도 "시간은 가고" 긴 그림자를 끌고 "추억은 온다"

결국, 이 글은 「비밀의 향기」라는 작품 한 편을 읽어낸 셈이나 다름없다. 그러나 이 작품을 제대로 읽어내고자 하는 과정에서 실제로는 「시간」「꽃 피는 순간」「소」「소원」「풍경」「추억」 등의 작품도 함께 읽게 되었다. 시간은 공간과 함께 우리 존재의 근원적 바탕이다. 앞에서 본 것처럼 시인의 시간의 의미와 이에 대한 천착은 대단하다. 한 수 배웠다. 정다운 시인들과 막걸리 한 잔 나누는 '시간', 자주 있는 일이다. 그러나 나는 이제 이 "소소한 기쁨"의 시간에 더 크게 웃을 것이다.

3부

아름다운 슬픔

섬돌 위에 보석처럼 빛나는 꽃

— 김은령의 『차경』

시는 결코 삶과 분리되어 있는 것이 아니며 오히려 이 두 가지가 공존할 때 세계는 풍성해지고 견실해지는 법이다. 한 마디로 김은령의 시편들은 삶과 밀착되어 있고 그것을 아주 솔직하게 진술하고 있다. 시인은 시적 대상에 대한 관심과 흥미, 그것이 주는 여러 감정을 열정적으로 드러내어 묘사하고 있으며, 우리는 그런 진솔성으로 인해 언어로 환치된 시인의 느낌을 쉽게 공유할 수 있다. 이는 요즘 많은 시인들이 애호하는 추상개념 속의 이상한 관념 언어의 남발과는 거리가 멀다. 뭐가 뭔지 알아먹을 재간이 없는 나는 솔직히 이런 언어의 유희에서 허위의 냄새를 맡고 글 전체에 퍼져가는 미묘한 부패를 느낀다. 김은령의 글은 다르다.

현판도 주련도 보이지 않은 당우/ 햇살이 사선으로 비켜가는 섬돌 위에/ 나란히 계신 흰 고무신 한 켤레/ 닳고, 닳아서 찢어진 뒤꿈치를/ 이제

는 사라진 일거리인, 이불호청 꿰맬 때나 쓰는/ 굵은 흰 무명실로 꽁꽁 꿰
맨 고무신 한 켤레

- 「접견하다」 부분

인용한 시는 '고무신'이라는 하나의 명사를 묘사하는 게 전부다. 한
'문장'이 아니라 하나의 '명사구'에 불과하다. 모든 수식어들은 오직
"고무신 한 켤레"에 집중되고 있다. 즉 '어찌어찌 된' 고무신이지, 동작
의 주체로서 '어찌어찌 하는' 고무신이 아니다. 따라서 고무신은 아무
런 움직임이 없다. 그렇지만 위에 인용한 부분만으로도 이 시는 완벽
하다. 이 말은 글 전체가 고무신만을 설명하고 있지만 있을 것은 다 있
고, 없을 것은 하나도 없는 글이란 말이다.

첫 행과 둘째 행은 고무신의 위치를 설명하고 있다. 그곳은 "현판도
주련도 보이지 않는 당우"의 "섬돌" 위다. 그곳은 '검소하고 꾸밈없는
곳'이다. 이미 사치스럽고 호화로운 곳을 외면하는 시인의 정신이 어
른거리기 시작한다. 따라서 이런 검박한 곳에 위치한 신발은 그저 '놓
여있는' 것이 아니라 "계신"이란 특별한 존경의 수사가 필요한 것으로
시인의 눈에 비치게 되는 것이다.

다음 행에서 시인은 돋보기를 대고 고무신에 밀착하여 '신발의 상태'
를 묘사한다. 그것은 "닳고, 닳아서 찢어진 뒤꿈치를" 꿰맨 것이다. 시
인은 '어떻게 꿰맨 것'인지 보기 위해 돋보기를 더 바짝 들여댄다. 그것
은 "이불호청 꿰맬 때나 쓰는 무명실"로 꿰맨 것이고 무명실은 '굵고'
'흰 색깔'의 것이다. "꽁꽁"이란 부사어를 주목할 필요가 있다. 비록 낡

아 찢어진 신발이지만 '정성을 들여' '촘촘히 꿰맸다'는 의미가 함축되어 있다. 신발임자의 고운 성정이 이 부사어로 인해 능라무늬처럼 드러난다.

신발은 인간의 발을 담고 '길'을 간다. '길'은 비유되어 '인생길'이라는 우리 삶 자체의 여정을 의미하기도 한다. "꿰맨 고무신 한 켤레"는 바로 신산한 삶의 길을 걷고 있는 우리의 모든 아픔과 한숨을 오롯이 담고 있는 하나의 그릇이다. 검박한 절집의 섬돌에 '계신' 꿰맨 고무신! 그것은 속절없는 환몽에 빠져 있는 우리를 말없이 그러나 추상같이 깨우치게 하고 있다. 꿰맨 신발의 뒤꿈치는 바로 가치 있는 삶이 보여주는 광휘다. 그것은 '현판도 주련'도 없는 초라한 절집의 섬돌 위에 피어난 보석 같은 꽃이다.

세상에는 본말이 전도된 경우도 많다. 우세하는 줄도 모르고 자신이 우세한 줄 아는 것도 그 중 하나가 될 것이다. 자세(姿勢)를 낮춰도 모자란 사람들이 자세(藉勢)하고 행세하는 경우가 흔전한 세상이다. 김은령은 이런 세상에 찬물을 동이째 붓고 이들과 철저한 대척점에 위치하고자한다. 시집의 표제작 「차경(借憬)」을 보자.

이제 막 피고 있는 석류꽃/ 꽃 진 자리가 불안한 늙은 산능금 나무/ 어제처럼 그렇게 지는 해/ 어제보다 조금 더 비켜서 눕는 내 그림자/ 가, 있는 마당에/ 흰나비 한 마리 왔다 가네/ 왔다가 그냥 가네

─ 「차경(借憬)」 전문

시인은 겸손하다. 일반적으로 '차경'은 산이나 개울 같은 주위의 자연풍광을 그대로 끌어들여, 집과 자연이 스스로 조화를 이루어 어우러지게 하는 의미로 파악하게 된다. 글자 그대로 인위적 가감 없이 '경치를 빌려오다'라는 '借景'으로 생각하게 된다는 말이다. 그러나 시인은 의도적으로 '景' 대신 '기다림'이나 '그리움'의 뜻을 담은 '憬'이란 한자를 사용하고 있다.

시인은 인간의 자연스러운 감정의 발로라고 할 수 있는 '그리움'까지도 주체가 아닌 객체로부터 빌리겠다는 겸손을 이 제목을 통해 보여주고 있다. 이런 시인의 겸양은 자연에 순응하는 자세로 본문에 그대로 나타난다.

시집의 많은 시편 중 「차경」은 어느 정도 사고의 수고를 요구하는 시다. 시는 석류꽃과 능금나무 꽃의 묘사로 시작된다. "피고 있는 석류꽃"은 언젠가 견고한 껍질을 터트려 붉은 보석을 쏟아 내기 위한 '최선의 전략'이 될 것이다. 계절 상 이미 꽃을 피웠던 "늙은 능금나무"도 인간을 '원죄'로 다시 유혹할 만큼 담뿍 익은 능금열매로 가을볕을 튕기고 있을 어느 날을 위해 '전력투구'했을 것이다. 꽃은 생명의 정점이다.

우주의 순환은 영원하고 어제의 '해'는 오늘도 뜨고 진다. 그러나 모든 생명이 그러하듯 우리도 하루하루 죽음을 향한 길을 가고 있다. 따라서 화자는 "어제보다 조금 더 비켜서 눕는 내 그림자"를 보게 된다.

이 석류꽃과 능금나무 꽃에 "흰나비 한 마리"가 왔다 갔다. 주목해야 할 점은 나비가 '오지 않은 것'이 아니라 '왔다 갔다'는 사실이다. 나비가 신고하고 오는 것은 아니다. "그냥" 왔다 간 것처럼 보인다. 그러나 나비가 꽃을 찾아 왔다 갔다는 것은 이미 '수분(受粉)'이 성립되었다는 사실을 의미하고 꽃은 '생명의 결실'로 다시 생성될 것이다. 우주의 운행은 반복되고 생명 또한 계속된다. 화자는 자연의 당연한 질서인 '꽃이 피는 것'과 '나비가 날아드는 것'까지 '기다리고' '그리워'한다. 그리하여 시인이 만든 새로운 의미의 '借憬'은 그 정당성을 획득하게 되는 것이다.

격 있는 시는 하심(下心)에서 생산되는 법이다. 자신을 낮은 곳에 위치하고자하는 시인의 겸양은 다른 많은 시편에도 산견된다. 화자는 스스로를 "반편"(「깡」), "한 마리 짐승"(「쓸개를 버리다」)이라 부르고, "가당찮은 이 몸뚱어리"(「그게, 그렇더라고」)는 "아직도 패거리의 꽁무니나 따라나서는 신세/ 죽은 것들의 배후에 서서/ 꼴깍, 침이나 삼키는 신세"(「눈총」)라고 자책하는가 하면 "비루하게/ 구차하게, 세상과 통정 중"(「쓸개를 버리다」)이라고 자신을 낮춘다. 하심과 솔직함에서 비롯되는 이런 겸손은 자세(姿勢)를 낮춰야 할 사람들이 자세(藉勢)하는 세상을 통박(痛駁)하는 결과를 낳게 된다.

'몸뚱어리'나 '세상과 통정'과 같은 시어들을 주목한다. 시인은 자신을 낮추지만 시어의 구사에 있어서는 거침이 없다. 아니 그 거침없음으로 스스로를 더욱 낮추고 있다. 예로 "부끄러운 내 싸구려 취향"(「행운」), "군침 흘리는 계산된 나의 아가리"(「부락민」), "게걸스레 열리는 목구멍"(「축생일기」)이라고 자신을 표현하는 경우다.

이런 시어들의 과감한 구사는 시를 생명력으로 펄떡거리게 하고 이는 곧바로 강한 관능과도 교통한다.

고년/ 고, 당골찬 년/ 달 밝은 오늘 밤 화르르 옷섶 열어젖히고/ 젊은
부처 하나 잡아먹고 있을라나/ 저 달빛 척 휘감고 앉아 황홀경(悅惚經)을
치고 있을라나

- 「봄밤」 부분

　　인용한 시는 "미황사"의 "명자꽃"을 정열적인 여인으로 비유하여 황
홀한 봄밤의 관능을 묘사한 것으로, 우리가 생각하는 일반적인 '황홀
경(悅惚境)'의 '경'이 여기서는 '경(經)'의 의미로 환치되고 있음을 유의
할 필요가 있다. 말이 된다. '황홀한 성인의 말씀'은 인간을 '황홀한 경
지'에 이르게 한다. '성(性)'스러운 것은 또한 '성(聖)'스러운 것이기도
하다. 시인은 언어 용법의 가능성을 최대한 확대하여 일반적으로 통용
되는 의미의 경계를 넘어 자신만의 독특한 의미를 창출하려한다. 미추
(美醜)나 선악(善惡)은 상극이지만 극과 극은 서로 통하기도 한다. 극치
에 달한 얼굴과 해산의 고통에 일그러지는 얼굴은 같다. '행운'의 네 잎
클로버는 토끼풀 일가에게는 "어떻게든 내쳐야"할 "가문의 기형아"(「행
운」)다. 따라서 '행운'이라 생각하며 네 잎 클로버를 떼어낸 화자는 역
으로 그들에게 '행운'이 된다. 시인은 바로 이런 낭만적 아이러니를 제
대로 구현하고 있는 것이다.

　　대상에 대한 시인의 솔직하고 직선적인 진술은 여러 곳에서 산견
된다. 이런 진솔함은 역동적인 생명력으로 강한 파장을 일으켜 우리를

공감하게 한다. 시인은 "몸뚱이의 생살을 찢으며/ 하나하나 매어 달린" 꽃의 실상을 "살아가는 방편"으로 "내어 거는 홍등"으로 파악한다. 그러나 꽃의 "난분분 노골적인 현장"을 "알아차"렸지만 시인은 "함구"하기로 작정한다.(『나무유곽』) "여름 한 낮" 배롱나무의 "수수만 개 꽃이파리들"이 "착착착착 빈틈"없이 "밀착되어"있는 것은 시인에게 "죽은 이 조차 세상 밖으로 불러내는" "혼불"로 보인다.(『생존밀도』) 낮 뜨겁게도 "궁둥이 살 냄새를 맡고/ 염치 불고, 그루터기 옆구리를 뚫고/ 한사코 돋아나는 저 순筍!"(『그들의 연애사』)

'홍등'과 '혼불'로 그리고 '살 냄새'를 맡고 솟아오르는 '순'으로 포착된 꽃과 나무는 생존을 위한 강한 생명력으로 '번식을 위한 인간의 관능'처럼 꿈틀대고 있다.

쓸 것은 많은데 지면이 짧다. 시 몇 편을 제대로 다루지도 못했다. 허나 모든 시편들이 수준 위에서 고르다는 점을 강조한다. 시 하나하나가 자신의 삶을 돌아보는 '성찰의 눈물'과 그에 대한 '통찰의 땀'이 묻어나고 있다. 많은 작가의 작품을 읽는 게 내 일이지만 김은령의 시를 보며 모처럼 개운하게 눈을 씻은 기분이다.

정당성과 확실성에 찬 뚜렷한 선

— 김원옥의 『바다의 비망록』

윤곽의 선이 명확하고 예리하고 강인하면 할수록 예술작품은 그만큼 더 견고하고 완전에 가까워진다. 분명한 경계의 윤곽선에 의지하지 않는다면 어떻게 떡갈나무와 너도밤나무를 구별할 수 있을 것인가. 또한 그 선의 굴절과 운동에 의하지 않고서 어떻게 얼굴의 표정을 그려낼 것인가. 정당성과 확실성에 찬 그 뚜렷한 선 이외에 무엇으로 진실과 허위를 구별해 낼 수 있을 것인가.

나는 김원옥의 시가 이런 확실한 윤곽선을 갖고 있다고 생각한다. 반대의 경우 빈약한 상상력과 졸렬함과 자신감 없음이 드러날 뿐인데 '나' 없는 세계의 존재를 단호히 부정하는 시인이 어찌 있으나 마나한 흐릿한 선으로 자신과 세계에 대한 테두리를 그을 것인가. 「시인의 말」에서 그는 '자신이 여기 살고 있기에 그 어떤 것도 여기에 분명 존재'하는 것이며 '자신이 영위하는 일상적 삶 속에서 다른 모든 것의 존재를 인식'하게 된다고 강조한다. 물론 이 발화는 깊은 형이상학적인 사유를 견인할 수도 있다. 그렇다 고해서 선이 뚜렷한 김원옥 시를 '비밀상자 속의 비밀열쇠의 형국'으로, 혹은 안팎의 구분이 없는 '뫼비우스의 띠 같은 언어세계'로 읽어내는 것은 당치않다. 아래 시만 봐도 이는 확실하다.

가을 하늘 하도 푸르고 푸르러// 햇볕 잘 드는 너럭바위에 앉아/ 계곡물에 발 담그고/ 진종일 이런 일이나 해봤으면// 경련 자주 일으키는/ 위장 꺼내 발동기 달아주고/ 제 맘대로 울컥울컥 뻘건 피 토해내는 심장에/ 초침 분침 잘 맞는 시계 하나 놓아/ 한 땀, 한 땀 흔적 없이 꿰매 주고/ 자글자글 잔금투성이 얼굴/ 푸우 물 뿌려 다리미질도 하고/ 곱사등처럼 등짝에 붙어 있는 걱정 하나/ 덩더꿍 덩더꿍 망나니 칼로 번쩍 떼어내고/ 김밥 도시락 만들어 옆구리에 끼고/ 속살 다 비치는 분홍 옷 입고/ 계곡물 따라 흘러 흘러 삼도내로 가서/ 사공 불러 뱃놀이도 해보고/ 두 손가락 입에 물고 휘파람도 불어보고/ 옆구리 서로 껴안고 춤도 한번 추어보고/ 칡넝쿨 끊어다/ 밧줄 만들어 분홍 옷 휘날리며/ 훠이훠이 쌍그네도 타보고/ 이렇게 한번 해봤으면// 온산을 가득 안은/ 계곡물 하도 맑아서/ 가을 하늘 하도 푸르러 푸르러서

– 「이렇게 한번 해봤으면」 전문

시인이 한번 해보고 싶은 일이 나열되고 있다. 그것들은 애매한 구석이 전혀 없이 직정적이고 직설적으로 열거된다. 위장에 발동기 달아주고, 심장에 초침까지 정확한 시계 달아 주고, 얼굴주름은 다리미질해 펴고, 걱정거리는 망나니 칼로 떼버린다면 더 이상 좋을 나위가

없다. 첨단과학으로도 불가능한 일들이 고민할 것 하나 없이 시원하게 척척 처리된다. 이 일들을 형용하는 과감한 수식어들은 속도 있는 글에 호방함까지 배가시키고 있다.

시인이 해보고 싶은 일들은 계속된다. 김밥 만들고 분홍 옷 입고서 삼도내로 가 뱃놀이도 하고, 휘파람도 불고, 춤도 추고, 그네도 타보고 싶다. 꺼리거나 삼가는 태도는 전혀 없다. 김밥은 들고 가는 것이 아니라 "옆구리에 끼고"가고, 분홍 옷은 그냥 옷이 아니라 "속살 다 비치는" 얇은 것이다. 젊은이들이나 하는 "두 손가락 입에 물고" 부는 휘파람으로 사공을 불러 뱃놀이도 하고, "옆구리 서로 껴안고 춤도" 추어보고 싶다. 더구나 얇은 옷자락 휘날리며 쌍그네까지 타고 싶다. 그게 어떤 옷인가. 속살이 다 비치는 분홍 옷이 아니었던가. 강한 관능이 야기되지만 칙칙한 구석은 없다. 밝고 건강하고 유쾌하기만 하다.

진솔한 서정의 흐름을 방해하는 모호성은 정당화 될 수 없다. 그것은 사상의 허약과 빈약에서 기인하기 쉽고 불필요하게 의미구조를 흐리게 할 수도 있다. 가치 있는 모호성의 존재는 의미구조를 흐리게 하는 게 아니라 그것에 풍요와 복합성을 첨가해주는 것이다. 정서에 중요한 효과를 주는 인식은 거짓된 신념에 의존하지 않는다. 김원옥은 이점에서 확실하다. 문맥 안에서 언어들은 활기차다. 그것들은 각기 수식하는 언어에 상승의 활력을 부여하고 있다.

「이렇게 한번 해봤으면」이 있으면 「그리할 거야」도 있다. 여기에서 시인은 자신을 개에 비유하여 절대로 "건성건성 던져주는" 밥은 먹지 않을 것이며, 묶여 "집 밖을 그리던 기둥"은 돌아보지도 않겠다고 다짐한다. 달을 보며 "짖어댈 거"고, 낯선 길 찾아가며 또 "짖어댈 거"라고 다짐한다. 시인의 어조는 단호하다. 시작도 끝도 없이 무한히 순환할 뿐인 뫼비우스의 띠와 그의 글이 비교되는 것은 아무래도 어울리지 않는다.

> 조개가/ 남몰래 쓴 일기를/ 뻘밭에서 훔쳐보았다/ 어느 발에 밟혀/ 깨어질까/ 어느 손아귀에 붙들려/ 끌려갈까/ 숨으며 숨으며/ 바다로 간/ 발자국,/ 끊어질 듯 끊어질 듯 이어진/ 눈물겨운 난중일기/ 한 페이지를/ 밀물이 가뭇없이/ 지우고 있었다
>
> — 「어떤 난중일기」 전문

'조개 발자국'이 '난중일기'로 비유되고 있다. 김원옥의 비유는 설명을 가하거나 채색을 더 하는 것과는 거리가 멀다. 그것은 적어도 관습적인 담화의 경우에는 전혀 무관한, 멀리 떨어져 있는 두 문맥을 결합하는 쐐기로 작동한다. 이런 의외성 있는 강력하고 힘찬 비유의 힘은 새로운 의미의 영역을 확보한다. "숨으며 숨으며" "끊어질 듯 끊어질 듯" 갯벌에 이어져 "바다로 간" 조개 발자국은 삶을 쟁취하기 위한 전쟁과도 같은 몸부림의 흔적이다. 시인은 그것을 조개가 어느 날 쓴 '난중일기'의 한 장으로 보고 있는 것이다. 그 눈물겨운 한 페이지를 무심한 밀물이 지워버리고 있다. 여리고 작은 것이 기록한 분투의 흔적이 "가뭇없이" 지워진다는 대목에서 가슴이 뭉클해진다.

시인의 『바다의 비망록』에는 말 그대로 바다를 잊지 않으려고 적어

둔 기록이 많다. 「소래포구」에서는 "끌고 갈 농게 한 마리 없는/ 바닷물도 떠난 뻘"을 안타까워하고, 「동막 갯벌」에서는 "하루 두 번 철썩철썩 다가와/ 내 몸 어루만져 주"던, 지금은 오지 않는 바닷물을 그리워하고 있다.

> 한때/ 너는 사람들의/ 자랑스러운 보물창고였지// 뙤약볕에서/ 맨발로 수차 돌리는 염부의 헐떡임은/ 경쾌한 행진곡이 되고/ 그의 힘찬 제자리걸음으로 다가온 눈부신 백색의 금을/ 너는 뱃속에 가득 채웠어
> – 「소금 창고」 부분

갯벌에 쓸쓸히 유령선처럼 서 있는 소금창고의 자랑스럽던 옛날을 회상하고 있다. 「소금창고」는 '보물창고'였다. 둘 다 교환가치를 지니지만, 그 실질적 가치에서는 비교도 될 수 없을 정도로 천양지판이다. 그러나 소금은 생필품이고 보석은 사치품이다. 사치품은 없어도 살지만 소금은 왕도 거지도 누구나 먹어야 생명유지를 하는 필수품이다. 따라서 소금은 "눈부신 백색의 금"에 비유된다. 밝은 태양 아래서 "힘찬 제자리걸음으로" 그 백금을 제조하기 위해 "맨발로 수차 돌리는 염부"의 모습이 평생 염전을 가보지 못한 사람도 코앞에서 보는 것처럼 선연하게 묘사되고 있다. 그러나 이것은 어디까지나 과거의 모습이다. 지금은 아니다.

모든 먹는 것과 먹히는 것은 상호 균형을 유지하며 공존한다. 생존경쟁이란 개념이 사라지지 않는 이유는 바로 가장 자애로우며 동시에

가장 잔인한 동물인 인간 탓이다. 인간사에 나타나는 잔인한 투쟁과 거기서 이긴 강한 자에 의한 지배를 정당화하는 데 생존경쟁이란 개념은 상당히 유효하다. 배고픈 새끼들을 데리고 흥부가 구걸 왔을 때 놀부가 '생존경쟁은 자연의 섭리'라고 거절하는데도 이 개념은 매우 써먹기 좋았을 것이다.

환경요인을 초월해서 존재할 수 있는 생물은 없다. 사람도 마찬가지다. 그런데 사람은 환경의 영향을 받지만 동시에 그 환경을 개척하고 변화시킨다. 이 능력은 인간의 위대함을 보여준다. 반면 가장 어리석다는 것도 보여준다. 시인은 자연에 대한 여러 비망록을 통하여 생존경쟁이란 이름 아래, 환경을 개척한다는 이름 아래 인간이 저지르고 있는 어리석음을 고발하고 있다. 바로 그 어리석음 때문에 사라진 소래포구와 동막의 개펄을 그리워하고, 황량하게 버려진 소금 창고에 한없는 애정과 연민의 눈길을 보내고 있는 것이다.

"저저바저저바젖어봐" 참새노래를 들을 줄 아는 귀한 귀

— 한소운의 『꿈꾸는 비단길』

　　격렬하거나 집중적이거나 혹은 반복적이거나 친숙한 '감각적 인지'는 기억의 창고에 탈시간화 하여 보관된다. 그것들은 우리가 부르면 '재감각화된 회상기억'이 되어 현재로 되돌아온다. 이때 '상상'은 새롭고 활발한 인지력을 발휘하여 회상기억이 되돌아올 때 감각적인 힘을 덧붙여 준다. 이는 단순히 불러오는 것이 아니라 새로 만들어진다는 것을 의미한다. 이런 창조적 과정에서 새로운 정서가 발생하고 이런 정서는 시를 발생시키는 근원이 된다. 시작과정에서 기억은 자신에 대한 성찰의 대상이 되고 상상이 야기하는 새로운 정서로 환치된다. 그리하여 그것은 시를 통해 원천적 느낌 이상의 생명력과 신선함을 확보하고 재창조되는 것이다. 한소운의 시집 『꿈꾸는 비단길』에는 수많은 기억이 있다.

여기, 꼭 여기 어디쯤 빈 배가 닻도 없이 쇠줄에 묶여 반은 뭍에 또 절 반은 강물에 의지해 척 걸쳐 있었는데 그 야심한 밤에 나는 왜 그 폐선을 찾아갔는지, 오랜 세월이 지났는데도 꼭 그 자리에 그대로 있었다 뱃머리 를 바득바득 따라오던 물결하며 마을 어귀서부터 개가 짖으면 온 동네 개 가 다 따라 짖던 것과, 컹컹 소리에 곤히 잠든 풀잎이 사분사분 일어나 서 로를 껴안던 거며 쪽밭에 배추며 쪽파며 가을 무우가 푸른 달빛에 더욱 푸 르게 내 마음에 각인되던 잊을 수 없던 그 날을, 그 빈 배는 아직도 기다림 을 놓지 않고 있는데 아, 나는 흉흉하게도 한동안 잊고 살았다 하냥 그리 울 그 시간들을, 늘 그러했듯 길도 아닌 것이 나를 이끌었다 이제 그만 놓 아 주어야겠다 나를 묶고 있던 밧줄을

－「빈 배」 전문

반은 물에, 반은 뭍에 '척' 걸쳐있는 빈 배가 있다. 오랜 세월이 흘 렀지만, 그 배는 여전히 '그 자리 그대로' 척 걸쳐 있다. 여기서 우리는 몸가짐이나 태도가 점잖고 태연한 모양을 뜻하는 '척'이라는 부사수식 어에 주목할 필요가 있다. 자칫 시 전체의미에 있어 그 물꼬의 방향을 틀어버리게 할 수도 있는 어휘이기 때문이다. 시인은 세월이 흘러도 변함없이 의연한 배의 모습을 강조하기 위해 의도적으로 이 수식어를 배에 '선사'하고 있음을 알 수 있다. 그 이유는 뒤이어 설명되고 있다. 물결이 뱃머리를 따라오던 일, 마을 어귀서 개가 짖으면 동네 개가 따 라 짖던 일, 그 소리에 잠든 풀잎도 일어나 서로를 껴안던 일, 가을 채 소가 푸른 달빛에 더욱 푸르게 각인되던 일. 이 모든 기억들을 빈 배 는 담고 있다. 그리고 아직도 "기다림을 놓지 않고" 강가에 척 걸쳐

있다.

이에 반해 화자는 지금 어떤 모습으로 살아가고 있는가. 이제 그 아름다운 기억들은 성찰의 대상이 되어 자신을 돌아보게 한다. 화자는 이 시에서 유일한 "아"라는 매우 심각한 영탄까지 사용하며 자신의 현재 모습을 반성한다. 화자는 "그리울 그 시간들을" 잊고 살았다. "그리울"이란 미래형 수식은 '그리워해야 할'의 압축으로 어떤 당위를 의미한다. 그 마땅히 해야 할 당위를 잊고 "길도 아닌 것"에 이끌려 살아온 것이다. 화자는 이런 반성 끝에 하나의 통찰을 이끌어낸다. 자신을 끌고 다니던 길도 아닌 것은 바로 자신을 묶고 있던 현실의 밧줄이었다. 따라서 화자는 그 밧줄을 놓아버리기로 작정하는 것이다.

따라서 이 시는 빈 배를 묶고 있는 밧줄, 즉 기억의 끈을 끊고자 하는 의도로 읽어서는 안 된다. 오히려 잊었던 그 시간과의 결속을 화자는 바라고 있다. 이런 심경은 "저녁이 산 계곡의 물처럼 흘러드는 고향집"(「놋그릇을 닦다」)을 그리워하고, 그 "고향집 닫힌 문 앞에서/ 까마득히 피붙이를 부르는"(「건천」) 어머니의 간절함을 아름다운 서정으로 노래하는 데서도 잘 나타나고 있다. "나를 묶고 있던 밧줄"은 배를 묶고 있는 밧줄과는 무관하다. 이는 그 배에 담긴 "잊을 수 없던 그날"을 묘사하는 부분에서 결정적이다. 화자는 두 개의 기막힌 시늉말을 동원하며 이 부분을 「빈 배」의 압권으로 만들고 있다. "바득바득"은 무얼 이루기 위해 '애쓰는 모양'으로 뱃머리를 따라오던 물결을 묘사하고 있지만 당시 우리네 삶의 신산함에 비유된다. 그러나 동네 개 짖는 소리에 풀잎이 일어난다는 대목에서 견인하는 "사분사분"이란 형용은 고향의

'상냥하고 부드러운' 대자연이 달빛에 푸르게 젖어가는 가을 채소와 함께 우리의 지친 삶을 포근하게 감싸주고 있다. 이처럼 아름다운 서정적 시행으로 그려진, 빈 배에 담긴 풍광은 그만큼 긍정적이고 바로 화자의 현재의 삶을 성찰하는 결정적인 계기가 되고 있는 것이다.

> 기억에도 없는 첫날밤을 생각한다.// (…) / 앙코르와트를 보고 입을 다물지 못했는데 시집 속의 글 한 줄이 입을 다물게 한다 그 불가사의의 땅, 책방을 나와 나는 어느새 밀림의 사원을 걷고 있다 사람 하나 가슴에 앉히는 일이 막막하여 막차를 떠나보내듯 밀어내고 정글 속에 홀로 남은 듯 아득한 밤, 그리움이 강이 되어 행간마다 캄캄한 밤, 시간을 마디마디 매듭짓고 이어보아도 후회가 강물같이 밀려오는 낯설고 새로운 신촌, 백 년이 지나도 새마을로 기억될 신촌의 밤을 또 넘는다 기억을 타넘고 타넘어 오는
>
> ─「신촌에서」 부분

하나의 현상을 의식하기 위해서는 그것이 '지나간 후'에야 가능하다. 기억이 가지는 상기(想起)적 특성을 입증하는 말로, 기억은 관련되는 경험이 과거의 일이 되었을 때 비로소 발생한다는 것이다. 한소운은 이 시에서 이런 지나간 경험에 대한 기억의 또 다른 얼굴을 보여준다. 시는 단 2연으로 구성되어 있는데 첫 연은 전체가 "기억에도 없는 첫날밤"이란 선언적 진술이다. '몸'으로서의 기억은 양가적 속성을 가지고 있다. 신빙성의 표시도 되지만 왜곡의 원동력이 될 수도 있다. 몸에 저장된 기억이 의식과 전적으로 단절될 경우 이를 트라우마라고 부른다. 트라우마는 '증상'으로는 나타나지만 회상으로의 '기억'은 차단

된다. 그렇다면 감미로워야 할 화자의 첫날밤은 화자의 몸에 왜곡된 것으로 저장되어 트라우마로 잔존하고 있다는 말인가.

다음 연에서는 '장소'로서의 기억이 언급되고 있다. 어떤 장소는 기억을 확인하고 보존할 수 있는 곳이 된다. 화자가 신촌거리 책방에서 본 몇 줄의 시는 앙코르와트를 "훤히 그려내는 힘"을 보여주고 있다. 실제 그것을 보고 "입을 다물지 못했는데" 시집 속의 그 글은 "입을 다물게 한다" 장소가 기억을 부활시킨 것뿐 아니라 기억 또한 장소를 부활시키는 것을 화자는 신촌의 책방에서 경험하고 있다. 이는 한 장소가 기억의 과정들을 다른 기억 매체 즉, 시와의 결합을 통하여 자극되고 보강되어 발생한 일이다. 인류역사상 언어문자는 기억에 대한 핵심적인 메타포가 되어왔고 시는 바로 그 문자로 구성된다.

이어 화자는 자신 내부의 트라우마로 잔존하는 "기억에도 없는 첫날밤"을 "마디마디 매듭짓고 이어"본다. 막막하고, 아득하고, 캄캄하기만 하다. "후회가 강물같이 밀려"온다. 오히려 그 밤은 "낯설고 새"롭게만 느껴진다. 기억은 근본적으로 정신과 불화하고 오성과 적대감을 가지고 있는 것이다. 여기서 우리는 시인이 문맥 안에 미리 '오래된' 지명인 '신촌'을 글자 그대로 '낯설고 새로운' 곳에 연결시키고 있음을 주시할 필요가 있다. 신촌은 '오래된' 곳이지만 '새로운' 곳이라는 모순된 동음이어가 된다.

동음이어나 유사이어는 의미의 이음매 장치로, 아이러니를 창출하고 관념들을 배가시키는 중요한 요소로 시 창작에 복무한다. 옛날에는 이를 '재치'로 보았으나 지금은 반대로 활발하게 시인에 의해 채택되고 비평가도 '진지'하게 주목하는 문학 장치의 중요한 부분이다. 한소운은 이런 면에 발군의 능력을 보이고 있다. 이미 '신촌'의 경우에서도 보고 있지만 이런 예는 여러 시편에서 산견된다.

「월경(越境)하는 밤」에서 화자는 "아직도 경험하지 않은 '첫'이 너무 많은" 몸을 가지고 있다. 그런데 벌써 몸에서 '달'이 빠져나갔다. 이 말은 명백히 '월경(月經)', 다른 말로 '생리'를 의미한다. 생리는 생명을 유지하는 원리이자 그 기능이다. 화자는 자신의 "몸이 정직하다는 걸 알고" 그 "길을 따르기로" 한다. "내 피는" "붉은 자미화처럼" "손끝만 닿아도 타오르"고 "소용돌이"치고 있다.(「뜨겁던 날들」) 따라서 속박의 경계를 넘어서는 '월경(越境)'으로 생명의 원리에 따른 '첫'경험들을 '첫'이 아닌 것으로 만들겠다고 선언하게 되는 것이다. 생명력이 분출하는 발화가 아닐 수 없다.

시인에게는 아직도 「아직島」가 있기 때문에 그 섬은 "그래도 기다릴 만한 그 누구의 섬"이 된다. 또한 놀랍게도 시인은 아침 이슬에 발을 담그고 자신을 쳐다보며 "저저바저저바젖어봐" 노래하는 참새 소리를 듣는 귀를 가진 사람이다.(「참새들」) 이처럼 언어감각이 뛰어난 시인이 깎을 앞으로의 시는 『꿈꾸는 비단길』을 건너가듯 "자분자분 뽕밭을" 걸어갈 것인가. 「겨울바다의 낙조」처럼 "마지막 온몸 던져 혈서를 쓰"듯 타오를 것인가. 둘 다 좋다.

스스로의 존재가치를 분명히 드러내는 시

— 정경해의 『술항아리』

　시인의 언어에 대한 촉수는 섬세하고 예리하다. 비록 사소한 것일지라도 그가 한 사물이나 현상에 집중하면 그것을 한 치의 오차도 없이 감각적 언어로 그려낸다. 그것이 평범한 삶의 일단이 될 수도 있지만 시인의 뛰어난 안력은 결국 그것을 새로운 인식으로 전환시켜 우리를 놀라게 하는 특별한 울림을 만들어 낸다.

　자개장을 버리던 날 비가 몹시 내렸다.// 집을 떠나기 싫은 듯, 자개장은 문지방에 걸린 척 몸을 비틀거렸고 이따금 느닷없이 문을 활짝 열고 소리 내어 웃었다. 십장생이 그려진 몸뚱이는 검버섯 핀 지 오래, 제 명을 예감한 듯 빛 잃은 해가 눈을 반쯤 감은 채 숨을 할딱이며 듬성듬성 머리 빠진 구름을 붙잡고 놓아주지 않았고 수십 년을 오르내렸던, 생솔 향기 사라진 산은 반질반질 길이 나 풀 한 포기 남아 있지 않았다. 마른 살비듬 버석대는 계곡에는 더는 학과 거북이 찾아오지 않았고 입술 부르튼 돌멩이만 굴러다녔다. 불로초를 찾아 떠난 사슴이 아직 돌아오지 않았지만 아무도 기다리지 않았다. 자개장이 움직일 때마다 꺾인 관절에서 신음소리가 새어나왔고 부축 없이는 한 걸음도 걷지 못했다.// 어머니 양로원 가시던 날 비가 몹시 내렸다.

─「자개장」전문

세 개의 연으로 구성된 작품은 "자개장을 버리던 날 비가 몹시 내렸다"로 시작되는데 이 문장은 첫째 연의 전부다. 비가 와서 버린 것도 아니고 비가 오는 날을 골라 버린 것도 아니다. 자개장을 버리던 날 우연히 비가 왔다는, 일상에서 얼마든지 일어날 수 있는 별 의미 없는 진술이다.

시는 바로 둘째 연으로 이어지며 그 '버려지는' 자개장을 뛰어난 시력으로 묘사하기 시작한다. 그것은 "집을 떠나기 싫은 듯" 문지방에 걸려 비틀거리기도 하고 느닷없이 장문을 열고 웃음소리를 내기도 한다. 의인화된 장롱의 떼쓰는 모습이 독자의 마음을 아프게 한다. 이어 장롱에 새겨진 십장생의 그림들이 차례로 묘사된다. 빛을 잃은 해는 "눈을 반쯤 감은 채" "머리 빠진 구름을" 붙잡고 있고 솔 냄새 사라진 산은 "풀 한 포기" 없다. 학과 거북이 놀아야 할 마른 계곡에는 "돌멩이만 굴러"다니고 "불로초를 찾아 떠난 사슴"은 돌아오지 않지만 "아무도 기다리지 않고" 있다.

여기까지는 버려져야 할 충분한 당위가 있는 오래된 장롱의 모습을 여실히 묘사한 그림이다. 은연중 우리는 가족들의 옷가지를 갈무리하다가 이제는 "움직일 때마다 꺾인 관절에서 신음소리"를 내고 있는 늙은 자개장에 연민을 느낀다. 그리고 오랜 세월 가족과 얽힌 장롱에 대한 추억, 그것을 버려야만 하는 안타까움 같은 시인의 정서가 이어 발화될 것으로 예기한다. 그러나 우리의 예감과 기대는 셋째이자 마지막 연에서 갑자기 부서진다. 뒤통수를 한 대 맞은 것처럼 눈을 번쩍 뜨게 된다.

어머니 양로원 가시던 날 비가 몹시 내렸다.

이 문장은 셋째 연의 전부로 첫째 연과 글자 하나 다르지 않은 "비가 몹시 내렸다"로 끝이 난다. 벌어지는 행위, 죽 "자개장을 버리던"이 "어머니 양로원 가시던"으로 치환되었을 뿐이다. 그러나 시의 물꼬는 완전히 방향을 틀어버린다. 뛰어난 관찰로 그처럼 섬세하게 묘사된 자개장은 바로 어머니의 몸에 다름이 아니었다. 우리는 시를 처음부터 다시 읽게 된다. "빛 잃은 해"는 총기로 빛나던 어머니의 눈이었고, "머리 빠진 구름"은 구름처럼 넘실대던 어머니의 머리카락이었으며, "풀 한 포기 남아 있지" 않은 산은 수십 년간 아버지가 "오르내렸던" 향내 풍기던 어머니의 몸뚱이였고, 바짝 마른 계곡은 맑은 물이 끊임없이 흘러 학과 거북이가 놀던 어머니의 계곡이었다. 그러나 이제는 "꺾인 관절에서 신음소리가" 나오고 "부축 없이는 한 걸음도 걷지 못"하는 몸이 되어 아무도 기다려주지 않는 사람이다. '버려지는 것'은 바로 어머니였다!

버려져야 할 당위는 이미 오래된 장롱의 묘사에서 설명되었다. 비가 내리는 의미도 이제 달라진다. "자개장을 버리던 날" 비가 내렸다는 평범한 진술은 '어머니가 떠나시던 날'이었기에 그처럼 비가 몹시 내렸다는 특별한 진술이 된다. 가끔 내리는 흔한 비가 아니라 버려지는 어머니 '때문에' 세상을 적시는 사무치는 슬픔의 비로 변모하는 것이다. 시를 다시 읽으며 "문지방에 걸린 척" 몸을 비틀거리는 자개장의 모습에 시선이 머문다. 그것은 "집을 떠나기 싫은" 어머니의 작은 몸짓이다. 그러나 '척'은 시늉에 불과할 뿐 자신의 "명을 예감"한 어머니는 비 쏟아지던 날 떠나고 만다. 마침내 우리의 눈물샘이 뜨거워진다. 시는 성공한 것이다.

「자개장」에서 보는 것처럼 언어에 대한 섬세한 탐침과 시적 발상의 극적인 전환은 시가 스스로의 존재가치를 분명히 드러낼 수 있도록 하는 결정적 힘이 되고 있다. 이런 스타일의 작품이 여럿 보인다. 소래포구 개펄에 '모로' 누운 폐선의 묘사는 푸른 바다를 그리며 소주병을 꼭 쥔 채 '모로' 누워 잠이 든 늙은 선장을 말하고 있다.(「폐선」) 헛간 구석의 처박혀 있는 술항아리는 결국 아버지 얘기다.(「술항아리」) 외에도 「미안하다」 「왕벚나무」 「색」 등 여러 작품이 산견되나 모두 결구에서 인식의 날카로운 전환이 짧고 간결하게 이루어진다. 앞의 작품에서도 시인은 마지막에 가서야 자개장을 어머니로 치환함으로써 더 큰 슬픔의 물결을 일게 하고 있다. 그렇다고 시인이 감상에 빠지는 일은 없다. 어머니를 '버리는' 애타고 사무치는 마음을 남 얘기하듯 단 한 마디로 "어머니 양로원 가시던 날 비가 몹시 내렸다."로 마무리하고 있지 않은가.

결구의 미학이 돋보이는 시 하나 더 보자.

내가 지금, 이 시간 고리의 힘에 대해 역설하는 이유는 조간신문에 소개
된 '시가 좋은 아침'란의 시를 읽으면서. 시를 읽다 보면 가끔은 배알이
틀릴 때가 있다. 특히 유명 시인인데 시가 무진장 싱겁다거나 무명에 시가까
지 이 맛도 저 맛도 아닌 작품을 그럴듯한 해석을 붙여 소개한 것을 볼 때
면 더욱 심사가 뒤틀리는 거다. 이들에게 썩 좋은 고리가 없었다면 과연
신문에 명함을 내밀 수 있었을까. 이것이 다 고리의 힘이라고 우기는 이유
는 시를 쓴 지 이십 년, 난 아직도 고리가 없어 매일 술 · 푸 · 고 있기 때문
이다.

—「고리의 힘」부분

인용문은 서로 유대 · 연대하여 집합체를 이루고 힘깨나 쓰는 문
단의 병폐를 날카롭게 지적하고 있다. 이 집단을 연결해주는 게 '고
리'다. 고리로 연결된 시인은 신문에 "명함을 내밀 수"도 있지만 그렇
지 못한 시인은 아예 그럴 기회조차 없다. 소외감을 느낄 수밖에 없다.
이런 행태에 대해 시인은 가끔 "배알이 틀릴" 때도, "심사가 뒤틀릴"
때도 있다고 어깃장을 놓는다. 사실 세상에 어깃장을 놓는 사람이 바
로 시인이다. 이 솔직하고 직설적인 발언에 동의한다. 시인의 준엄하
고 논리적인 발언은 웬만한 비평문보다 훨씬 낫다.

문학은 본질적으로 오직 작가 '혼자만의' 작업에서 창출되는 것이다.
공사판의 작업처럼 떼거리 져 하는 게 아니다. 집합체에 고리가 없어

소외된 개체는 외롭고 쓸쓸할 것이다. 그러나 학연·지연의 띠와 끈으로 집단을 이루어 만든 힘은 결국 허상에 불과하다. 어차피 혼자만의 작업은 외롭고 쓸쓸한 법이다. 그러나 백석 시 중 '외롭고 높고 쓸쓸하고'라는 구절 속에 '높고'가 있음을 기억하자. 바로 그 '높고'는 아무나 할 수 있는 일이 아니다. '높고'의 힘은 오늘은 아니지만 언제가 반드시 나타난다. 작가가 죽은 뒤에라도 반드시 나타난다. 시집 하나 내지 못하고 요절한 함형수의 「해바라기의 비명」이 더 절실하게 다가온다. 외로울 때 술은 좋은 벗이 된다. '슬·프·고'가 아니라 '술·푸·고'라 다행이다. 멋진 마무리다.

허공을 잡아 허공에 매다는 '황홀한 텅 빔'

— 신승철의 『기적 수업』

　시인은 시집제목 『기적 수업』을 미국 심리학 교수 헬렌 슈크만이 1976년에 발간한 같은 제목의 영적 고전에서 따왔다고 「시작 노트」에서 밝히고 있다. 그런데 이 영성 깊은 책은 헬렌이 1965년 어느 날부터 갑자기 내면에서 들려오는 목소리를 받아쓰기 시작하고 이후 무려 7년이란 세월에 걸쳐 이 일이 반복되어 발간된 것이라고 한다. 흥미 있는 것은 그 내면의 목소리의 주인공이 스스로 예수라고 선언했다는 점이다. 세계 각처, 20억이 넘는 신자들의 매일 같은 간절한 기도소리 듣기도 바쁘신 예수님이 오직 미국인 교수 하나—12제자도 아니다 —를 위해 자신의 말을 받아 적게 했다는 것은 터무니가 없다, 그것도 자신의 공생애 3년보다도 두 배나 더 되는 7년의 긴 세월 동안이나 말이다. 예수님이 그렇게 할 일 없이 한가한 사람(신)인가. 황당해도 정도문제라 헬렌 슈크만은 뭔가 정신적으로 문제가 있던 사람이든가 지나치게 예민한 사람이었던 것 같다. 아마 환청이라도 들은 것인가.

시인은 이 책이 많은 언어로 번역되고 있는 '불후의 영적 고전'이라고 말하는 것으로 보아 '나'와 타인들, 자연과 우주, 나아가 신성의 영역까지 연결·합일되는 경험을 추구하는 영적 수행에 도움이 되는 것은 사실인 모양이다. 개인적인 생각이지만 이 책은 예수님 말씀이라기보다는 동양의 '도(道)' 철학에 근기를 두고 있다는 느낌이 강하게 든다. 그러나 내가 관심을 가지는 것은 신승철의 『기적 수업』이지 미국 심리학 교수의 『기적 수업』이 아니다. 단 영향관계, 특히 '도' 사상과의 연계로 잠깐 언급했을 뿐이다.

시집은 독특하다. 시집 치고는 제법 두꺼운 편인 126쪽 분량에 달랑 5편의 시편이 수록되어 있다. 따라서 시 한 편의 길이가 웬만한 단편소설을 압도한다. 타인이 쓴 해설도 표사도 없다. 해설 자리엔 시인 자신의 『시작 노트』가, 표사 자리엔 5편의 시에서 발췌한 시구가 아포리즘처럼 자리 잡고 있다. 자신의 존재와 궁극의 실재를 탐구하며 가장 깊은 가치와 의미를 천착하고 있는 작품들을 읽어 낼 어떤 지표도 없다. 시인의 깊은 사유를 따라잡는 것이 나 같이 범용한 사람에게는 아득한 일이지만 어쩔 수 없다. 밤하늘의 별을 보며 우주의 가없음을 얼핏 엿볼 수 있다는 부박한 지력에 의지하여 내 식으로 쓸 수밖에 없다.

다른 이유가 있겠는가. 세상에 빚을 진 까닭에, 병을 얻은 것이다. 실은 병을 얻고 보니 세상에 빚졌음을 알게 된 것이다. 오늘에야 몸과 마음이 고생 끝에 얻은 완벽한 병임을 알려주고 있다.

(…)

병이 있어 병 없음도 있게 된 것이고, 빛이 있어 빛 없음도 있게 된 것
이다. 병 앓음으로 인해 그대는 뜻 깊은 참회도 하게 될 시간을 얻었던 것
이고 병을 앓던 어두운 몸에서 섬광처럼 새어 나온 한 줄기 빛도 볼 수가
있었다. 이런 기적 말고 다른 기적이 또 어디에 있겠는가.

－「병」부분

'도(道)'라는 게 있다. 내 생각으로는 인간이 마땅히 지켜야 할 이치,
종교상의 근본이 되는 원리, 만물이 생성되는 이치다. 이치는 뭐고 원
리는 무엇인가. 이치는 사물의 정당하고 당연한 원리고, 원리는 사물
이나 현상의 근본이 되는 이치다. 모호하다. 맞다. 이렇게 적어놓고 보
니 나는 '도'를 모호하게 알고 있고 '도'라는 것도 원래 모호한 것임을
알게 되었다. 또한 '도'라는 뜻이 모호한 줄도 제대로 몰랐는데 이제 그
것을 알았고 따라서 '도'는 나에게 덜 모호한 것이 되었다. 더 알쏭달쏭
해지는 것 같다.

시인은 "세상에 빚을 진 까닭에" 병을 얻은 줄 알았더니 실은 "병을
얻고" 나서야 세상에 빚졌음을 '알게 되었다'고 진술한다. "오늘에야"
비로소 "몸과 마음이 고생 끝에 얻은" '병이 병'임을 확실히 '알게 되
었다'는 것이다. 나는 앞에서 '도'에 관해 주언 부언 했는데 실은 이런
언설 스타일이 신승철의 글쓰기 전략과 궤를 같이함을 은연중 밝히기
위한 의도가 없지 않다.

우선 병을 '알게 되었다'는 것은 무엇을 의미하는가. 도덕경에 "알

지 못함을 아는 게 으뜸이요, 앎을 모름은 병이다. 무릇 병을 병으로 알면 병이 아니다"라는 말이 있다. 우리는 많이 안다. 그런데 그 안다는 것을 따지고 들어가면 한참 모른다는 것을 알게 된다. 우리는 채송화를 알고 나비를 안다. 그러나 실제로 얼마나 그것들에 대해 알고 있는가. 심지어 '나' 자신에 대해서는 얼마나 알고 있는가. 이것이 안다는 것의 본 모습이다. 그래서 '알지 못함을 아는 것이 으뜸(知不知上)'이 되는 것이다. 우리가 아는 채송화와 그것을 둘러싸고 있는, 혹은 안에 내재하고 있는 모르는 세계를 맛보고 또 알아가는 것이 우리의 '길'이다. 따라서 그런 '앎을 모르는 것이 병(不知知病)'이 되는 것이다. 이는 모르는 것을 아는 것과 구분도 못하고, 또 무엇을 모르는지도 모르는 어리석음을 말함이다. 모르는 것을 모르는 것으로 여기면 모르는 것이 아니다. 즉 "병을 병으로 여기면 병이 아니다(夫唯病病, 是以不病)." 시인은 이제 "고생 끝에" 병이 "완벽한 병"임을 알고 있다. "고생 끝에"라는 말에 시선이 간다. 그만큼 사유가 치열했다는 말에 다름 아니다.

시인은 이어 "병이 있어 병 없음도 있게 된 것이고, 빛이 있어 빛 없음도 있게 된 것"이라는 진술을 하고 있다. 채송화에 대한 앎은 그것이 아닌 것과 가름으로서 가능하다. '병 있음'은 '병 없음'과의 가름으로, '빛 있음'은 '빛 없음'과의 가름으로 드러난다. 세상만사가 그러하다. 하늘, 꿈, 사랑, 진리 등 모든 앎의 대상들은 그것들이 아닌 땅, 현실, 미움, 거짓 등과의 가름으로 드러난다. 실상 '도'라고 부르는 것도 '도'가 아닌 것과의 가름이 이미 그 안에 들어있는 것이 아닌가. 이런 깨침으로 시인은 "병을 앓던" 어둠 속에서 "섬광처럼 새어 나온 한 줄기 빛"을 볼 수가 있었던 것이 아니겠는가.

지금도 여전히/ 그대들이 바로 나인 까닭에/ 내가 그대들인 까닭에// 그리고 이 사랑의 춤은 보는 자와/ 보이는 자가 같기에/ 하나의 춤은 모두의 춤인 것이다.//비록 지금은 우리 각자 마음이/ 삶과 죽음이 별개인 것처럼,/ 서로가 별개의 존재인 것으로/ 잠시 그렇게 느낄지는 몰라도// 마음은 잠시 하나에서 둘로,/ 셋, 넷, 다섯으로 갈라졌을 뿐/ 단지 그것은 겉의 현상일 뿐.// 결국 여럿에서 하나로의 귀결은/ 하늘의 본성인지라.

— 「기적 수업」 부분

만물은 각자 각자가 정체성을 가진 하나의 객체다. 그러나 끊임없이 변화하는 객체다. 변하지 않는 사물은 그 어떤 것도 없다. 애기 때의 나나 청장년 때의 나나 노년의 나나 동일한 나다. 그러나 변한 나다. 그런데 내가 변한다는 것은 나 아닌 것과의 연계성을 드러내는 것이고 나아가 일체성을 가짐을 의미한다. 내가 한 숨을 들이마시면 세계는 그만큼 작아지고 나는 커진다. 반대로 내쉬면 세계는 커지고 나는 작아진다. 커지든 작아지든 이렇게 '나'와 '나 아닌 것'은 하나로 연계되지만 '나'는 나고 '나 아닌 것'은 나 아닌 것이다. '하나이며 둘이고, 둘이며 하나'라는 난해한 철학적 명제가 이렇게 나온다. 내가 숨 쉬며 산다는 것은 "그대들이 바로 나인 까닭에/ 내가 그대들인 까닭"이다. 나와 그대는 각각의 하나—즉, 둘이 된다—지만 실은 하나다.

"춤은 보는 자와/ 보이는 자가 같기에/ 하나의 춤은 모두의 춤"이라는 구절은 '一而二 二而一'을 구체적으로 설명하고 있다. 춤추는 것을 본다는 것은 춤추는 것이 보이기 때문이다. 즉, 보이는 자가 있기 때문에 보는 자가 있는 것이다. 춤추는 자와 보는 자는 각각의 하나로 둘이 되지만 "하나의 춤"은 완벽하게 둘 "모두의 춤"이 된다. 나와 그대, 그대와 다른 그대, 다른 그대와 나는 "잠시 하나에서 둘로,/ 셋, 넷, 다섯으로" 보이지만 "단지 그것은 겉의 현상일 뿐" 결국은 "하나로" 귀결되고 마는 것이다. 시인은 이를 "하늘의 본성"―다시 말하자면 '도'―이라고 단언하고 있다.

앞에서 '도'라는 것은 이미 '도'가 아닌 것과의 가름이 내재하고 있다고 말한 바 있다. 또한 '하나이며 둘이고, 둘이며 하나'라는 명제도 언급한 바 있다. 우리가 추구하는 '도'는 '껍질 없는 알맹이'다. 세상의 모든 것들은 알맹이를 빼면 빈 껍질이라도 남는다. 그러나 '도'는 '도인 도' 즉, 진짜 알맹이를 빼도, '도 아닌 도' 즉, 가짜 알맹이를 빼도 껍질이 남지 않는다. 오직 '텅 빔'이 있을 뿐이다. 그런데 껍질 없는 알맹이라는 말이 있을 수 있는가. 알맹이란 껍질이 있음으로 비로소 존재하는 게 아닌가. '껍질 없는 알맹이' 역시 텅 빈 것이다. 그렇다. 존재하는 모든 것은 텅 빔 안에서 생생한 그대로의 모습을 드러내는 것이다.

구름 사이로 한 줄기 햇살이 내리꽂힐 때 우리는 햇살을 본다. 그러나 한낮의 태양 아래서는 햇살을 볼 수 없다. 바닷가 모래사장에서 우리는 바다를 본다. 그러나 바다 한가운데서는 그것이 바다인지조차 알 수 없다. 이처럼 전혀 감춤이 없는 드러남은 역설적으로 전혀 드러남이 없는 것과 같다. 마찬가지로 도의 전적인 드러남은 그 드러남을 전혀 드러내지 않는 것과 같다. 실상 도는 '나'와 가름되어 존재하는 모든 것들에게 가름 없이 드러나 있다. 그래서 우리는 도를 알 수 없다. 도를 세상에 설파한 노자 선생 역시 마찬가지다. 대신 선생은 도의 전적인 드러남에서 맞이하려 해도 그 머리를 볼 수 없고(迎之不見其首), 뒤를 따라가도 꼬리를 볼 수 없는(隨之不見其後) 황홀하고 가득한 '텅 빔'과 마주 했을 것이다. 시인 또한 선생의 경험을 경험하고 있음에 틀림없다.

거침없이 달려가는 자전거, 기타 선율 타고

― 김승강의 『봄날의 라디오』

『봄날의 라디오』를 틀었다. 정신없이 들었다. 시간가는 줄 모르고 들었다. 낄낄 웃기도 했다. 나오지도 않는 코를 풀기도 했다. 라디오에서는 시원한 소나기가 퍼붓기도 했다. 눈보라처럼 꽃잎이 쏟아지기도 했다. 이런 방송도 있는가 놀랐다. 모처럼 무지무지하게 재밌었다.

　위 문장은 김승강 문체로 쓴 시집 평의 시작이다. 그리고 그 내용은 사실 그대로다. 그는 천의무봉의 시인이다. 달랑 한 줄짜리 시도 쓰고 수십 줄 빡빡한 시를 쓰기도 한다. 또한 "또// 밤/이/다// 또// 술/이/다(「또」) 같이 외줄짜리 시를 쓰기도 한다. 그야말로 "꽃이 핀다한들 나의 꽃이 아니다/ 꽃이 진다한들 내 알 바 아니다"(「봄날의 라디오」) 식으로 쓴다. 호연(浩然)의 기가 가득하다. 그러나 눈이 조금 밝은 사람이라면 그의 작품 속에 떨어진 따뜻한 눈물방울을 느낄 것이다. 한 줄기 부는 쓸쓸한 바람도 느낄 것이다.

　시집 첫 작품인 달랑 한 줄짜리 시를 본다.

우주의 중심이 기울어져 있다 옆으로 다가가 중심을 잡아주고 싶다

　　　　　　　　　　　　　　　　　　　　－「혼자 걷고 있는 여자」

　지구의 중심도 아니고 우주의 중심이 기울어져 있다니 시작부터 대단하다. 중심이 기울어지게 된 이유는 시 제목에서 찾아야한다. 곁에 누가 함께 걸어가야 균형이 잡힐 텐데 여자가 "혼자 걷고" 있기 때문이다. 이것은 화자의 판단이다. 판단이 섰으면 행위가 있게 마련이다. 화자는 옆으로 다가가 중심을 잡아주고자 한다. 여기서 눈여겨 볼 사항이 있다. 즉 '잡아주었다'가 아니라 '잡아주고 싶다'라는 점이다. 이는 어디까지나 화자의 희망사항이지 행동으로 이루어진 게 아니다. 쓸쓸한 바람이 인다. 이런 속내는 다음 시와도 정확하게 일치한다.

　꽃 한 송이가 지나갔다/ 어디선가 홀연히 나타나 내 앞을 지나가는/ 꽃 한 송이를 나시는 만날 수 없을 것 같아/ 나는 예뻐요라는 말을 슬쩍 들려주고/ 꽃 한 송이의 그림자를 내 안에 가두고 싶었지만/ 꽃 한 송이는 어느새 사라지고 없었다//(…)// 아무도 예뻐요라는 말로 한 송이 꽃을 감옥에 가둘 수는 없을 터// 봄날 아침이었고/ 나는 자전거를 타고 가고 있었다//(…)/ 나는 예뻐요라는 말 대신/ 꽃 한 송이가 사라진 쪽을 향해/ 고마워요라고 말해주련다// 봄날 아침/ 나를 스쳐 지나간/ 고마운 꽃 한 송이

　　　　　　　　　　　　　　　　　　　　－「예뻐요의 감옥」부분

인용문만으로도 충분히 문맥은 통한다. "봄날 아침" 꽃 한 송이처럼

고운 여자가 "자전거 타고 가는" 화자 앞을 지나간다. 화자는 예쁘다는 말을 들려주고 그녀를 자신의 마음속에 가두고 싶었지만 그녀는 "어느새 사라지고" 만다. 어찌 그 정도의 말로 한 송이 꽃을 자신의 것으로 만들 수 있을 것인가. 화자는 "예뻐요" 대신 "고마워요"라고 말해 주기로 한다. 봄날 아침에 자신을 '스쳐지나가' 주었기 때문이다. 자신 앞을 지나갔다는 사실만으로도 감사해하는 마음, 참 따뜻하다. 이런 마음은 한 사람이 뒷모습을 보이며 돌아가고 있을 때도 마찬가지다. 화자는 뜯던 "기타를 내려놓고" 그 뒷모습을 오래 지켜본다. "그것은 뒤돌아서 가는 사람에 대한 최소한의 예의"(「쓸쓸한 예의」)로 화자는 생각하고 있기 때문이다. 참으로 따뜻한 마음이 아닐 수 없다.

봄날이었고 자전거를 타고 있었고 꽃 같은 여자가 지나간 것은 확실한 상황이다. 김승강의 모든 시에는 정확히 발생된 상황과 사건의 서사가 있다. 그의 시의 큰 특징이다. 그럼에도 우리는 위 시에서 화자의 상대를 향한 직접적 발화가 이루어지지 못했음을 알게 된다. 속내만 드러낼 뿐 막상 '예뻐요' 소리도, '고마워요' 소리도 못하고 만 것이다. 마찬가지로 떠나는 사람의 뒷모습만 지켜 볼 뿐 아무런 발화도 행동도 없다. 정말 '쓸쓸한 예의'다. 그러나 그 눈길에는 안으로 흘리는 눈물 몇 방울이 적셔 있을 터이다. 그래서 독자는 괜히 나오지도 않는 코를 풀게 되는 게 아닌가. 인용된 글에는 이별이나 슬픔, 혹은 쓸쓸함 같은 어휘는 없다. 드러내는 속내에도 진행되는 상황의 설명뿐 있을 법한 감성을 자극하는 말은 어디에도 없다. 그러나 우리는 행간에서 그의 따뜻한 눈길과 쓸쓸한 마음을 절로 느끼게 된다.

앞서 말한 대로 시인은 충실하게 상황묘사를 한다. 따라서 소설 이상의 박진감을 느끼게 하기도 한다. 한 마디로 그의 작품에는 일반 시편에서는 보기 힘든 독특한 '힘'이 있다.

> 백주대낮이었다/ 저쪽이 이쪽을 향해 노려보고 있었다/ 이쪽도 저쪽을 향해 노려보았다/ 일촉즉발의 순간이었다/ 저쪽이 인원이 더 많은 것 같았다/ 옆 백화점에서 몸을 숨기고 있던 대원들이 급히 합류하고 있었다/ 이쪽도 내 뒤로 늦게 도착한 대원들이 속속 합류했다/ 드디어 신호가 떨어진 모양이었다/ 앞쪽의 행동대원들이 움직이기 사직했다 / 나도 무리의 물결에 휩쓸려 흘러갔다/ 정확히 도로 중앙에서 저쪽 무리와 조우했다/ 우리는 서로 뒤엉켰다
>
> ─ 「건널목」 부분

큰일 났다. 조폭들이 큰 전쟁이라도 벌이는 것 같다. 저쪽도 "몸을 숨기고 있던 대원들이 급히 합류하고" 이쪽도 "늦게 도착한 대원들이 속속 합류"하는 것이 큰 무리를 이룬 양쪽이 대판 전쟁을 벌일 판이다. 엄청난 피를 흘리게 생겼다. 드디어 양쪽은 붙어 "뒤엉켰다"

그런데, 그런데 말이다.

어느 틈에 "이쪽은 저쪽으로" "저쪽은 이쪽으로" 건너와 있다. 그것은 횡단보도였던 것이다! 어처구니없는 반전에 실소가 터진다. 그러나 시인의 눈썰미는 얼마나 정확한가. 신호가 떨어지면 건너가기 위해 사람들은 여기저기서 급히 합류한다. "드디어 신호가 떨어진 모양"이다. 우리는 이를 돌격명령이 떨어진 줄 찰떡같이 믿는다. 예상은 보기 좋게

빗나갔지만 그러나 확실히 푸른 등의 신호는 떨어진다. 그리고 사람들은 "정확히 도로 중앙에서" 만나고 서로 뒤엉킨다. 그러나 그들은 서로 지나쳐 "뒤도 돌아보지 않고 가던 길을" 간다. 하나도 틀린 말이 없다.

시인은 무엇을 말하고 있는가. 이 전쟁은 실상 "피를 흘리지 않기 위한 전쟁"이다. 오히려 이쪽에서 "한 발 늦게" 가도, 저쪽에서 "한 발 일찍" 와도 피를 볼 수 있다. 모순의 역설이 발생한다. 그러나 늦게 간다는 것은 켜져 있던 푸른 신호등이 꺼진 상태고, 일찍 온다는 것은 아직 그것이 아직 켜지지 않은 상태다. 역설은 멋지게 성립된다. 이 전쟁은 아무 사고도 일어나지 않게 하는 진짜 "공정한 룰의 전쟁"이었던 것이다. 위 인용문은 사건 전개를 긴박감 있게 묘사하고 있다. 이는 흥미를 유발하는 강력한 힘으로 작동한다. 그래서 재미있다는 것이 아닌가. 재미있다는 것은 즐거운 것이고 이는 유익함과 함께 문학의 최대 효용가치다.

위에서 자전거와 기타와 술이 얼핏 등장한다. 그러나 이 세 가지는 실질적인 시적 대상으로 빈번하게 시집 전체에 나타난다. 시인의 실제 삶에 있어서도 이들은 결코 떼어놓을 수 없는 아주 긴밀한 관계를 가지고 있음에 틀림없다.

"페달을 밟지 않았는데도 자전거가 저절로 달린다" "설마 자전거가 언덕까지 저절로 달릴 수 있을까" 의심했지만 자전거는 스스로 올라가고 또 내려가 바다에도 데려다준다.(「3월」) 사이클링 능력이 어느 경지에 달하지 않고는 어림 반푼도 없는 얘기다.

"친구는" 갔다. "여자는" 보냈다. "술만 남았다" 그러나 다 떠나가도 시인의 세계에는 "술과 노래만으로도 충분하다"(「봄날의 라디오」) 가히 주선에 이른 경지다.

> 나는 아무한테나 안겨 울지 않았다/ 누구나 나를 안을 수는 있었지만 누구나 나의 몸을 떨게 할 수는 없었다
>
> — 「누워 있는 기타」 부분

한 여인의 관능적인 발화다. "매일 밤 격렬히 노래했고 새벽마다 혼절"했던 이 여인, 안기기는 하지만 아무한테나 울지 않고 몸도 떨지 않는다는 이 여인은 누군가. 바로 시인의 기타다. 맞다. 기타는 누구나 안아 볼 수는 있지만 웬만한 실력으로는 아름다운 곡을 내며 몸을 떨게 할 수는 없다. 사랑스런 여인과 기타는 멋진 은유의 관계를 가진다.

이처럼 자전거, 기타, 술은 중요한 시창작의 모티브로 기능한다. 그의 시 세계를 '달리고' '노래하고' '적시고' 있다. 특별히 눈에 띄는 부분이다. 나는 시인과 겨뤄볼 게 없다. 술이라면 한 번 대작할 수 있을지 몰라도.

모처럼 재미있는 소설책을 읽듯 시들을 읽었다. 참고로 인용된 작품들은 시집 첫 작품부터 내리 다섯 편 안에서만 발췌한 것이다. 그만큼 전체 작품의 수준도 고르다.

김승강에 대한 글을 쓰며 내 평의 문장 스타일이 간결해졌다. 다시 말하지만 그의 글에는 특별난 힘이 있다. 평자의 문체까지 자기를 닮게 만들 정도로.

'평범함'에서 '비범함'을 발굴하는 놀라운 혜안
— 전병석의 『천변 왕버들』

시인이라는 것은 "세상에 존재하는 것들에 대해 질문을 던지는 사람"이고, "세상에 존재하는 것들이 하는 질문에 귀 기울이는 사람"이라고 시인은 〈시인의 말〉에서 단언하고 있다. 곧 "세상의 모든 것들과 소통하는 사람"이라는 것이다. 따라서 이번 시집에는 '자신이 세상에 한 질문'도 있고 '세상이 자신에게 한 질문'도 있다며, 이를 통해 독자들이 "자신의 고유한 맛과 빛깔을 찾고 삶을 성찰하는 작은 기회"를 얻게 되기를 희망하고 있다. 겸손하면서도 당당한 발화다.

그렇다. 나는 누구인가. 어디로 가고 있는가. 어떻게 살아야 하는가. 아니 당장 오늘 저녁은 무엇을 먹을 것인가. 어떤 책을 읽을 것인가. 우리는 생에 대한 진지한 질문에서부터 일상의 통상적 질문까지 끊임없이 물으며 살고 있다. 문학은 이러한 물음 속에 우리가 '더불어 살아가는 존재'라는 것을 재삼 깨닫게 하는 중요한 기능을 한다.

우선 그의 '물음' 하나를 들어보자.

갓 태어나도 민들레는 노란 꽃을 피운다/ 나는 예순이 되어도 꽃을 피울 줄 모른다// 막 생겨도 바람은 바람개비를 돌린다/ 나는 예순이 되어도 바람개비를 돌릴 줄 모른다// 감나무는 까치밥으로 손톱만큼 계절을 남기는데/ 예순의 나는 무엇을 남길까// 아니 무엇으로 남을까

– 「단상」 전문

'민들레'도 '바람개비'도 주위에서 흔히 볼 수 있는 작고 친숙한 사물 중의 하나에 불과하다. 그러나 시인은 이런 평범한 것에서 어떤 의미를 발견하고자 한다. 봄이 되어 민들레가 꽃 피는 것이나, 바람이 바람개비를 돌리는 것은 '당연한 일'이다. 그러나 화자는 "예순이 되어도" 이런 일을 "할 줄 모른다" 첫째, 둘째 연의 내용이다. 어찌 보면 화자가 이런 일을 할 줄 모르는 것 또한 '당연'하다. 그럼에도 화자는 소소한 것들도 하는 일을 자신은 나이를 먹었어도 못한다는 데 방점을 찍고 있다.

늦가을의 감나무는 까치밥으로 감 몇 알을 가지 끝에 매단다. "손톱만큼 계절"을 남기고 있는 것이다. 아주 '감각적인 심상'이다. 꽃도 피울 줄 모르고, 바람개비도 돌릴 줄 모르는 화자는 이미 약간의 자기회의에 빠진 상태다. 그런데 감나무는 까치를 위해 '먹을거리'라고 남겨놓고 있다. 자신을 향한 화자의 첫 번째 성찰적 '물음'이 발화된다. "예순의 나는 무엇을 남길까"

순간 우리도 화자의 질문에 자신을 돌아보게 된다. 감나무까지도 다

른 생명을 위해 먹을 것을 남기는 데 우리는 과연 '무엇을 남길' 수 있을 것인가.

"아니 무엇으로 남을까"라는 짧은 한 행의 마지막 연은 절창이다. '아니'는 앞의 연에서 한 발화를 일단 부정하는 말이다. 따라서 세상을 위해 '무엇을 남길까'를 묻지 말고 너 자신이 '무엇으로 남을까'를 물으라는 말이다. 즉 '남 걱정'하기 전에 '네 걱정'부터 하라는 소리가 아닌가. 이 한 마디는 우리의 폐부를 깊숙이 찔러온다.

과연 우리는 '무엇으로 남을' 것인가. 물리적으로는 '흙'으로 남을 것이다. 명성이 높았다면 그 '이름'으로도 오래 남을 것이다. 그러나 답은 독자들 각자에게 있다. 시인의 희망대로 우리는 "삶을 성찰하는 작은 기회", 아니 '큰 기회'를 얻게 된 것이 확실한 것 같다.

시제로 채택되고 있는 「시소」 「미끄럼틀」 「그네」 등은 주위 공원에서도 흔히 보는 놀이기구다. 시인은 이런 평범한 것들을 주시하고 새로운 의미를 천착하며 질문을 던지고 있다.

아이들은 "하늘 한 번, 땅 한번" '시소'를 타며 즐겁다. 그런데 아이들은 이렇게 즐기기 위해서는 무겁고 "힘센 자 먼저/ 엉덩이를 슬쩍 올려야" 하는 것을 안다. 배우지 않았어도 '더불어 살아가는 존재'라는 것을 절로 깨우치고 있는 것이다. '세상살이 경기'의 '승부 가리기'를 위해 우리는 어찌하고 있는가. 과연 약한 자를 위해 "엉덩이를 슬쩍 올려"주고 있는가(「시소」).

우리는 살며 입시, 취직, 승진 등 많은 시험을 보게 된다. 이런 시험에 "미끄러지는 것은 금기"다. 따라서 우리는 "미끄러지지 않으려고

무던히도 애"를 쓰며 산다. 그런데 화자는 "혼자 남은 놀이터에서" "미끄럼을 즐긴다"(『미끄럼틀』). 실상 미끄럼틀은 '미끄러지기' 위해 만들어진 것이 아닌가. 강한 역설이 작동하고 있다.

"사람들이 떠난 놀이터"의 '그네'는 "은퇴한 아버지"처럼 "쓸쓸하다" 아직 '쇠줄'도 '발판'도 "튼튼하여/ 누구라도 태워 하늘로 오를 수 있는데" 지금 그것은 멈춰 서있다. "올라가면 그만큼 내려와야" 하고 "결국은 멈춰야 하는"(『그네』) 것이 그네의 숙명이다. 인간의 숙명 또한 마찬가지다. 시인은 그네를 보며 우리의 한 생을 진지하게 묻고 있다. 동네 놀이터의 놀이기구에서도 이처럼 시인은 새로운 의미를 발견, 질문을 던지고 있다.

위에서 보는 대로 시인의 시적 대상은 일상에서 흔히 보는 '평범한 것'들이고 시적 표현은 '쉽고 간결'하다. 그런데 시인은 작고 친숙한 것들의 '평범함'에서 '비범함'을 발굴하는 놀라운 혜안을 가지고 있다.

> 살아있는 나무가/ 죽은 나무에 기대어/삶을 구하고/ 죽은 나무가/ 살아있는 나무를 받쳐/ 삶을 지킨다/ 새로 난 도로가에/ 삶이 죽음에 기대어/ 쓸쓸한 풍경이 되었다
>
> – 「가로수」 부분

도로가 개설되면 가장 먼저 하는 일이 '가로수 조성'이 될 것이다. 그리고 새로 심은 나무가 자빠지거나 쓰러지지 않도록 나무 밑에 "마른 나무 몇"을 받쳐놓은 것을 보았을 것이다. 시인은 놀랍게도 사람들

이 신경도 쓰지 않는 이 '마른 나무 받침대'에 눈길을 보내고 있다.

실상 그것은 "살아있는 나무가/ 죽은 나무에 기대어/ 삶을 구"하고 있는 엄숙한 모습이다. 즉 하잘것없는 마른나무 몇 개가 "살아있는 나무를 받쳐" 삶을 지켜주고 있는 모습인 것이다. 시인의 이를 "쓸쓸한 풍경"으로 인식하며 따뜻한 시선을 던지고 있다.

그가 '눈길'을 보내는 소소한 것들에는 일반 사람은 '눈길'조차 보내지 않는 의외의 것들이 많다. "빨랫줄에 널려있는" 「브라자와 팬티」는 어떤가. 화자는 이것들을 보며 괜히 "부끄럽다" 그런데 브라자와 팬티의 용도는 "부끄러움을 가리는 것"이다. 아이러니가 작렬한다. 그는 자신이 살며 "하는 일"이 "하늘을 가로지른 빨랫줄의/ 브라자와 팬티처럼/ 당당하게 널릴 수" 있기를 원하고 있다.

심지어 시인은 길바닥 "콘크리트"에도 시선을 주며 그것은 "어쩌다 찾아든 홑씨를 위해/ 가슴을 쥐어뜯어 실금을 낸다"고 말하고 있다. '가슴을 쥐어뜯어 낸 실금!' 멋진 표현이다. 우리는 가끔 콘크리트의 '갈라진 틈'에서 민들레 같은 작은 식물이 고개를 내미는 것을 볼 때가 있다. 무표정하기만 콘크리트는 "몸이 쪼개지는 고통" 끝에 "작고 여린 싹"을 그 '틈 사이'로 밀어내는 것이다. 역시 시인의 시선은 따뜻하고 동시에 예리하다.

가로수의 나무 받침대, 빨랫줄의 브라자나 팬티, 길바닥 콘크리트의 틈은 대개의 사람들이 신경도 쓰지 않는 '소소한 것들'이다. 그러나 시인은 이런 소소한 것들로부터 '울림'이 있고 '공감'할 수 있는 시를 쓰고 있다.

시인은 일상에서 흔히 보는 작고 친숙한 것들을 대상으로 '쉽고 단순하게' 시를 쓰겠다고 다짐하는 사람이다. 그래서인지 그의 작품에는 현란한 수사도 머리 아픈 철학적 관념어도 등장하지 않는다. 한마디로 그의 시적 표현은 전체적으로 군말이 없이 깔끔한 편이다. 그런데 놀랍게도 그의 이런 시 쓰기 스타일은 오히려 사물의 본질을 뚜렷하게 조명하고, 독자와의 친화력 또한 배가하는 효과를 창출하고 있다. 더 나아가 시인은 우리가 '더불어 살아가는 존재'라는 것은 물론 '우리의 존재 이유'까지를 강하게 인식하는 계기를 던져주고 있다.

시조의 정형미학을 '간 맞게' 펼쳐 보이는

— 김민성의 『간이 맞다』

　책 표지 위 첫 번째 눈에 들어오는 것은 작가의 이름과 작품의 장르를 알려주는 '김민성 시조집'이고 이어 작품의 제목 『간이 맞다』이다. 그렇다면 책 속에 실린 작품들은 말할 것도 없이 고려 말부터 발달해 온 우리나라 고유의 정형시 형식을 가진 '시조(時調)'가 될 것이다. 뜬금없이 누구나 뻔히 아는 소리를 한다고 독자들이 의아해할 것 같다.

　그러나 나는 근래에 많은 시조작품들을 대하면서 솔직히 이런 작품도 과연 시조라 할 수 있는 건가 하는 의문을 가졌음을 고백한다. 차제에 이 문제는 한 번 짚고 넘어갈 필요가 있을 것 같다.

　시조는 보편적 질서의 반영이며, 그 질서는 의도적 작위의 결과가 아니고, 우리 민족이 오랜 세월 힘든 삶과 부대끼며 얻어진 결과로, 민족의 미적 감수성과 사고 양식, 여기에 창이라는 음악적 요소까지 가미되어 형성된 '정제된 형식'이라고 할 수 있다. 그럼에도 아무리 읽어보아도 자유시와 구별되지 않는 명목상의 시조들이 발표되고 있는 것도 현실적 사실이다. 이는 앞서 보편적 질서를 무시하고 개인적 질서에만 치중하는 데서 오는 현상이다.

현대시조가 과거의 시조와 다른 점은 정형이라는 틀에 구속받지 않는 데 있다. 변형은 얼마든지 가능하다. 그러나 그 변형이 어떤 원칙도 없이 순전히 개인적 질서에 의하여 자의적으로 이루어질 때, 그것은 이미 시조의 영역에서 벗어난 것이고, 따라서 이미 시조가 아닌 것으로 보인다. 형식에 대한 맹목적인 고수나 무조건적인 파괴는 어느 것이나 현대시조가 취할 길은 아니다. 보편적 질서와 개인적 질서의 발전적인 종합을 통해서만 현대시조는 존재가치를 가질 수 있다. 이런 점에서 이병기가 '시조는 정형(定型)이 아니라 정형(整形)'이라고 주장했던 것은 현대시조가 나아가야 할 올바른 좌표를 가리키고 있다고 볼 수 있다.

그렇다면 김민성의 시조작품은 어떠한가.

> 화단의 작은 돌들 까치발 세워 놓고/ 영산홍 붉은 등 켜도 기차는 스쳐 간다/ 그리워 걷던 발길이 역 앞에서 멈추는데// 의자는 길게 눕고 벽시계 잠을 잔다/ 강굽이 돌아오는 기적이 먼저 와서/ 이따금 키 큰 맨드라미 오수를 깨운다// 만남과 헤어짐은 늘 같은 길 위려니/ 간이역 귀를 열고 여기 가만 서 있다/ 마지막 상행선 열차 서지 않고 떠나는데
>
> ─「간이역」전문

'원동역에서'라는 부제가 붙은 작품으로 우리는 이 '원동역'이란 간이역이 어디에, 어떤 모습으로 위치하고 있는지 알 수는 없다. 그러나

역 앞에는 조그만 화단이 있고 그곳에는 "영산홍"도 "키 큰 맨드라미"도 피어나는 정겨운 곳임은 틀림없다. 기차는 서지 않고 "스쳐 간다" 대합실의 "의자는 길게 눕고" 벽시계도 "잠을 잔다" 더구나 가끔 "강굽이 돌아오는 기적이 먼저 와" '낮잠' 자고 있는 맨드라미를 깨운다. 시골 간이역의 고적함이 아름답고 여실하게 표현되고 있다.

화자의 "발길이 역 앞에" 멈추고 드디어 마지막 연에서는 시인의 사유가 표출된다. 화자는 "만남과 헤어짐은 늘 같은 길"에서라고 말한다. 옳은 말이다. 우리는 언제나 '길' 위에서 만나고 '길' 위에서 이별도 한다. "마지막 상행선 열차"가 "서지 않고" 떠나고 있다. 마지막 열차는 늦은 시간을 가리키고, 떠난다는 말은 이별을 의미한다. 간이역 앞의 철길을 보며 인간의 "만남과 헤어짐"을 사유하는 시인의 외로운 심사가 우리의 가슴을 아프게 친다.

그런데 우리가 특별히 주목해야 할 점은 작품이 보여주고 있는 '정형의 리듬'이다. "화단의 작은 돌들" "까치발 세워 놓고" "의자는 길게 눕고" "벽시계 잠을 잔다" 등 거의 모든 문장들이 정확하게 3·4조 시조의 정형미학을 수용하고 있으며 특히 마지막 연, 끝 행의 "마지막 상행선 열차"는 시조의 종장 기본형인 3·5조를 그대로 구현하고 있다.

물론 김민성의 작품들도 정형의 틀을 벗어난 변형이 산견된다. 그러나 전체적으로 절제와 균형을 통한 시조 특유의 정형미학이 견지되고 있음은 확실하다.

이 일은 손발이 맞아야 하는 거여/ 막 끓어오르는 가마솥이 분주하다/

사십 년 마주한 눈빛 허공에서 마주친다// 넘치지 말아야 해 장작불이 숨고르면/ 아차 순간 눌고 만다 주걱에 힘이 가고/ 엉겨서 단단한 그 삶 간이 잘 된 손두부다// 잘 산다는 것은 서로 간間을 맞추는 것/ 당기고 놓으면서 그 간격을 섬긴 후에/ 시간이 엉켜서 내는 그 너머의 맛이 된다

- 「간이 맞다」 전문

작품집의 표제작이다. 이 작품 역시 전체적인 정형의 리듬이 있다. 마지막 행 "시간이 엉켜서 내는"이란 문장도 시조 종장의 기본형 3·5조를 채택하고 있음을 알 수 있다.

사람의 경험이란 우선적으로 오관을 통한 '감각적 지각'이다. 즉 우리가 외부세계를 인식하는 최초의 관문은 바로 시청미후촉각의 '오감각'이 되는 것이다. 「간이 맞다」는 것은 음식물의 '짠맛의 정도'가 알맞다는 말로 '미각'과 직결되고, 따라서 작품은 인간의 원초적 감각들 중 '미각'을 중심으로 해서 구축되고 있음을 알 수 있다. 그러나 우리는 "끓어오르는 가마솥"에서는 시각과 청각을, "눌고 만다"에서는 후각을, "엉겨서 단단한"에서는 촉각의 감각적 지각을 인식하게 된다. 결국 화자는 오감각을 모두 동원하여 작품의 효과를 한껏 배가시키고 있는 것이다.

화자는 맛있는 손두부를 만들기 위해서는 "손발이 맞아야" 하고, "장작불"도 숨을 고르게 해 "넘치지"도 않고 '눌지도' 않게 해야 한다고 말하고 있다. 그런데 그렇게 만들어진 '단단한 두부'는 '단단한 삶'과 동격이 되고 놀랍게도 "간"이 '잘 맞춰진' 두부는 "간(間)"이 '잘 맞춰

진' 삶이라는 동음이어의 펀(pun)을 창출해낸다. '짠맛의 정도'를 말하던 '간'은 이제 '간격' '사이' '관계'의 의미로 전이되며 "잘 산다는 것은 서로 간(間)을 맞추는 것"이라는 삶의 진리가 압축된 멋진 금언 내지 경구로 승화되고 있다. 손발을 잘 맞추고 넘치지 않게 불도 잘 다스려야 '간이 맞는' 두부를 만들 수 있다. 마찬가지로 인간관계도 서로 손발을 맞춰 협력하고 넘치고 지나치지 않게 '간이 맞는' 사이를 유지해야 "단단한 삶"을 누릴 수 있"다. 시인은 미각이란 원초적 감각을 통해 우리가 취해야 할 삶에 대한 태도와 자세를 간접적으로 넌지시 제시하고 있는 것이다.

'간'이란 동음이어로 빼어난 아포리즘 하나를 창출해낸 것만으로도 시인에게 박수를 보낸다.

면도날처럼 스쳐 지나가는 반성적 성찰
― 조승래의 『하오의 숲』

시인은 귀도 밝고 눈도 밝다. 그는 하오의 숲에 들어가 나무들이 부지런히 나이테 돌리는 '몸짓'을 보고 그 '가쁜 숨소리'를 듣는다. 나무들이 들려주고 보여주는 이런 역동적인 모습이 시집 표제작에 담겨 있다.

하오의 숲에 들면/ 나이테 돌리는 나무들/ 숨소리 가쁘다// 가을이 오기 전/ 부지런한 생의 바퀴 굴리는 물상의 몸짓// 후회 없는 한 채/ 영혼의 집짓기 위해/ 여름의 끝자락 물고/ 석수(石手)처럼 정(釘)질 하는 매미 울음// 듣노라면 나도/ 나무가 되어/ 뜨거운 가슴으로 나이테를/ 감고 있는 것이다

― 「하오의 숲」 전문

왜 이렇게 숲 속의 나무들이 숨 가쁘게 부지런을 떨고 있는가. '가을

이 오기 전' 햇볕이 좋을 때 광합성을 충분히 해 둘 필요가 있기 때문이다. 나뭇잎들은 태양의 에너지를 가능한 최대한 빨아들여 공기 중의 이산화탄소와 뿌리에서 보내준 수분으로 탄수화물을 만들어내야 한다. 이것이 바로 나무가 생을 연속시키는 일일 뿐 아니라 스스로 자신을 성장하게 하는 길이다. 어디 뿌리가 올려 보내는 것이 수분뿐인가. 땅의 힘으로 만들어진 자양도 함께 길어 올린다. 이처럼 나무들은 "생의 바퀴를 굴리느라" "여름의 끝자락을 물고" 매우 바쁘다. 그러나 이들 물상의 모습은 실상 보이지도 들리지도 않는다. 매미소리만 대신 '석수가 정을 치듯' 왜장치고 있을 뿐이다. 매미울음을 듣는 화자도 이 숲의 충만한 활력에 스스로 나무가 되어 "뜨거운 가슴으로 나이테를" 감게 된다.

나무의 나이테가 늘어난다는 것은 사람이 나이를 더 먹는 것과 같은 말이다. 머지않아 가을이 올 것이고 나무들은 앙상한 가지만 남겨두고 태양을 향해 열었던 수천만의 모든 잎을 떨굴 것이다. 그리고 나무에는 새로운 나이테가 하나씩 감기게 될 것이다. 시인은 늦여름 숲의 정경을 들리지 않는 "나이테 돌리는" 소리로 비유하며 선명하게 묘사한다. 그러나 싱싱한 서경의 이면에는 늘 이런 철학적 사유의 한 단면이 스쳐간다.

철면피 사람 가죽은 아무짝에도 쓸모없지만, 소는 뼈와 속살 깡그리 보시하고도 가죽 남겨 엉덩이, 목, 겨드랑이, 뱃가죽은 부위마다 소리 달라 좌고에 소리북, 졸북, 소고로 나뉘어 둥둥 둥기둥기 신명 떨음 동네방네

어깨 덩실 풍물 질탕 놀게 하고 자투리는 구두, 가방 되어 제 목숨보다 오
래 사랑받고 이발소 와서는 칼 다스리니 칼잡이가 어찌 기죽겠소.

—「늙은 이발사의 생각」부분

철면피는 쇠로 만든 가죽이니 염치없고 뻔뻔스러운 사람을 이르
는 말이다. 그런데 소가죽은 어떤가. 이미 뼈와 살은 "깡그리 보시하
고도" 부위마다 다른 소리를 내는 가죽은 여러 북이 되어 사람을 신
명나게 만든다. 자투리도 "구두, 가방 되어 제 목숨보다 오래" 사랑
을 받는다. 그리고 또 다른 자투리는 이발소 기둥에 걸려 면도날을 세
워준다. 시인은 두루두루 쓰이는 소가죽의 용도를 그야말로 신명나게
타령조로 노래하고 있다.

이발소 안의 정황은 이렇다. "비누거품 턱에 바른 채" 막일꾼 김 씨
가 곤히 잠들어 있다. 이발사는 기둥에 걸어둔 가죽 벨트를 면도칼로
"기타 치듯 무두질하고" 있다. "50년 가까이 함께" 지냈으니 "가운데
가 초승달"처럼 닳은 쇠가죽 벨트도 늙었고 이발사도 늙었고 이발소
기둥도 늙었다. 피곤에 지쳐 잠들어 있는 김 씨도 늙었다. 다 늙었다.
쓸쓸하고 고단한 삶의 단면이 이발소 안에 머물고 있다. 허나 이발사
는 기가 죽은 법이 없다. 면도칼을 초승달 가죽에 무두질할 때마다 오
히려 힘이 펄펄 난다. 정이 많은 이발사는 막일에 지쳐 소처럼 곤히 자
는 김 씨의 잠이 깰까봐 난로 위 "주전자 물 펄펄 끓어도" 내릴 생각이
없다.

지금 기둥에 걸려있는 쇠가죽은 본래의 자기 생명보다 훨씬 긴 삶을

유용하게 보내고 있다. 그런데 사람의 가죽은 어디에 쓰나. 돈 들여 비싼 옷 걸치고 낯가죽에는 화장을 하지만 무슨 가치가 있나. 이발소 안의 풍경은 가난하지만 정겹다. 사람살이의 가장 따뜻한 모습의 일단을 보여준다. 그럼에도 이 푸근한 정경에는 인간의 가치에 대한 반성적 성찰이 면도날처럼 스쳐 지나가고 있다.

> 돌부처 앞에/ 무릎 굽혀 절하며 물었다// 이 길이 그 길이냐고,/ 홀로 묻고 홀로 답을 찾다/ 떠나는 사람// 뒷모습이/ 잠시 보였다,/ 사라진다
>
> ─「뒷모습」 전문

위의 시는 '돌부처 앞에 절하고 그냥 떠나가 버리는 사람의 뒷모습'을 간결하게 소묘한 흑백 그림 같다. 따라서 시는 짧다. 뒷모습만 '잠시 보였다 사라지는' 사람이 화자 자신인지 다른 어떤 사람인지는 몰라도 '간다는 것은 아나 가는 방향도 모른다'라는 불가의 말을 상기시킨다. 현상의 세계를 헤매며 길의 목적지를 찾지만 그 목적지도 없고, 그곳으로 가는 길도 없다. 어찌 보면 진정 그 길을 가는 사람도 없다. '홀로 묻고 홀로 답을 찾다가' 떠나는 허상뿐이다. 뒷모습만 슬쩍 보였다 사라지고 마는 허상이다. 겨우 돌부처 앞에 절하고 길을 물으니 말없는 돌부처가 무슨 답을 하겠는가. 문 없는 문, 소위 '무문관'의 문을 찾아 헤매는 것과도 같다. 문이 없으니 문을 지나갈 수가 없다. 문이 없으니 그냥 지나가면 되지만 문을 지났는지 아닌지도 알 길이 없다. 우리의 생이 그런 것 아닌가. 생을 그린 시가 또 하나 있다.

올 때는 내가 울었지만 갈 때는/ 다른 이들이 울어주는 것이 인생이라고/ 한 시인이 말했다/ 그 시작과 끝의 거리는 종이 두 장 사이

—「한 장과 두 장 사이」 부분

태어날 때는 모든 아기가 운다. 물론 죽었을 때는 죽음을 슬퍼하는 다른 사람이 운다. 자신이 고고지성을 낸 것은 확실하고 저 세상 갈 때 가족들이 우는 것도 확실하다. 그러나 당사자인 본인이 이 울음소리를 기억할 수 있는가. 없다. 생의 시작과 끝은 "종이 두 장 차이"다. 하나는 '출생신고서'고 하나는 '사망신고서'다. 그러나 본인은 알 수 없다. 전자는 부모가, 후자는 자식이 신고를 할 것이고 이는 "동사무소 직원의 손끝에서" 마무리된다. 그러나 울음소리가 있음은 확실하고 두 장의 신고서가 있음도 확실하다.

'없어진 글자는 비의 뜻을 더하고, 그윽한 옛 가락은 끊어진 거문고 줄에서 들린디(沒字豊碑 古調無絃)'는 시구가 있다. 없어진 글자에 뜻이 어디 있으랴. 줄 끊어진 거문고에서 무슨 소리가 들리랴. 그러나 '있음의 없음'과 '없음의 있음'을 사색하는 시인에게는 뜻이 읽히고 가락이 들린다. 확실히 비의 글자는 뜻이 있었고 거문고에서는 가락이 흘러나왔다. 시인은 역리의 형이상을 추구하고 있는 것이다, 앞의「뒷모습」과 마찬가지로 위 시에도 생에 대한 깊은 사유가 담겨 있다. 다른 시편들도 그러하지만 시는 절묘한 의미망을 직조하며 우리를 철학적 사색으로 이끌고 있다.

코스모스가 별을 터는 아침의 소박한 아름다움

— 민창홍의 『닭과 코스모스』

　시집 이름이 『닭과 코스모스』다. 둘은 아무런 연관이 없다. 자기 옆에 있던 식구를 5분 전에 목 비튼 사람도 모이만 주면 반갑게 좇아가는 게 닭이다. 기억력이 형편없고 어리석은 사람을 '닭대가리'라고 부르는 것은 이에 연유할 터이다. 반면 코스모스는 쪽빛 가을 하늘을 배경으로 한들거리는 한해살이풀의 청초한 꽃이다. 둘이 주는 이미지도 전혀 공통점이 없다. 그런데 시인은 둘의 명칭을 나란히 해서 시집의 표제로 쓰고 있고 본문에서도 "닭이 코스모스 꽃잎을 쪼고 있다"고 글의 문을 연다. 머리 좀 써야 할 것 같다.

　닭이 코스모스 꽃잎을 쪼고 있다/ 꽃잎에 붙은 이슬은 엄살을 부리고/ 아버지는 냉수를 찾으신다// 장날 아버지가 사오신 폐계 다섯 마리/ 장닭에게 쫓기다 밭을 배회하고// 폐계를 사왔다고 다그치는 어머니/ 술에 취해/ 몰라도 된다고 하시는데// 감춰두었던 비밀을 꺼내듯/ 알 듯 말 듯 해맑게 웃는 코스모스// 모이를 열심히 쪼으면 된다고/ 알만 쑥쑥 쏟아내면 된다고/ 무엇이든 버리지 못하는 아버지// 대추나무에 걸린 해/ 빛깔 곱게 이글거리는 청잣빛 접시/ 종종걸음/ 뒤뚱뒤뚱/ 꼬끼오/ 물 한 모금 먹고// 코스모스는 별들을 털어내고/ 첫차가 지나는 소리를 듣는다// 껍질을 깨면 알까/ 술이 깨면 알까

— 「닭과 코스모스」 전문

꽃잎에 이슬이 붙어있을 때니 이른 아침이다. 간밤에 과음하신 아버지가 갈증이 나 냉수를 찾으시는 걸 보아도 그러하다. 그런데 닭은 꽃잎을 쪼고 있다. 이렇게 함께 발생한 세 가지 사건은 서로 아무런 인과의 관련이 없다. 어느 가을 아침에 일어난 우연일 뿐이다. 화자는 이런 정경을 무심하게 사생하고 있다. 하기야 사건이라 부를만한 일도 아닌 이런 현상에 대해 화자가 왈가불가 특별한 견해를 밝힐 계제도 되지 않았을 터이다. 이렇게 첫 연이 끝난다.

굳이 이 현상 간의 관계를 따져봐야 한다면 이 닭은 "장날에 아버지가 사 오신 폐계 다섯 마리"라는 점이다. 폐계는 알을 먹기 위해 키우는 닭이 늙어서 알을 못 낳게 되어 쓸모없게 된 닭으로 이해하면 될 것이다. "장닭에게 쫓기다 밭을 배회"하는 걸 보니 암탉이다. 암탉이 알을 낳지 못하면 효용가치는 끝난 거다. 잡아먹는 수밖에 없다. 그러나 식용으로 키워진 닭이 아니므로 먹으려 해도 엄청나게 질겨서 먹기도 힘들다. 고무 닭이란 말이 맞다. 한마디로 '폐기처분될 닭'이 폐계인 것이다.

셋째 연에서 당연히 어머니는 아무 쓸 짝도 없는 닭을, 그것도 다섯 마리나 사 오신 아버지에게 지청구할 수밖에 없다. 그때도 아버지는 "술에 취해" 닭을 산 것인가. 아버지는 "무조건 몰라도 된다"고 눙쳐버린다. 다음 연에서 이 '몰라도 되는 비밀'을, "감춰두었던 비밀을 꺼내듯" 코스모스가 해맑게 웃고 있다. 그러나 우리에게 그 웃음은 그 의미조차 "알 듯 말 듯"하다. 민창홍이 묘사하는 시골 마당—닭과 코스모스가 있는—은 그런대로 그림이 된다. 그러나 사물들의 이미지는 열거되고 있을 뿐이지 어떤 하나의 목적에 복무하기 위해 집중되지는 않는다. 그리고 그 이미지는 전혀 필연이 없어 보이는 인과로 비약한다.

다음 연에서 다시 닭에 대한 아버지의 견해가 피력된다. "모이를 열심히 쪼으면 된다". 맞는 말이다. 아니 사람을 포함한 모든 동물이 먹지 않으면 죽는다. 그리고 이 폐계들은 모이 먹는 일은 그럭저럭 잘 수행하고 있다. 그러나 "알만 쑥쑥 쏟아내면 된다"는 말은 틀렸다. 이 집의 암탉은 알을 '쑥쑥' 쏟아내기는커녕, 닭똥이나 쏟아내는 폐경기가 지난 닭이기 때문이다. 아버지는 아직도 취하신 상태인 모양이다. 해맑은 '코스모스의 웃음'과 아버지의 '닭에 대한 오해'는 아무런 연관이 없다. 아니다. 있다. 바로 아버지의 어린애 같은 바람이 웃음의 비밀이 되는 것이 아니겠는가.

여섯 번째 연에서 화자의 시선은 다시 아침 마당으로 돌아와 그 정경을 서정적으로 묘사한다. "청잣빛 접시" 같은 하늘에 "대추나무에 걸린 해"가 "빛깔 곱게 이글"거린다. 닭은 종종걸음으로 물 한 모금 먹고 뒤뚱거린다. 무심하고 소박한 정경이 아름답다. 이어지는 일곱 번째 연은 절창이다.

> 코스모스는 별들을 털어내고/ 첫차가 지나는 소리를 듣는다

우리는 코스모스가 느끼고 움직이는 '유정물'임을 재확인한다. 지난밤을 함께 했던 별들은 이제 이슬이 되었을 터이다. 첫 연의 "꽃잎에 붙은 이슬"이 갑자기 다가선다. 그 이슬을 닭이 쪼았다. 그래서 몸을 움직여 이슬을 털어버리는 것이다. 동구 밖에 기찻길이 있는 모양이다. 첫차 가는 소리가 들려온다. 시각적 심상이 청각적 심상과 어울리며 그 명징함을 더하고 있다.

이런 무심한 정경이 주는 미학은 지적으로 설명하기 힘든 무엇이 내재하여 있다. 그것은 어찌 보면 닭과 코스모스만이 아는 비밀일지 모른다. 그것들은 우리에게 눈꺼풀에 씌운 세상의 부박한 "껍질을 깨"고 '느껴지는 그대로' 느낄 것을 요구한다. 아버지는 자신의 닭이 알을 쑥쑥 쏟아내지 못한다는 것을 "술이 깨면 알까"

> 자반고등어 한 마리/ 청정해역 헤엄치던 날렵한 몸매/ 풀어헤치고 편안하게 누워 있다/ (…) / 그물 안에서 부딪히는 고통이 삶이었고/ 소금에 절여지는 쓰라림이 삶의 전부였고/ 불판 위에서 구워지는 뜨거움이 사랑이었다/ (…) / 고소하게 부서지는 행복/ 뼈만 앙상하게 남은 접시 언저리/ 아, 당신이었구나
>
> ─「자반고등어」 부분

청정해역에서 헤엄치다 이제 밥상에 오른 자반고등어는 바로 어머니의 신산한 삶의 여정에 고스란히 비유된다. 고등어가 밥상에 오르기까지의 과정, 즉 "그물 안에서 부딪히는 고통", "소금에 절여지는 쓰라림", "불판 위에서 구워지는 뜨거움"은 바로 자식에 대한 어머니의 끝없는 희생적 삶의 과정에 불과하다. 그러나 이 시는 가난했던 어린 시절의 밥상이 구체적으로 형상되는 동시에 어머니의 내면과 그리고 이를 회억 하는 화자의 내면이 서로 교차하며 정서의 고양을 격발한다. 젓가락으로 자신을 "헤집고 파먹는 모습"은 보는 것만으로도 어머니에게는 즐겁다. 머리마저도 한 놈이 "어두육미"라며 주워든다. 그것이 부서지는 것도 '고소한 행복'이 된다. 그러나 그것은 "속으로 속으로 삼켜야 하는" 어머니의 현실적 아픔이기도 하였다. 이제 고등어의 몸체는 완전히 해체되어 "뼈만 앙상"하게 남는다. 이 접시 언저리를 보며 이제야 화자는 어머니, '당신'을 영탄으로 부르게 되는 것이다.

독자는 나름대로 다르게 느끼겠지만 시인의 글쓰기 스타일은 자신이 진술하고자 하는 사물에 의외로 담담하다. "까치가 파먹"은 "깨어진 홍시"도 어머니의 현재 모습을 비유하며 특별한 시적 가공 없이 자연스럽게 전언 된다.(「감나무 치매에 걸리다」) 그의 시편에는 기막힌 눈이 내린다. 눈의 무게에 "통나무가 통째"로 넘어간다. "참말로 믿을 수 없는 눈"이 믿을 수 없는 사실을 바라본다. 그러나 이것은 우리 힘으로는 어쩔 수 없는 인간의 운명과도 같다. 어르신 백수잔치를 위해 은산댁은 "국화송이 같은 눈을 덮은 차"로 장에 갔지만, 눈 내린 내리막길에 "바퀴자국이 그어 놓은 평행선"만 남기고 영영 떠났다. 안타까워하는 아산댁에게 이제 그 가벼운 눈은 "참말로 믿을 수 없는 눈"이 되어 버렸다. 그러나 산 사람은 여전히 살아야 하는 것이다. 남원댁은 마을회관 털신들이 "짝이 맞지 않는다고 투덜대"며 신발문수 맞춰 짝을 찾고 있다. 이름처럼 촌스런 은산댁이나, 아산댁이나, 남운댁 모두 믿을 수 없는 눈으로 믿을 수 없는 눈을 어쩌지 못하고 바라보는 민초들이다. 시인은 담담하게 이 무심하게 내리는 눈을 무심하게 묘사한다. 소박하게 번지는 아름다움이 있다.

해거름에 걸리는 '물먹은 눈길'의 서정

─ 문현미의 『깊고 푸른 섬』

여러 가편들이 산견되고 있었으나 단연 내 눈을 확 끌어당기는 특별한 작품이 하나 있었다. 제목까지 합해 단 '스물세 자'로 이루어진─한국의 시 중에서 가장 짧은 시의 하나가 될─「늦가을」이다. 집중해서 읽어보기로 한다.

불현듯/ 당신의 물먹은 눈길이 해거름에 걸립니다

─「늦가을」 전문

최대한의 언어경제가 이루어낸 단 두 행의 이 아름다운 시는 비록 짧지만 한 마디로 있을 것은 다 있고 없을 것은 하나도 없는 시다. 시제 「늦가을」을 포함하여 하나의 어휘라도 빠지면 작품은 전체가 와르르 무너지게 짜여 있다.

'가슴 아픈 서정'이 우리의 감성을 흔드는 이 작품은 어느 특정한 계절과 때를 그 주 배경으로 하고 있다. 즉 계절은 '늦가을'이고, 때는' 해거름'이다. 낙엽이 지는 조락의 가을, 그것도 겨울이 머지않은 늦가을이다. 아침도, 한낮도 아니고 해 떨어지는 저녁때다. 이 시간적 배경은 작품 전체에 쓸쓸한 분위기를 깔고 있다. '가슴 아픈 서정'이라 말했다. 이는 바로 이러한 '고적한 배경'으로부터 야기되기 시작하는 것이다.

그런데 본문에는 가을을 표상하는 어떤 어휘 하나 없다. 우리는 이미 「늦가을」이란 시제에서 최소한 단풍이나 낙엽, 혹은 가을꽃인 들국화나 코스모스, 혹은 높은 하늘이나 소슬한 바람 정도의 가을을 나타낼 수 있는 어휘 하나는 본문에 당연히 등장하리라고 믿기 마련이다. 그러나 이런 예측과 기대는 여지없이 무너진다. 「늦가을」이란 타이틀 자체가 시의 배경의 되는 한 계절을 모두 혼자 감당하고 있기 때문이다. 대개의 시제는 본문 내용을 압축 · 요약하고 주제를 암시하게 된다. 역으로 말한다면 시는 시제가 뜻하는 의미의 심화와 그것을 보족(補足) 설명하는 방식으로 구성된다는 말이다. 그런데 때로는 제목의 사전 인지 없이는 전혀 판독불가의 시도 있을 수 있다. 이 경우가 그러하다. 이 경우 제목 자체가 시 전체 이해에 결정적인 몫을 한다. 특히 위의 시처럼 언어경제가 핍진할 정도로 이루어질 때 제목은 본문에 개입하는 정도가 아니라 한 치의 괴리도 없이 서로 꽉 맞물려 둘이 함께 공통의 의미를 생성하게 되는 것이다.

시는 "불현듯"이란 부사어로 문을 연다. 두 개의 짧은 시행으로 구성된 이 시에서 이 한마디 부사어는 한 행을 몽땅 점유하고 있다. 그만 큰 중요하다. 다음 행 전체의 마음과 행동을 한정하고 수식하며 영향을 미치는 유일한 말이다. '불현듯'은 특별한 의도나 기획이 전혀 없는 상태에서 어떤 생각이나 느낌이 갑자기 떠오르는 상태를 말한다. 즉 어느 늦가을 저녁나절에 생각지도 않게 '당신의 눈길'이 갑자기 느껴졌다는 말이 된다.

둘째 행이자 마지막 행의 설명 주체는 "당신의 물먹은 눈길"이다. '당신'을 이인칭으로 쓰면 상대방을 낮잡아 이르는 말이 되고, 삼인칭으로 쓰면 부모같이 높은 분을 일컫는 존칭의 말이 되기도 한다. 흔히 부부가 상대방을 부르는 호칭이 되고, 따라서 남녀 간의 사랑하는 사람에게도 쓰일 수 있는 호칭이다. 물론 문맥으로 보아 여기서의 '당신'은 '당신이 뭔데 나서?'와 같은 낮잡아 부르는 이인칭 호칭은 아니다. 또한 "물먹은"에서의 '먹은'이란 표현으로 볼 때 삼인칭의 극존칭도 아닐 것이다. 따라서 여기서의 '당신'은 아무래도 '사랑하는 사람'을 부르는 호칭으로 보는 것이 적절할 것 같다. 그런데 뭔가 갑자기 떠오르는 상황에서 사용되는 "불현듯"이란 수식어는 암암리에 과거의 일을 지시한다. 옛날 일이 떠오르는 것이지 지금이나 앞의 일이 떠오르는 것은 아닐 것 아닌가. 따라서 여기서의 '당신'은 현재의 '사랑하는 사람'이라기보다는 과거의 '사랑했던 사람'에 대한 호칭으로 보는 것이 더 타당성을 가질 것 같다.

이제 많은 함의를 가진 이 작품의 주어(主語), "물먹은 눈길"이 등장한다.

'눈'은 세상을 마음에 '담는 창'이자 그 마음을 세상에 '보여주는 창'

이다. 두개골에서 뇌를 들어낸다 하자. 눈이 함께 딸려 나올 것이다. 즉 눈은 해부학적으로나 발생학적으로나 뇌의 일부분이다. 따라서 눈이 세상을 보는 게 아니라 뇌, 즉 마음이 세상을 보는 것이고, 역으로 눈을 보면 그 사람의 마음, 즉 뇌를 읽는 것이 된다. '눈은 마음의 창'인지라 나도 모르게 빨려드는 눈이 있는가 하면 저절로 고개를 돌리게 만드는 눈도 있다.

그런데 시인은 그 눈이, 즉 그 마음이 그리움, 괴로움, 허무함 등 어떤 감정적 이유인지는 모르겠으나 "물먹은 눈길"이 된 것으로 진술하고 있다. '물먹은 눈'은 '물에 젖은 눈'이고 이는 결국 '눈물에 젖은 눈'이나 다름없다. 어떤 감동·자극을 받아 슬픔에 빠지면 우리의 눈은 눈물에 젖게 되고 이것이 넘쳐흐르면 울음이 된다. 아직 흐느껴 우는 상태는 아니지만 시인이 진술하는 그 눈길이 '슬픔의 눈길'인 것만은 확실하다.

이어 하루 중의 특정한 한때를 가리키는 "해거름"이 견인되어 앞서 언급한 바와 같이 '늦가을'이란 계절과 함께 작품 전체에 쓸쓸한 분위기를 야기하는 시간적 배경으로 복무한다. '늦가을'은 이미 일반 독자에게도 서정적 반응을 일으키며 다가온다. 이에 더해 황혼의 저녁나절인 "해거름에"는 계절의 서정을 상승시켜 충분히 '가슴 아픈' 것에 값하는 것으로 만들고 있다. 또한 이 어휘는 뒤에 따라오는 유일한 동사 '걸리다'를 보족하고 있다. 우리는 그 '걸리는' 장소가 어디인지, 예로 '낙엽 진 나뭇가지'에 걸리는지, '석양의 산마루'에 걸리는지 그 장소가 궁금하다. 또한 웬만한 시인들은 작품의 미학적 효과를 제고시키기 위해서라도 이를 수려한 언어로 명시하려고 애쓰기 마련이다. 그러나 시인은 작정한 것처럼 장소의 수식어를 배제한다. '해거름'은 시간의 수식어다. 그럼에도 이 어휘는 놀랍게도 장소의 수식어를 대신하며 만약 없었더라면 단박에 뒤틀어져버리고 말았을 작품의 중간에서 앞뒤의 균형을 맞춰주는 쐐기 역할을 하고 있다.

시의 매듭을 묶고 있는 단 하나의 동사 "걸립니다"는 동작이나 작용이 주어 자신에만 그치고 딴 사물에는 전혀 영향을 미치지 않는 '자동사'다. 즉 대상이 되는 목적어가 없는 단문의 문장이다. 물론 '걸리다'는 사역의 타동사로 '걷게 하다'의 뜻으로도 쓰이지만 이 시에서는 '새가 날다'처럼 스스로의 움직임을 나타내는 자동사로만 쓰일 뿐이다. 그럼에도 이 자동사처럼 다양한 의미를 가진 어휘도 없다. 낚시에 고기가 걸리기도 하고, 병에 걸리기도 하고, 차 시동이 걸리기도 하고, 검문에 걸리기도 하고, 전화가 걸려오기도 한다. 한 시간 걸리는 거리가 있고, 운명이 걸려있는 문제가 있고, 공술이 걸릴 때도 있고, 큰 상이 걸려있는 공모전도 있다. 생선가시가 목에 걸리기도 하고, 연이 전깃줄에 걸리기도 하고, 집안 일이 마음에 걸리기도 한다.

장소를 지시하는 말 한 마디만 붙여주면 '걸리다'는 뜻은 어떤 것이 한 곳에 멈추어 있는, 혹은 매달려 있는 상태로 그 의미가 압축된다. 그러나 시인은 앞서 말한 것처럼 '해거름'이란 시간적 수식어로 이를 대신하고 있다. 따라서 '걸리다'의 의미는 고정되지 않고 독자의 독법에 따라 변화하며 확장된다.

나는 이미 이 작품의 주어, "물먹은 눈길"이 많은 함의를 가지고 있다고 했다. 그런 눈길이 되어야 했던 슬픔, 괴로움, 외로움과 같은 여러 감정적 서술이 과감하게 여백으로 처리되었기 때문이다. "걸립니다"도 마찬가지다. '어디에' '어떻게' 걸려있는지가 여백으로 남겨져 앞에 기술된 여러 예처럼 많은 의미를 함축하고 있기 때문이다. 의미의 복합성을 야기하는 이런 여백은 독자의 상상력을 자극한다.

어느 늦가을 해질 무렵 화자는 창밖으로 만추의 풍경을 내다보고 있다. 문득 옛날 사랑했던 사람의 '물먹은 눈길'이 떠오른다. 그 슬픈 눈길이 잎사귀 다 떨어진 나뭇가지에 '걸려' 화자를 바라보고 있다. 많은 사연을 머금은 그 눈길은 아직도 가슴 아프게 화자의 마음에 '걸'린다. 이 정도로 해석해도 '걸림'에는 '매달린 형태'와 '짠한 마음'이라는 두 가지 의미를 공유하고 있다. 그러나 위와 같은 해석도 어디까지나 나처럼 평범한 독자의 주관적 생각일 뿐이다. 다른 독자들은 시인이 의도적으로 만들어 놓은 여백, 그곳에 어른거리는 시적 서사를 각자 나름대로의 상상력을 발휘하여 자유스럽게 '읽기의 즐거움'을 향유할 수 있다.

짧은 시는 끝이 났다. 시인은 더 이상 아무 말도 할 것이 없다는 듯 시 밖으로 나가버렸다. 단 스물세 자의 시를 표면만 건성건성 읽는 데도 많은 지면이 소모되었지만 아직도 이 시는 많은 해석과 분석의 여지를 남겨 놓고 있다. 시 내면에 은닉된 실존의 고뇌와 아픔만을 파헤친다고 해도 현상학적으로, 심리학적으로, 또는 시인의 개인사와 연결시켜 전기적으로도 얼마든지 시 읽기는 계속될 수 있다.

사실 이 시에서 언어의 순수한 매개적 기능을 가로막는 것은 아무

것도 없다. 한 마디로 독자들이 시인이 하는 말을 아무 어려움 없이 알아먹을 수 있다는 말이다. 이는 큰 미덕이다. 특별한 비평적 통찰 없이 평범한 독자의 눈으로 읽어냈지만 이 짧은 시는 진정한 예술이 뿜어내는 생명력으로 독자의 의식 속에서 술렁댄다.

석양녘엔 스스로 바다가 되는 오랜 조력(釣歷)
— 윤이산의 『물소리를 쬐다』

　시집 제목이 『물소리를 쬐다』이다. 물소리든 바람 소리든 노랫소리든 '소리'는 귀로 듣는 것이다. '쬐다'는 일반적으로 '모닥불을 쬐다'처럼 볕이나 불에 쐬거나 말리는 것을 말한다. 우리의 감각은 순간 물소리를 '듣는' 귀에서 '쬐는' 피부로 옮겨진다. 시인의 언어 부리는 솜씨가 예사롭지 않음을 단박에 느끼게 된다.

　개울가에 나앉아/ 물소리에 손을 씻는다// 그건 빈손으로 들어선 객지에서/ 오솔길 하나 내는 시간// 오솔길을 걸으며 천근만근 젖은 무게를 말리는 시간// 잔걱정 많은 손금을 펴/ 바람 한 번 쐬어 주는 시간// 벼랑 끝에 선 길을 돌려세워/ 담배 한 개비 물려주는// 물소리에 손을 씻고 있노라면/ 가난처럼 간단하고/ 단촐해지는// 아무렴,/ 내가 다 잘할 수도/ 내가 다 옳을 필요도 없는 것, 맞지?// 벼랑 끝을 돌려/ 물소리 밖으로 돌아온 후에도 오래/ 잠잠히 타오르는 물소리

－「물소리를 쬐다」 전문

개울가에 앉아 손 씻는 일은 대단한 것도 아니다. 그러나 화자의 따뜻한 시선은 그 별것도 아닌 일에 새로운 의미를 부여한다. 그건 "객지에서 오솔길 하나 내는 시간"이다. 오솔길은 누구에게나 걷기 편한 느낌을 주는 길이다. 더구나 객지에 빈손으로 들어선 나그네에게는 더욱 그러하다. 그 오솔길을 걷는 것은 "천근만근 젖은 무게를 말리는 시간"이 되고, 손금 펴 "바람 한 번 쐬어 주는 시간"이 된다. 특히 "벼랑 끝에 선" 것 같은 절망적인 나그네를 "돌려세워/ 담배 한 개비 물려주는" 시간이 된다는 말은 가슴을 때린다. 아무리 초조한 사람도 담배 한 대 물면 여유를 갖게 마련이다. 이처럼 '개울에 손 씻는 일'은 화자에게 세상의 무겁고, 잔걱정 많고, 절망적이기까지 한 것들까지 씻어버려 단출하고 홀가분한 마음이 되게 한다.

세상 사는데 "내가 다 잘할 수도/ 내가 다 옳을" 수는 없다. 이 말은 "맞지?"하고 굳이 확인하고 강조하지 않아도 '당연히 옳은 말'이다. "아무렴" 그렇고말고. 모든 걸 다 잘하고 다 옳은 사람 세상에 있으면 어디 한 번 나와 보라.

개울을 떠나 돌아온 후에도 화자의 귀에는 그 물소리가 "오래" 들린다. "잠잠히 타오르는 물소리"로 남아있다며 시인은 작품의 매듭을 묶고 있다. 우리는 시냇가의 한 풍경과 동시에 그 풍경 속 시인의 내면의식을 보게 된다. 서정적 주체와 객체는 깊은 교감 속에 일치하며 아름다운 조화를 이루고 있는 것이다.

짚고 넘어갈 게 있다. 이미 나는 '소리'는 귀로 듣는 것인데 시인은 '쬐다'라는 의외의 동사를 사용하여 그 이미지를 청각에서 촉각으로 바꿔놓고 있다고 언급한 바 있다. 그런데 이번에는 "잠잠히 타오르는 물소리"다. '타오르다'는 불이 붙어 타기 시작하는 형상이다. 청각적 이미지는 다시 시각적 이미지로 변모한다. 시인이 창조하는 신선한 심상은 통상적 감각과 지각을 거부한다. 한 예로 같은 개울물의 일종인 '여울'을 보는 놀라운 또 다른 시각을 보자. 시인은 "저 어려서 명랑한 허리"(「과욕」)를 한 발(髮) 걸어두고 눈, 귀, 입 헹구며 살고 싶다고 노래한다. 시인은 '여울의 허리'까지 꿰뚫어 보고 있다. 여울은 바닥이 얕고 폭이 좁아 물살이 빠른 곳이다. 여울은 모이고 모여 하류의 강이 된다. '어리다'는 말은 맞다. 또한 빠른 물살로 하류에 비해 그 흐름이 요란하다. '명랑하다'는 말도 적확하다. 시인은 그 여울 한가운데 '허리'를 걷어와 마음을 헹구고 싶어 한다. 얼마나 새롭고 명징한 심상인가. 아무렴, 대단한 솜씨다.

시집 첫 번째로 배치된 작품 이름이 「아무렴」이다. 시인의 의도가 있었을 것이고 그만큼 특별한 의미 또한 내재되어 있는 작품이 될 것이다.

봄이 온다/ '아무렴'/ 꽃이 진다/ '아무렴'// 외할머니는 사시사철 바다 향해/ 의자를 내놓고 앉아 계셨지/ 온종일 '아무렴' '아무렴' 중얼거리며/ 바다를 바라보고 계셨지// 신열이 펄펄 끓던 밤에도/ 아무 일 없다는 듯 내 이마를 짚으며 '아무렴' '아무렴'만 하셨지// 몸도 마음도 너무 아파 운신조차 어려울 때/ 누군가 차려 내오는 따뜻한 마음처럼/ 당신이 건네준/ '아무렴'// 이젠 내게도/ 아무렇지도 않게/ 아무렇지도 않게 꽃이 지지//

'아무렴'// 나도 바다를 향해/ 의자 하나 내놓았거든// 물고기 잡으러 간
외삼촌이/ 자신이 던진 그물에 걸려 돌아온 바다

– 「아무렴」 전문

앞서 작품을 읽으며 잠깐 언급했듯 '아무렴'이란 말은 '말할 나위도
없이 그렇다'는 뜻을 가진 감탄사이다. 이 작품에는 제목까지 해서 무
려 아홉 차례나 '아무렴'이란 말이 반복하여 견인되고 있다. 게다가
"아무 일 없다는 듯"과, 두 번 반복되는 "아무렇지도 않게"와 같이 어
떤 사물 따위를 특별히 정하지 않고 이를 때 쓰는 말인 '아무'라는 동
음어까지 합치면 이 길지도 않은 작품에는 '아무'가 12회나 사용되고
있다. 아무래도 '시인의 의도가 있었을 것'이라는 앞의 내 말은 타당한
것 같다.

봄이 되면 꽃이 피고 진다. "아무렴" 당연한 일이다. 그런데 "외할머
니는 사시사철 바다 향해/ 의자를 내놓고 앉아" 그것도 종일 "아무렴"
을 중얼대며 "바다를 바라보고" 계셨다. 이것은 당연한 일이 아니다.
더구나 화자가 신열로 아파하던 밤에도 "아무 일 없다는 듯" 이마를 짚
으며 "아무렴"만 하셨다. 객관적으로 볼 때 이런 외할머니 모습에는
문제가 있어 보인다. 특히 '정신적인 문제'가 있는 것으로 여겨진다.
그럼에도 화자는 심신이 아파 어려울 때 "누군가 차려 내오는 따뜻한
마음"처럼 할머니가 건네주는 "아무렴"을 들으며 지내왔다.

이 작품의 서사 진행에는 큰 반전이 있다. 마침내 화자 자신도 "아
무렇지도 않게" "바다를 향해/ 의자 하나" 내놓고 말았다. 즉 외할머니

를 닮아 버리게 된 것이다. 화자는 마지막 연에서 할머니가 바라보던, 지금은 자신도 바라보고 있는 '바다'에 대해 간결한 진술을 하며 작품을 마감한다.

그 바다는 "물고기 잡으러 간 외삼촌이/ 자신이 던진 그물에 걸려 돌아온 바다"이다. 독자는 순간 가벼운 충격에 빠진다. 아무렴, 그렇지 그렇고말고! 할머니가 왜 종일 바다를 바라보고 계셨는지, 왜 정신적 문제가 있는 사람처럼 '아무렴'을 중얼거리고 계셨는지 그 이유가 환히 드러난다. 그 바다는 바로 '자기 아들이 죽어 돌아온 바다'였던 것이다. 코끝이 찡해진다.

아들을 먼저 보낸다는 것은 얼마나 기막히고 비통한 일이 될 것인가. 그러나 할머니는 회자정리의 이치를 받아드린다. 봄꽃이 피고 지는 것은 당연한 일이다. 만났다 헤어지는 일도 사람이 살다 죽는 것처럼 당연한 일이다. '아무렴'이란 말은 당연히 그렇다는 뜻으로 '긍정'의 발화다. 그리하여 할머니는 스스로를 위로라도 하듯 '아무렴'이란 긍정의 말을 반복하게 되는 것이 아닌가. 또한 할머니의 딸인 화자도 '아무렴'이라는 발화를 어머니가 건네주는 "따뜻한 마음"으로 받아드리고 결국은 자신도 "바다를 향해" 의자를 내놓고 있는 것이 아닌가. 긍정의 힘은 어떤 무엇도 이겨낼 수 있을 정도로 강하다.

이 작품의 백미는 마지막 연의 바다에 대한 짧은 진술이다. 그 바다는 한 마디로 '외삼촌을 죽게 한 바다'이다. 자칫 격정적이거나 감상적으로 빠지기 쉬운 대목이다. 그랬더라면 과도한 정서 분출로 소위 신파조가 되어 감동은 희석되어버렸을 것이다. 그러나 그 바다가 어떤 바다인가를 우리가 알았을 때 작품은 끝이 나고 만다. 더 이상의 감정 표출은 없다. 그래서 오히려 그 바다를 사시사철 바라보던 할머니의 심정이 그대로 가슴에 치고 들어오고 우리의 코끝은 절로 찡해진다.

작품을 읽고 난 후 코가 찡하고, 가슴이 뭉클해지고, 입가에 미소가 맺힌다면 그 작품은 성공한 것이다. 그런 반응은 '감동'에서 유발되는 것이기 때문이다. 윤이산의 글은 쉽고 편안하다. 윗글도 옆 사람에게 한 사연을 나직한 목소리로 들려주고 있는 것 같다. 그러나 독자의 강한 정서적 반응을 일으키는 장처를 지니고 있다. 그런 작품이—특히 결미 부분에서—수두룩하다. 내쳐 하나 더 읽자.

> 파도가 일었다/ 파도가 갈앉고/ 파도가 일었다/ 파도가 갈앉고/ 파도가 일었다/ 파도가 갈앉고// 일었다 갈앉는/ 파도가 있다가// 석양녘엔/ 바다가 되어버린/ 나만 있었다// 하루 종일/ 갯바위에 앉아/ 1.5호 목줄 끝에/ 나를 미끼로 던져 넣고는/ 내가 걸려들고 만 것이다// 노련한 한 수,// 오랜/ 조력(釣歷)이 있었다
>
> −「조력」전문

첫 연의 "파도가 일었다/ 파도가 갈앉고"라는 문장의 연속적 반복은 우리를 놀라게 한다. 둘째 연의 "일었다 갈앉는/ 파도"도 같은 물결의 모습으로 마찬가지다. 왜 작품의 절반이나 같은 말을 반복하고 있는 것인가. 다음 연에 가서야 시인의 의도를 알고 무릎을 친다. 하얀 포말로 부서지는 푸른 파도의 끊임없는 반복은 '시간의 흐름'을 만든다. 따라서 하루는 벌써 "석양녘"되었고 "종일 갯바위에 앉아" 낚싯줄을 던

지던 화자는 자신이 "바다가 되어"버렸음을 알게 된다. 결국 바다에 "나를 미끼로 던져 넣고는/ 내가 걸려들고 만 것이다"

화자는 이를 "노련한 한 수"라고 한 연을 할애하며 단언한다. 어떻게 해서 그런 수를 두게 된 것인가. "오랜/ 조력(釣歷)이 있었다" 이것이 그 답이자 마지막 연 전체다.

저녁나절 '바다가 되어버린/ 나'을 발견했다는 것은 "하루 종일" 한 자리를 지키고 있었다는 말이다. 고기가 안 잡히면 자리를 뜨거나 옮기게 마련이다. 그러나 화자는 결국 앉아 있던 자리에서 바다와 동일체가 되고 만다. 이것이 "노련한 한 수"가 되는 것이고 이는 "오랜 조력"이 있어야 가능한 일이다. 화자가 자신의 낚시 경력을 자랑하는 것은 결코 아니다. 그만큼 오랫동안 바다와 가까이 지냈다는 말이고, 그만큼 바다를, 자연 그대로의 바다를 순정하게 사랑하고 있다는 말에 다름 아니다. 가슴이 뭉클해진다.

이런 시인의 순정한 마음은 「그 바다에 다시, 서다」와 같은 작품에서도 여실하다. 아버지가 고등어를 들고 오시면 "통째로 걷어 온 바다로 온 집안이 출렁거렸다" 강한 심상이다. 시인은 "물결을 떼어내" 씹으며 "언젠가는 바다를 통째로 삼켜버리리라" 다짐한다. 세월이 흘러 시인이 "그물을 들고" 바다에 나갔을 때 "누군가가 이미 가두리"를 해놓았다. 수평선이 "목을 조여"오는 느낌이다. 시인은 이에 대한 자신의 행동을 보여주며 시를 끝낸다. "그물을 버리고/ 왈칵, 온 바다를 들이켜기 시작했다" 일체의 감정이 배제된 한 문장일 뿐이다.

가두리는 그물을 바다에 치고 그 안에서 물고기를 키우는 것이다.

당연히 물고기의 행동반경은 제약되고 따라서 유영의 자유도 박탈된다. 시인이 보여주는 행동은 우선 '그물'을 버리는 것이다. 그리고 원래 있는 그대로의 바다를 들이키는 것이다. 여기서 '들이키다'는 것은 바다를 맘껏 호흡하고 즐긴다는 말의 비유가 된다. 물고기 잡으러 그물을 가지고 나섰지만, 그 그물을 버리는 시인의 역설적 행동이 독자의 입가에 절로 미소를 짓게 만든다. 그렇다면 역시 성공한 시다.

우연인지는 몰라도 앞의 세 작품은 직간접적으로 연관 관계에 있다. 「물소리를 쬐다」에서 화자의 '아무렴'이란 발화는 '바다'를 보며 할머니가 중얼대는 「아무렴」과 연계되고, 이 '바다'는 갯바위 낚시의 「조력」과 직접 연계된다. 그렇게 읽다 보니 지면 관계상 다른 작품들은 손도 대지 못했다. 특히 인용된 작품을 오히려 평범하게 보이게 하며 그 광휘로 눈을 크게 뜨게 만드는 「칼맛」「여근곡」「구름의 방」 등을 다루지 못해 아쉽다.

이런 대단한 시인이 왜 이제야 등장했는지 모르겠다. 좋은 글은 앞으로 계속될 것이다. 아무렴!

4부

통점에서 아프게 피어나는 꽃

비 뿌리는 야구장

― 김요아킴의 『왼손잡이 투수』

문학에 견인되어 사용되는 언어는 직업, 취미, 세대, 지역, 유행 등에 따라 다양하게 분화된다. 심지어 특정한 날짜와 시간에 따라서도 언어는 그때그때의 목적에 따라 다른 악센트로 화자의 의도에 봉사하게 된다. 그런데 그 생성과정이야 어떠하든 이런 언어들은 특정한 세계관을 의도하고 강조하고자 하는 것이며 이는 한 개인의 구체적 세계관의 표현이기도 하다.

그는 늘 훔친다/ 아니, 훔치기 위해 늘 읽는다/ 바람을 만지작거리며/ 스파이크로 흙을 달랜 뒤/ 보이는 모든 것을 집요히/ 읽어 내린다/ 등을 보인 투수의 눈빛에/ 자신은 절대 읽히지 않으면서/ 자본의 생리에 더욱 충실하게/ 그를 붙잡을 명분이 채 송구되기도 전/ 안락한 홈을 얻기 위해/ 너끈히 다음 베이스를 훔친다/ 보이는 모든 것에 혹함이 없는 나이/ 늘 남에게 들키기만 하는, 위태로운/ 다음 타석의 나는 결코 그를 따라잡을 수

없는/ 지금 지독한 난독증을 앓고 있는 중이다

—「훔쳐야 사는 남자」 전문

위의 인용문은 시집 『왼손잡이 투수』의 첫 번째 작품으로 야구경기에서의 '도루' 상황을 생생히 묘사하고 있다. 도루는 '훔치는' 것이고 훔치기 위해서는 상황을 완벽하게 '읽어야' 한다. "바람을 만지작거리며/ 스파이크로 흙을 달랜"다는 표현에서 긴박한 상황의 팽팽함이 묻어난다. 특히 스파이크로 흙을 달랜다는 말은 투우장에서 공격 직전의 황소가 뒷발로 흙을 밀어내는 것을 연상시키며 독자를 긴장감으로 몰아넣는다. 그런데 주자는 모든 상황을 '읽어야'하지만 자신은 절대 '읽히지' 않아야한다. 모순이 발생한다.

자신은 '치고 달리고' 상대방은 '못 치고 못 달리게' 해야 하는 것이 야구의 법칙이다. 이것은 상대편에게도 똑같이 해당하는 법칙으로 우리의 인생살이와도 흡사하다. 인생의 목표를 향한 고투는 진행되는 '경기'와 같고, 이룬 자의 기쁨과 못 이룬 자의 좌절은 경기에서의 '승자와 패자'와 같다. 김요아킴은 바로 야구에서 우리 삶의 다양한 국면을 적확하게 연결 · 직시하고 성찰한다.

앞서 말한 바와 같이 언어의 분화는 여러 집단에 의해 이루어지지만 특히 김요아킴의 이번 시집에는 야구라는 스포츠를 애호하고 그 결과 직접 몸으로 뛰는 사회집단에 의해 사용되는 특수한 언어가 시에 무수하게 견인되고 있다. 인용된 시 한 편에서만 보더라도 투수, 송구, 홈, 베이스, 타석 등 야구용어가 등장하고 있다. 아니 시집 전체가 야구를 대상으로 하지 않는 것이 하나도 없다. 시 제목만 보아도 「히트 엔 런」 「스위트 스폿」 「병살타」 「그랜드 슬램」 「사이클 히트」 같은 전문용어가 수두룩하다. 유일무이한 야구 시집이다.

그런데 어느 한 가지의 소재만을 대상으로 많은 작품을 형상화하기는 아무래도 지난한 것이며 그렇게 하더라도 그 결과물은 소재의 한계로 빈약해지기 쉽다. 김요아킴은 이런 우려를 그야말로 '그랜드 슬램' 한 방으로 날려 버린다. 세 개의 베이스를 거쳐 홈으로 가는 인생길에는 별별 사람을 다 만난다. 별별 요상한 일도 다 생긴다. 김요아킴은 이런 인생길의 다양한 사건을 야구의 정교한 규칙과 대비시켜 독자들을 울고 웃게 하며 우리가 가야 할 지향점을 공명시키려 한다. 물론 그가 시인인 이상 자신의 작품에 심미적 장치를 만드는 것을 잊을 리 없다.

우익수 자리에 '강림'하신 친구가 있다. 그는 "방언처럼 야구 용어를 쏟아 내며/ 스스로를 신성시"하지만 '따르는 신도들'은 없다. "제단 위로 떠오른 평범한 볼"은 "전지전능한 입과는 달리" 아무런 '구원'이 되지 못했다. 결국 그는 "치고 달리는 것밖에 모르는" 화자에게 한 방 되게 얻어맞는다(「입 야구」). 여기서 김요아킴이 동원하는 시어를 보자, '강림' '방언' '신성' '전지전능' '구원' 등 성서에서 비롯한 의고적 언어가 잔뜩 하다. 대개 찬사에 붙여지는 이런 의례적 어휘의 의미규정은 그의 위선을 비꼬는 제2의 의미규정으로 중첩되며 독자들의 웃음을 야기한다. 우리는 시인이 겨냥하는 예술적 의도를 주목할 필요가 있다. 진실은 거짓의 제시에 수반되는 패러디적 악센트 속에 반향 된다. 즉 진실은 거짓을 부조리의 차원으로 환원하여 자신을 확보하지 자기 자신의 어휘를 추구하지 않는다. 말의 파토스에 연루됨으로 자신이 오염될까 두려워하는 것이다. 결국 우익에 강림하셨던 친구는 칠월 더부살이하는 놈이 주인 마누라 속곳 걱정한 꼴이 되어 버리고 우리는 웃음을 억제할 수 없다. 실상 자신의 주제를 모르는 이런 사람을 우리 인생길에 가끔 만나게 되는 것도 사실이 아닌가.

김요아킴은 「시인의 말」에서 "지금 비가 내린다."고 말문을 연다. 그는 자신의 시집을 "주말에 비가 올지 몰라 가슴 졸이는" 사회 야구인들과 야구를 사랑하는 이들에게 바친다고 말한다. 비가 오면 프로야구도 경기가 연기된다. 하다가도 중단된다. 그런데도 그가 '지금' 비가 내린다고 하는 것을 보며 우리는 생이 가지는 불가피한 근원적 슬픔을 느끼게 된다.

> 등 뒤엔 늘 비가 내린다// 닫힌 교문의 운동장으로/ 가을비가 둔탁한 소리를 내고 있다/ 잠시나마 햇살이/ 오지 않으리란 약속으로 반짝였기에/ 등 뒤의 아쉬움은 더 큰 비로 내렸다//(중략)// 등 뒤엔 늘 비가 있다/ 가을비 대신으로 마신 아침 막걸리가/ 시큼하게 목을 메이게 한다
>
> ─「등 뒤의 비」부분

가을비는 장인의 터럭 밑에서도 피한다는데 화자는 복도 없다. 더구나 "잠시나마 햇살이" 비친 뒤의 가을비라 더욱 그러하다. 그 좋아하는 야구 대신 아침부터 막걸리를 마실 수밖에 없다. 등 뒤에 뿌리는

빗소리를 들으며 마시는 막걸리의 시큼한 맛이 '목을 메이게' 한다. 삶의 여정에서 우리는 이런 비를 자주 만난다. 화자도 마찬가지다. '유월 광장'에서 '매운 연기를 뚫고' 날아가는 돌을 보던 날에 갈망의 비가 내렸다. '아무런 이유 없이' 첫사랑이 떠나던 봄밤에도 비가 뿌렸다. '첫 담임을 맡은 교단'에서 아이들과의 서먹한 분위기가 단체 기합으로 이어지던 날도 비가 내렸다. 슬픈 기억들이다. 시인의 야구에 대한 각별한 사랑은 구경하는 사람이 아니라 직접 뛰는 사회인 야구선수가 되게 하였다. 그러나 그 선수에게 주어지는 것은 무엇인가.

> 객석은 비어있다/ 단 한 푼의 출연료도 받지 않고도/ 내일이 되기 딱 두 시간 전/ 그저 이 자리에 불려진 것만으로도/ 황송한 열여덟 명의 긴 그림 자/ 다만, 그들을 기다리는 유일한 관객은/ 출출한 위장을 채워 줄/ 국밥 한 그릇과/ 한 잔의 소주뿐
>
> — 「그들만의 리그—야간 경기를 하다」 부분

어떠한 갈채도 한 푼의 수익도 없다. 밤늦은 그라운드에서 야구를 하는 것만으로도 황송할 따름이다. 경기가 끝났을 때 그들을 기다리는 유일한 관객은 "국밥 한 그릇과 한 잔의 소주뿐"이다. 우리가 '가고자 하는 곳'도 마찬가지다. 그곳은 '주어진 운'과 '만들어야 할 노동'이 행복하게 만나는 곳이던가(「스위트 스폿」). '상생의 번트'를 원했지만 '동반 자살'의 병살타가 되는 경우는 또 없었던가(「병살타」). '비 뿌리는 날'과 '텅 빈 객석'은 우리의 생과 중첩되며 '목을 메이게'한다.

위에서 시인이 독자들을 웃게 하기도, 목 메이게도 하는 두 가지 경우를 보았지만, 이 외에도 우리의 애환을 담은 수많은 생의 국면이 『왼손잡이 투수』에는 산재해 있다.

상상의 힘을 빌려 정서나 사상을 언어로 표현한 예술이 문학이라고 정의한다. 이 말은 표현대상은 정서나 사상이고 매체는 언어이며 이에 필요한 정신능력은 상상이라는 것이니 문학은 각박한 현실과는 크게 관련이 없어 보인다. 그러나 표현매체인 언어는 언제나 우리 현실의 삶과 깊이 얽혀 호흡을 함께한다. 또한 바로 그 언어는 기호와 의미를 결합하며 수많은 가치평가를 행사하고 자신의 이념을 창출하는 것이 사실이다.

첫 인용 시로 다시 돌아간다. 도루를 기도하는 주자는 모든 것을 '읽어내야'하지만 자신은 절대 '읽히지' 않아야하는 모순의 상황에 처한다. 김요아킴은 이를 '자본의 생리'라 부른다. 돈 쓰는 사람이 없으면 돈 버는 사람은 없다. 속는 사람이 없으면 속이는 사람도 없다. 야구의 도루 상황의 언어는 한 방향의 이데올로기를 가리키기 시작한다. 그런데 시인은 '자본의 생리'에 어둡다. "늘 남에게 들키기만 하는" 위태로운 존재다. 따라서 "안락한 홈"을 훔칠 수 없는 그의 등 뒤에 쓸쓸한 비가 뿌리는 것은 당연하다. 그래도 천지가 오른손잡이인 이 세상에서 시인은 왼손잡이를 동경한다.

살아오면서 늘 왼손잡이가/ 부러웠다/ 세상이 길들여 온 자리/ 항상,/ 당연히,/ 으레, 그러함으로 주어진/ 편안함을 뿌리며/ 매캐한 하늘을 향해/ 완만한 곡선을 그리는, 돌을/ 집어든 그 왼손잡이 선배가/ 부러웠다/ 늘 내가 쏘아 올린 돌은 더 멀리 날아갔지만/ 그 초라함은 언제나/ 인코스 낮게 무릎 쪽으로 파고드는/ 공처럼 꽂히곤 하였다/ 여전히 속수무책으로/ 방망이를 들고 선 지금/ 굳어져 버린 스윙 자세를/ 이제 고쳐야 할 때가 된 모양이다

— 「왼손잡이 투수」 부분

위의 시에서 왼손잡이가 던진 "매캐한 하늘을 향해" 나는 "돌"과 자신이 던진 "무릎 쪽으로 파고드는" "공"은 대척점에 선다. 시인은 선배의 '돌'에 비해 자신의 '공'이 초라하다고 자괴하고 있다. 여기서 굳이 '매캐한 하늘'과 돌에 대해 설명을 하는 것은 부질없다. '돌'과 '공'은 중첩되며 '야구장'은 '민주화 투쟁의 장'과 의미를 공유하고 있는 것이다.

예술이 외부의 사회적 상황에 조건 지워져서는 안 된다는 '예술의 자율성'이 주장되기도 한다. 하지만 이런 사고도 실상은 근대화의 역사적 산물로 하나의 사회적 현상이다. 물론 문학이 현실의 '모방'이라는 오랜 전통적 사고도 있지만, 이때의 '모방'은 '현실의 겉모습'이 아니라 '현실 속의 진리'를 들어낸다는 말이다. 김요아킴은 이런 사실을 직시한다. 많은 시편에서—야구를 말하고 있지만—그는 객관적 사회 현상을 비판적 안목으로 지적하고 자신의 세계관과 이념적 좌표, 즉 현실 속의 진리를 확인하고자 고뇌하고 있다. 그래서 그의 글은 싱싱하다. 소금에 곰팡이가 생길 수 없는 것은 확실하다.

이미 기억하기 좋은 특이한 이름인데도 나는 이 글에서 의도적으로 김요아킴을 많이 거명했다. 그의 시와 이름이 널리 회자되기 바라는 뜻이 있을 터이다.

통점에서 아프게 피어나는 꽃

— 이희섭의 『스타카토』

이희섭 시인은 「취산」에서 스스로 "나는 해발 176cm"의 산이라는 의외의 발언으로 독자들을 신기성의 세계로 당장 이끌어 간다. 그러나 '키'를 가리키는 이 발언은 자기를 내세우는 것과는 거리가 멀다. 바로 이어 "한 평도 안 되는 땅을 딛고 간신히 산으로 서있다"며 시인은 존재론적 결핍을 토로하고 있다. 그럼에도 자신이 '해발 176cm의 산'이라는 발언은 독자를 심미적으로 압도하는 효과를 창출하고, 시적 성취의 수월성을 즉시 가늠하게 한다.

상처 없는 영혼이 어디 있으랴. 인간은 누구나 상처의 아픔에 힘들어 한다. 상처는 '통증'과 '고통'을 동반한다. '상처'가 난 곳이 바로 '통점'이 되는 것이며 그곳에 '흉터'가 남는다. 그리고 흉터는 지워지지 않는 흠집으로 시인의 삶에 깊이 각인된다. 그러나 몸이 기억하는 상처의 아픔은 시인에게 '치유의 의식'인 듯 끝없이 시를 깎게 한다. 이희섭은 상처의 기억을 미적 성취도 높게 형상화하고 있다.

음식 속으로 수많은 칼자국이 박힌다/ 칼자국은 혈관을 돌며/ 몸속에서/ 골격과 근육을 키워낸다/ 손과 얼굴, 사상도 만든다// 나는 무수한 칼자국을 삼키며 자라왔다/ 어머니의 칼날이 유년의 배고픔을 씻어냈고/ 누나의 칼질이 사춘기의 격정을 도려냈다/ 그녀를 만난 이후로/ 나는 그녀의 도마 위에 오른 칼맛에 길들었다// 오래도록 칼자루를 쥔 사람들이 나를 사육해왔다/ 혀끝에 비릿한 칼 내음/ 칼맛에 나는 오장육부를 베인다// 잘리는 살점들의 날카로운 비명이 없다면/ 단면으로 베어 들어가는 칼의 맛을/ 어찌 알겠는가/ 상처가 맛을 내는 것이다

- 「칼의 맛」 전문

"음식 속"의 "수많은 칼자국"이 바로 그 음식의 "맛을 내는 것이다" 칼자국은 바로 상처에 다름없다. 그것은 "혈관을 돌며" "골격과 근육을 키워"내고 "손과 얼굴, 사상도 만"들어 냈다. 이는 몸이 기억하는 상처의 아픔이 바로 시인의 예술창작에 원력으로 작동하고 있었음을 의미한다. 시인은 최근에 발표한 「시작노트」(『시문학』, 5월호)에서 자신의 시 저변에 깔려있는 의식은 '유년의 기억'으로부터 출발했으며 그 출발점은 '그믐달 같은 상처'로부터 시작되었다고 말한다. 이런 사실은 "나는 무수한 칼자국을 삼키며 자라"왔고 "어머니의 칼날이" "배고픔을 씻어냈고" "누나의 칼질"이 "사춘기의 격정을 도려냈다"는 말에서 여실히 드러난다.

어머니와 누나가 아닌 다른 사람을 만난 이후에도 화자는 "그녀의 도마 위에 오른 칼맛에 길들"어진다. 화자는 지금도 칼에 "오장육부를

베"이면서도 "잘리는 살점들의 날카로운 비명이 없다면" "칼의 맛을 어찌 알겠는가"하고 묻고 있다. 이는 유년시절부터 오랫동안 몸에 간직되어 오고 있는 '심리적 외상(外傷-trauma)'이 선명한 이미지로 시인의 예술에 그대로 반영되고 있음을 의미한다.

상추를 많이 먹어보았지만 나는 그 꽃을 본 적이 없다. 그러나 「상추」는 "몸속에 문신"처럼 꽃을 숨기고 있기 때문에 쉽게 보이지 않는다는 것을 시인은 잘 알고 있다. 숨겨 "간직한다는 것"은 '외로운 고통'이다. 인간들이 상추를 뜯을 때 마다 "송두리째 뽑히지 않도록" "상처 난 자리에 서둘러 푸른 세포들을 채웠"다는 구절은 절창이다. "누군가의 촉각"은 바로 인간이 자신을 뜯기 위해, 즉 상처를 주려 다가오는 촉각이다. 그리하여 "아무도 뜯어가지 않을 무렵"에서야 마침내 그 아픔의 "통점에서" 노란 꽃대를 밀어 올리는 것이다.

"통증에 뿌리를 박고" 수액을 끌어 올려 피는 꽃은 "늘 뒤꼍에 피어" 있다. 이는 바로 숨겨 감추어져 "쉽사리 들키지 않는 꽃"(「통증의 뿌리」)이 된다. 지워지지 않는 흉터는 몸 깊은 곳에 새겨진 문신처럼 타인의 눈에 쉽게 띄지 않지만 오랜 아픔으로 사람의 마음속에 각인되어 존속되는 것이다.

시인에게 "누군가의 행운"이 되는 네 잎 클로버는 "씨앗에 난 상처를 감추기 위해" "초록의 피를" 밀어 올려 "잎 하나 더 만든" 것이다. 그것은 "마음의 굳은살"이나 마찬가지다. 따라서 시인은 "차라리 그 이파리"를 "떼어내고 싶"은 것이다.(「지독한 행운」) 시인은 상처의 아픔에 울지 않고, 슬퍼서 오히려 아름다운 영혼의 목소리로 노래 부른다.

꿈결같이 황홀한 사랑도 이희섭에게 다가서면 비극의 냄새가 짙게 풍긴다. 치명적인 처연함과 운명적인 격정이 그의 사랑에는 무겁게 배어든다.

세상에서 가장 강한 독은 중독이다 너라는 독을 받아드린 후 눈이 멀었다 치사량에 가까운 너를 들이마신 후 너라는 섬광으로 눈이 멀었다 온몸으로 퍼져버린 너는 나의 혈관을 뜨겁게 하고 눈먼 동공 속에서 너의 눈으로만 세상을 바라본다 심장을 관장하는 여신이 되어 보이지 않는 나를 길들이고 있다 끝인 줄 알면서도 그 끝을 향해 달려가는 이 정체 모를 세계는 어디인가 치명적인 독을 숨긴 너와 마주하고 있다 아니 오히려 그 독이 아니면 살아갈 수 없다 투구꽃을 먹으면 심장이 강해진다는데 투구꽃을 송두리째 뽑아먹고 너와 나 죽을 때까지 사랑 한 번 해볼까// 아름다운 독/ 부작용으로 너를 호흡하기 시작한다

―「파르마콘」 전문

시제 「파르마콘(pharmakon)」은 '약'과 '독' 모두를 의미하는 그리스어로 그야말로 패러독스적인 말이 아닐 수 없다. 화자는 '너'라는 사랑의 독을 "치사량"에 가깝게 "들이마신 후" 그 "섬광으로 눈이 멀었다" 따라서 "눈먼 동공 속에서" "너의 눈으로만 세상을 바라" 볼 수밖에 없다. 시의 초두부터 격정적으로 타오르는 사랑의 불길이 무섭다.

이 사랑의 독은 '먹으면 죽는 독'이다. 그러나 역설적으로 화자는 "그 독이 아니면 살아갈 수"없다. 매서운 아이러니가 번뜩인다. 이미

독의 "부작용으로" 눈이 멀었지만 그래도 화자는 "심장이 강해진다는" "투구꽃을 송두리째 뽑아먹고" "죽을 때까지" '너'를 사랑하려한다. '사랑에 눈먼' 화자는 사랑인 '너'를 호흡할 뿐이다. 시인이 노래하는 이 사랑의 독은 치명적이지만 참으로 아름다운 독이다.

상추꽃보다도 더 상처가 깊은, 투구꽃보다도 좀 더 애절한 슬픈 꽃이 하나 있다.

　　그녀는 헛꽃이었다/ 화사하게 피어있는 허방의 꽃 꽃잎 열고 바람을 기다린다 짙푸른 이파리 위로 멍울멍울 피워올린 하얀 꽃들 꽃잎이 늘어날수록 수심은 더 커져만 간다// 꽃씨 하나 품는 게 소원이었다/ 어둠 속에서 바라보는 바깥세상이 눈에 아픈데 화관의 슬픈 목울대가 일렁인다 적셔도 적셔도 젖지 않는 방 나비는 헛걸음만 하고 나간다 혼자서 기른 상상의 열매를 허공에 매단다

　　　　　　　　　　　　　　　　　　　－「옐로우 하우스 －불두화」 전문

"짙푸른 이파리 위로" "멍울멍울" "화사하게 피어있는" "하얀 꽃들" 은 실상 "헛꽃"이고 "허방의 꽃"이었다. 꽃은 생명의 결실인 "꽃씨 하나 품는 게 소원이었다" 그러나 그녀의 방은 "적셔도 적셔도 젖지 않는 방"으로 나비가 찾아와도 씨를 만들지 못하고 "헛걸음만 하고" 나갈 뿐이다. 제목 '옐로우 하우스'는 창가(娼家)의 다른 이름이다. 이곳에서 몸을 파는 여인은 "꽃잎 열고 바람을" 기다리지만, 그리하여 나비가 찾아 들기도 하지만 '젖지 않는 방'은 씨를 만들어 낼 수 없다. 옐로우 하우스의 "어둠 속에서 바라보는 바깥세상"은 눈이 아프게 환하다. '어

둠 속의 방'과 '환한 바깥세상'이 극명히 대비된다.

"혼자서 기른 상상의 열매"는 실체가 아니다. 그리하여 "화관의 슬픈 목울대가 일렁인다" '목울대'는 울음소리를 내는 곳이 될 터이다. 그녀는 울고 있는 것이다! "꽃망울 하나 터트릴 때 마다/ 제 몸 속 물기를 말려"가던 「무꽃」처럼 슬프다.

이희섭의 시에는 짙은 페이소스가 깔려 있다. 그러면서도 산다는 것에 대한 시인의 성찰은 자신과, 자신처럼 상처 입은 사람들의 어깨를 도닥거리는 사랑의 힘이 있다.

시인의 의견에 동의한다. 투구꽃 송두리째 뽑아 먹고 진한 사랑 한 번 해볼 일이다.

살아 있으니 살아야 하는 오늘
— 최준의 『칸트의 산책로』

표지를 보니 책 이름이 『칸트의 산책로』다. 평소 서양 인명·지명을 글에 동원하는 것에 거부감을 느끼고 있던 나는 왜 하필 시집 제목에서부터 우리 말, 우리 이름 다 놔두고 '칸트 선생'을 등장시키는지 약간 못마땅해하며 표지를 넘긴다.

「시인의 말」에서 시인은 "살아 있으니 살아야 하는 오늘"이 있다고 말한다. 그렇다면 '살 수 있었기에' '살아야만 했던' 어제도 있을 것이고, 또한 '살아 있다면' 다시 '살아야만 하는' 내일도 있을 것이다. 시인은 어제, 오늘, 내일의 시간 사이에는 "늘 어둠이 도사리고" 있고 그 "시간이 늘 버겁다"고 '말하고 있다. 낙천적인 시간관과는 한참 거리가 있다. 시인은 같은 글에서 "시간이라는 게 대체 무엇인가?" 묻고, "누구도 정의하지 못한 시간"을 버티며 "고단한 삶을 함께한 이들"을 위해 글을 쓴다며 시집의 발간 목적을 분명히 하고 있다. 그렇다면 시집 내용의 주제는 '시간'과 인간의 '삶'이 될 것이다. 만만치 않은 결기가 느껴진다.

페이지를 넘기자 제목도 거창한 첫 번째 작품 「시간의 물리학」이 등
장한다. 물리학은 물질의 성질과 현상·구조 따위를 연구하고 그 사이
의 관계·법칙을 밝히는 자연 과학이다. 쉽게 말하자면 '모든 사물의
이치'를 고구하는 학문이다. 그렇다면 이 제목은 시간이란 무엇인지
그 이치, 즉 그 현상과 법칙을 따지겠다는 말이다. 「시인의 말」에서부
터 '시간'이란 관념·철학적 화두를 끄집어내더니 이번에는 그것에 대
한 '물리학'이다. 머리를 싸매야 할 것 같은 느낌이 스친다.

물에 젖는 속도로 옷이 마른다면/ 펭귄들은 더 이상 태양이 필요 없겠
지// 세상 뒷길을 떠돌다 마음 젖었네// 한 번 젖으니 다시 마르지 않네
　　　　　　　　　　　　　　　　　　　　　－「시간의 물리학」 전문

의외로 작품 내용은 어렵지 않다. 옷은 물에 순식간에 젖는다. 같은
속도로 옷이 마른다면 걱정할 게 없다. 극지의 펭귄도 몸을 말리기 위
해 태양을 기다릴 필요가 없다. 펭귄의 비유는 약간 파격적이기도 하
지만 '젖는 속도의 빠름'과 '마르는 속도의 느림'을 진술하는 첫 연의
문장은 옳은 말이다. 다음 연에서부터는 화자의 '경험'이 토로된다. 화
자는 "뒷길을 떠돌다" 마음이 젖고 말았다. '과거'의 시간에 벌어진 일
이다. 그런데 그렇게 "한 번 젖으니 다시 마르지"를 않는다. 오늘 '현
재'의 시간에도 말이다. 마음이 젖었다는 말은 마음에 상처를 입었다
는 말이나 마찬가지다. 그 상처는 아마도 '미래' 시간인 내일에도 계속

될 것이다.

시제 「시간의 물리학」과 책 제목 『칸트의 산책로』와의 연관성을 생각해본다. 갑자기 뒤통수를 세게 얻어맞는 기분이다. 책 이름에 '칸트'가 견인되어 약간 못마땅했었다는 이 글 초입의 내 발언은 취소해야 마땅하다. 『칸트의 산책로』는 시인의 면밀한 기획과 세심한 배려의 결과 얻어진 제목이라는 것과 「시간의 물리학」과도 긴밀한 관련이 있음을 알아차렸기 때문이다.

칸트에게 있어서 시간이라는 것은 어떤 정의를 내릴 수 있는 것이 아니라 이미 알려진 다양한 정의들을 단지 구명(究明)하는 것이 가능할 뿐이다. 그는 『순수이성비판』에서 시간이란 사물 '자체의 형식'이 아니라 사물의 '파악방식의 형식'이라는 점을 주장하며 시간의 '선험성'을 강조한다. 그리고 시간의 '선험적 판단'은 거기에 내재하고 있는 '일반 운동학'을 가능하게 하는 것이어야 한다고 주장한다. 즉 그의 시간론은 '물리학'을 일반적으로 가능하게 하는 것이어야만 한다는 입장이다. 그렇다면 '칸트'와 '시간의 물리학'은 손을 붙잡고 있다. 시인은 이를 꿰뚫어 보고 있었고 이에 근거하여 시제를 결정한 것이다.

문학은 우리 생애를 통해 만나게 되는 가치 있는 경험 그 자체이다. 그러나 시인은 그 경험을 체계적·논리적으로 설명하지 않는다. 만약 그렇게 한다면 그것은 문학이 아니라 그야말로 골치 아픈 '철학'이다. 그러나 '젖은 마음이 다시 마르지 않는 아픔'을 화자의 경험을 통해 자연스럽게 공유한다면 우리는 일상에 대한 자신의 통상적 인식에 어렵지 않게 의문을 갖고 성찰하는 계기로 삼을 수 있다. 이에 대해서는 다음 작품을 독서하며 다시 논의하기로 하자.

　　이제 막 터널을 빠져나온 바퀴처럼// 죽기 전에 가야만 할 데가 있는 것
처럼// 천둥치는 날 우산 쓰고 실연의 강둑을 걸었던 기억처럼// 오직 내
게만 남아있는 얼룩말의 옆구리 무늬처럼// 아버지 생전으로 되돌아가시
고// 아우가 먼저 가고// 그런데 나, 아직 멀쩡히 살아 있는 것처럼// 살
아서 아픔의 힘으로 무언가 해야 할 거라도 있는 것처럼// 살아 있으니 살
아야 한다는 헛말이라도// 당신에게 건네고 싶은 것처럼

— 「미련」 전문

　　문학은 '언어미학적 형상화'로 된 텍스트를 그 존재의 본질로 하는
것이며 자신의 의미를 간접적인 '내포'의 방식으로 전한다. 우선 위 텍
스트의 '미학적' 측면을 검토해본다.
　　작품은 여러 개의 연으로 구성되어 있지만 각 연의 종지형은 의외
로 '~처럼'이란 동일한 부사격 조사로만 마감되고 있다. 따라서 작품
전체가 완전한 하나의 문장을 이루지도 못하고 있다. 제대로 된 문장
이 되려면 '~처럼' 다음에는 '무엇이' '무엇을' '무엇 한다'와 같은 형식
이 되어야 한다. 그러나 작품은 주어도, 목적어도, 행위를 나타내는 동
사도 없다. 체언 뒤에 붙어 '문장 시작'을 가리키는 '~처럼'이란 조사가
오히려 '문장 마감'의 기능을 하며 반복되고 있을 뿐이다. 허나 이러한
특별한 문장구조는 작품의 미학적 형상화에 결정적 역할을 하고 있다.
　　한마디로 시는 '소리와 의미의 유기적 결합'이라고 말할 수 있다. 그

만큼 시에 있어서 소리의 음악성은 내용에 못지않게 중요하다. 음악성은 그 자체로 우리에게 즐거움을 주는 동시에 화자의 정서를 한층 배가시키고 그것을 효과적으로 드러내는 역할을 수행한다. 시인은 이런 시의 음악성을 위해 문장과 작품 전체에 '리듬'을 싣는 방법을 찾는다. 리듬은 규칙적인 반복에서 발생한다. 바로 '처럼'이란 동일한 종지형의 반복은 작품에 완벽한 리듬을 창출해 내고 있다.

작품에는 생을 살아가며 겪게 되는 여러 경우와 그 기억들이 서술된다. 터널을 막 "빠져나온 바퀴"처럼 느껴지기도 하고, 꼭 "가야만 할 데"가 있는 것 같기도 했다. "실연의 강둑을 걸었던 기억"도 남아있고, 얼룩말 "옆구리 무늬"가 내게만 남아있는 것처럼 생각될 때도 있었다. 화자뿐 아니라 대부분의 사람이 겪으며 살아가고 있지만 간과하고 지나치는 이런저런 일들이 작품 속에 일깨워지고 있다. '관념적 사유'가 내재된 구절들이라 할 수 있다. 그런데 주목할 점은 작품에는 어떠한 직설적 관념어도 눈에 띄지 않는다는 것이다. 시인은 이런 경우들을 '바퀴' '가야 할 곳' '강둑의 기억' '얼룩말 무늬' 등과 같은 평범한 일상의 어휘들로 표현하고 있을 뿐이다. 이는 작품 끝까지 마찬가지다. 이런 사실은 제목도 묵직한 앞 작품 「시간의 물리학」에서도 여실히 나타난다. 관념적 어휘는 전혀 없고 옷이 '젖고' '마르다'라는 얘기가 전부다. 우리는 여기에서 난해함과 생경함을 줄 수 있는 표현을 최대한 억제하려는 시인의 일관되고 치열한 시 창작 자세를 엿볼 수 있다. 개인적 경험을 소재로 한 일상의 소박하고 솔직한 언어들은 우리의 정서를 자극할 뿐 아니라 작품의 미학적 형상화에도 큰 역할을 수행하고 있다.

작품 제목이 「미련」이다. 이 말은 '미련이 남다'처럼 깨끗이 잊지 못하고 끌리는 데가 남아있는 마음을 의미한다. 동시에 '미련을 떨다'처럼 터무니없는 고집을 부릴 정도로 어리석고 둔한 것을 가리키기도 한다. 우리는 "죽기 전에 가야만 할 데가 있는 것처럼" 또는 "무언가 해야 할 거라도 있는 것처럼" 살아간다. 생에 대한 강한 '미련(未練)'에서 기인한 것이다. 그러나 어찌 보면 이는 '미련'한 생각이기도 하다. 시제 「미련」 또한 동음이어의 묘한 울림을 창출하며 '미학적' 효과를 배가시키고 있다.

시인이 말하고자 하는 의도는 작품의 후반부에 집중된다. 아버지가 "돌아가시고", 아우도 "먼저" 갔다. '과거'의 일이다. 그러나 화자 자신은 "아직 멀쩡히 살아"있다. '현재'의 일이다. 부모는 물론 동기까지 먼저 보낸 현재의 아픔이 크다. 그런데 이런 "아픔의 힘으로 무언가 해야 할 거라도 있는 것처럼" 살고 있다. 또한 현재의 일이다.

과거, 현재, 미래의 순서에 따라 '흐르는 시간'이 발생하고, 이에는 두 가지의 '흐르는 방법'이 상정된다. 첫째는 천지 창조에서 최후 심판 사이의 '직선적 시간' 흐름이다. 그 위에 우주의 모든 변화가 전개된다는 사유다. 기독교적 종말론에 입각한 논지다. 둘째는 '나선적 시간'의 흐름이다. 천체의 운행, 계절의 순환, 생물의 삶처럼 시간은 흘러도 계속 반복 · 순환된다는 논지로 '윤회'의 사고에서 비롯된 동양적 사유다.

그런데 내가 보고, 듣고, 느끼는 모든 외부의 세계는 오늘 '현재'의 것이다. 그것은 '과거'로 연결되며 또한 '미래'로도 연결된다. 그럼에도 실상 현재만이 '시간'으로서 우리에게 직접적으로 파악된다. 따라서 과거도 미래도 모두 현재를 위한 부수적 시간 양태라고 파악되고 이런 생각은 서구에서도 니체의 '영원한 현재'라는 개념으로서 등장하는 것이 아닌가. 시인의 시간에 대한 관념은 아무래도 동양적 사고인 후자에 위치하고 있는 것 같다.

「시인의 말」에서 시인은 "살아 있으니 살아야" 한다고 말한 바 있다. 이 말이 이 작품에서 그대로 반복되고 있음이 주목된다. 비록 '헛말'이 될지라도 '살아 있으니 살아야'하는 날은 바로 현재의 오늘이 아닌가.

'싸리'에 부여되는 새로운 의미와 가치
― 류인채의 『소리의 거처』

오월이면 아버지는 내 키보다 큰 싸리나무를 지고 산에서 내려오셨다/
보랏빛 꽃들이 누워 산등성이 한 쪽을 쓸며 언덕을 내려왔다/ 막 비질한
하늘로 꿩꿩 장끼가 날아올랐다/ 무지갯빛 꿩의 깃털이 바작에 사뿐 내려
앉았다/ 문득 청보라 빛 하늘이 열리고/ 아버지의 등 뒤로 햇살이 부챗살
처럼 퍼져나갔다// 아버지는 매일 하나님을 지고 오셨다

―「싸리꽃 지게」 전문

류인채의 시집 첫머리에 자리한 작품으로 그만큼 위 시는 시인의 내
면세계에서 어떤 특별한 의미와 가치를 부여받고 있을 터이다.

보랏빛 싸리꽃이 필 때면 화자의 아버지는 산에 올라 싸리나무 짐을
잔뜩 만들어 '산등성이를 쓸며' 내려오셨다. 그 아버지의 행동에 대한
시인의 통찰이 '쓸다'라는 감각적 언어로 표출된다. 물론 싸리는 다른
용도로도 쓰이지만 주로 빗자루로 묶여 마당을 '쓰는' 일을 수행한다.
무엇을 깨끗하게 쓰는 것은 같지만 놀랍게도 아버지의 싸리는 뜰 안

을 쓰는 게 아니라 '산등성이'를 쓴다. 이 순간 벌어지는 주변의 정경이 시인의 날카로운 시선에 포착된다. 아버지가 "막 비질한 하늘로" 장끼가 날고 "무지갯빛 깃털"이 지게에 내려앉는다. 그러자 문득 "하늘이 열리고" 아버지 "등 뒤로 햇살이 부챗살처럼 퍼져" 나간다. 하늘이 열린다는 것은 시원의 탄생과도 같은 웅장한 말로 독자를 압도한다. 햇살이 부챗살처럼 등 뒤로 퍼져나간다는 것은 숭엄한 아우라(aura)를 보는 것 같다. 예수나 부처 같은 성인의 뒤에나 이런 영광(靈光)이 생긴다. 즉 산을 쓸고 내려오는 아버지가 발하는 기운은 '신(神)적'인 것으로 고양된다. "문득"이란 부사어가 적확하게 위치하고 있다. 이런 경이로운 사실은 사전 준비나 연습에 의해서 발생한 것이 아니다. 아버지의 하산 과정에서 '문득' 즉 갑자기 벌어진 일이다. 이 불가항력적인 시구는 다음 연에 하느님이 등장하게 되는 강력한 논리적 배경이 된다.

둘째 연이자 시의 마지막 연은 아버지가 "하나님을 지고 오셨다"는 간단한 진술로 마감된다. 눈부신 아우라를 뒤에 지닌 아버지에 대한 진술이 계속될 것으로 독자는 예단할 수 있다. 그러나 시인은 이미 아버지의 행위를 하나님의 그것과 동격으로 위치시켰다. 그 이상 무슨 말을 더하랴. 깔끔한 마무리다.

시인의 아버지에 대한 애틋한 사랑은 다른 시편에도 산견된다. "허공의 집"은 "젊은 아버지의 조곤조곤한 목소리가 쌓여있는 곳"(「소리의 거처」)이다. '조곤조곤한 아버지의 목소리'는 누구에게나 공감이 되며 가슴 뭉클한 그리움으로 다가온다. 「이랴」 같은 시는 전적으로 아버지께 바치는 송가다. 그렇다고 해서 그의 위대한 업적과 공덕을 기리는 노래는 아니다. 싸리 일을 하던 아버지에게서 신성의 아우라를 보았지만 실상 싸리 일이라는 것은 평범한 농부의 일에 불과하다. 그나마 아버지는 "당최 농사엔 소질이 없는 양반"이었다. 황소를 '끌고' 오는 것이 아니라 "끌려"오던 분이다. "애당초 책상 앞에서 펜대나 굴려야 혔는디…" 소리를 듣던 분이다. "볼모루 윤씨는 쌀 몇 가마에 국민학교 선생이 되고/ 무랑골 조씨도 면서기 됐대유" 같은 어머니의 푸념을 듣던 분이다. 그러나 바로 그 면서기가 싸들고 온 서류뭉치에 "한자의 토를 달고 대필"을 해주던 분이다. 즉 그는 '농사짓는 지식인'이었던 것이다. 이랴! 소리도 제대로 못해 "소가 제멋대로" 가지만 그분이야말로 제대로 안빈낙도한 분이다. 따라서 그의 코고는 소리는 평화로울 수밖에 없다. "이랴, 소리보다 훨씬 크고 우렁찼다"

시인은 맛깔스런 충청도 방언과 지명을 사용하며 아버지께 사랑의 송가를 바치고 있다. 그만큼 더 절절하다.('혔는디, 됐대유'같은 말은 다 이해하고 인정하는 방언이다. 참고로 '모루'는 충청도에서 야산을 끼고 있는 작은 마을에 붙여지는 지명이다. 필자의 고향에도 '말모루, 민모루, 창모루' 같은 지명이 있었다.) 시인은 대단하지는 않았지만 자식에겐 누구보다 귀한 아버지의 삶을, 그 단면을 서정의 응축을 통해 토속적 정서로 확산시키고 있다. 나를 포함한 모든 독자는 이 시를 읽으며 아버지가 돌아가셨든 아니든 그분에 대한 사랑과 그리움에 '문득' 코끝이 싸해짐을 느낄 것이다.

이제 "아버지의 조곤조곤한 목소리"가 들려오는 「소리의 거처」로 가

보자.

> 아- 힘껏 소리를 내보낸다/ 바람을 타고 흩어지는 소리의 꼬리들이 허
> 공을 쓸고 간다/ 말끔하고 텅 빈, 하나/ 공중 어딘가에 꽉 들어찬 소리의
> 나라// 수많은 뼈가 흙이 되고 핏기 잃은 땅이 객토할 동안 허공은 투명한
> 소리의 뼈로 일가를 이루었을까/ 가끔은 비행기의 머리에 찢어진 굉음들,
> 빌딩 옥상으로 떨어진 소리의 비명도 있다// 허공의 집/ 어린 날의 어설픈
> 휘파람소리/ 그에게 들킨 수줍던 첫말/ 젊은 아버지의 조곤조곤한 목소리
> 가 쌓여있는 곳// 저 목련 나무의 희디흰 젖니도 모두 그곳에서 온 것일
> 까//(…)// 봄꽃에 매달린 소리가 한꺼번에 피고 진다
>
> -「소리의 거처」 부분

시집 표제작이다. 앞서의 시에서는 싸리나무 짐이 산등성이를 '쓸
고' 내려오더니 이번에는 소리의 꼬리들이 허공을 '쓸고' 간다. 허공은
말 자체가 아무것도 없는 텅 빈 곳을 의미한다. 그럼에도 시인은 소리
가 "꽉 들어찬" 곳이라고 궤변의 논리를 전개하는 것 같지만 실상 소리
는 확실히 존재하지만 어떠한 형상도 없이 투명하다. 소리의 존재감은
'비행기의 굉음'이 비명처럼 "빌딩 옥상으로 떨어"질 때 무서울 정도로
느껴진다. 그러나 그것은 어쩌다 "가끔" 있는 일이다. 아무래도 허공
의 집에는 "어린 날의 어설픈 휘파람소리"와 "그에게 들킨 수줍던 첫
말"과 "젊은 아버지의 조곤조곤한 목소리"가 쌓여있는 곳이다.

이 세 가지 소리는 절대로 귀에 거슬리는 소리가 아니다. 아니 세상
의 어떤 것보다도 아름다운 소리다. 아이의 서툰 휘파람소리는 얼마나

귀여운가. 수줍은 첫사랑을 고백하는 속삭임은 얼마나 듣기 좋은 소리인가. 아버지의 조곤조곤한 목소리는 얼마나 그리운 목소리인가. 시인은 「소리의 거처」에서 어떤 새의 노래보다도, 어떤 음악의 선율보다도 더 아름다운 소리를 발굴해냈다.

사람은 죽어 뼈는 흙이 되고 그 흙은 땅을 '객토(客土)'하여 기름진 토질로 재생성시킨다. "땅이 객토할 동안" 영혼은 허공에 "투명한 소리의 뼈"로 자리 잡는다. 그리고 그 허공의 소리는 계절의 순환에 맞물려 다시 이승의 꽃으로 피어난다. "목련 나무의 희디흰 젖니"가 바로 "그곳에서 온 것"이 아닌가. 그리하여 허공의 소리는 "봄꽃에 매달린 소리"가 되어 피고 지는 것이다. 시는 이렇게 끝이 난다. 이런 결미는 인간과 자연의 끝없는 소멸과 생성의 순환에 대한 깊은 사유가 응집되어 발화된 것이다.

시집 제목이 『소리의 거처』인 것처럼 '소리'는 시인의 중요한 화두다. 소래철교 둥근 교각에 나팔꽃이 피었다. 시인은 이를 "늙은 다리에 귀 하나 매달았다"고 인식한다. "먹먹하던 귀가 활짝 열"리고 '협궤열차'가 덜컹덜컹 달리는 소리는 물론 "기억 속, 흑백의 가난한 연인들"의 웃음소리도 듣는다. 당장 실재하는 소래포구 "어시장의 호객 소리"도 들려온다. 늙은 다리의 먹먹했던 귀는 이 자그만 '보랏빛 나팔꽃'을 통해 과거와 현재의 인간들이 연주하는 모든 삶의 교향악을 듣게 되는 것이다. 소리를 듣고 있는 "짭조름한 귓바퀴에 짧은 해가 쪼글쪼글 달라붙는다."(「다리의 귀」) 해 넘어가는 포구에 신산하지만 열심히 사는 사람들의 모습과 그 위 늙은 교각에 매달린 한 송이 나팔꽃을 보는 시인의 정겨운 눈이 예사롭지 않다.

시인은 세상의 시끄런 소리를 피해 "經을 읽겠다고 굽이굽이" 눈 쌓인 "산중에 든" 일이 있다. 그러나 심산유곡이라 해서 어찌 소리가 없을 것인가. 겨울나무를 흔들어대는 바람 소리가 있을 것이고 그 바람에 우는 문풍지 소리가 있을 것이다. 나직이 우는 새소리도 있을 것이고 얼음 아래 돌돌거리는 물소리도 있을 것이다. 소리는 자연의 존재 증명이다. 소리 없는 곳은 지상에 없다. 조용한 곳에서 경을 읽겠다는 것 자체가 무언가 깨우침을 얻고자하는 일종의 집착이자 망념이 아닌가. 어쩌면 그런 것들로부터의 구속에서 벗어난 진정한 자유와 해방이 깨우침이 아닌가. 시인은 여러 소리를 산 속에서 듣는다. "누군가 문고리를 스쳐가는 소리/ 북소리…종소리…"(『경을 읽다』) 마침내 시인은 죽비를 내려치며 일갈한다.

"경을 읽는 것이 경을 치는 일이라는 걸 몰랐다"

'물의 가면'을 벗고 잠수하고 싶은 마음
— 윤인미의 『물의 가면』

    윤인미의 시는 쉽지 않다. 시인은 시적 대상이 취한 외관이나 정경을 감각적으로 재현하거나 또는 거기에서 얻어진 정서를 서정적으로 고백하지 않는다. 대신 자신의 주관적 관념을 그 대상에 심미적으로 투사하는 방식을 취한다. 바로 그 사변적 사유를 따라잡기가 쉽지 않은 것이다. 시집 첫 번째 등장하는 작품부터 본다.

    여기 본질을 무시하는 침묵이 있다// 소리 없는 날갯짓// 침묵의 표정은 융통성이 없다// 저 솟대는 악착같이 본질에 집착한다// 능강 솟대공원의 나무기러기들, 침묵으로 나무의 기억을 뛰어 넘는다// 본질은 그 고유의 성질만큼 침묵을 원한다// 날 수 없는 현실이 팽배하다// 나무가 새를 꽉 붙잡고 있다

—「침묵」 전문

"본질을 무시하는 침묵"이 있다며 시는 문을 연다. 생소하게 다가오는 이 시구는 그 의미파악에 관계없이 일단 독자의 눈길을 끈다. 무심코 시선은 다음 연을 향한다. "소리 없는 날갯짓"이다. 아무리 작은 날갯짓이라도 공기의 저항에 의해서 소리는 나게 마련이다. 역설이다. 무슨 말인가. 다음 연으로 넘어간다. 다시 첫 연의 '침묵'에 대해 설명하는 것 같다. 그 "침묵의 표정은 융통성이 없다"고 시인은 단언한다. 의미는 여전히 오리무중이다.

　다시 정독해 본다. 아무런 감성도 자극하지 않는, 따라서 시적 언어로는 적합하게 여겨지지 않는 '본질'이란 철학적인 말은 '현상의 내부에 숨어 존재하는 실체'를 의미한다. 따라서 감각으로 지각할 수 있는 게 아니라 이성적 사고에 의해서나 파악될 수 있는 말이다. 티브이나 컴퓨터는 다양한 것들을 보여주고 들려준다. 그러나 이들 뒤 보편적 존재로 실재하는, 즉 본질인 전기는 '침묵'한다. 그리고 당연히 이 침묵에는 어떤 표정도 없다. 경우에 따라 개별적 현상은 쉽고 다양하게, 즉 '융통성' 있게 변화하며 다른 표정을 짓지만 사과를 떨어지게 만드는 본질인 '중력과 인력'은 표정 자체를 모른다. 새의 날갯짓은 물체의 운동 방향과 반대의 방향으로 작용하는 힘인 '공기저항' 때문에 가능하다. 이런 저항의 본질이 없다면 새는 날 수 없다. 그러나 공기는 원래 소리 자체가 없는 것이다.

　이제야 세 개의 문장이 서로 연계를 하며 의미를 드러내는 것 같다. 그러나 다음 두 연에서 막혔던 의미의 물꼬는 결정적으로 터지고 만다. 작품 해석의 열쇠가 되는 '시적 대상'이 확연하게 나타나는 것이다. 그것은 바로 '솟대'와 그 위의 '나무기러기'다.

여기서 "저 솟대는 악착같이 본질에 집착한다"고 '본질'이란 어휘가 다시 등장한다. 시인의 관념이 대상에 투사되는 독특한 글쓰기 전략이다. 그러나 이미 '본질'이 무엇인지 정확히 알고 있는 우리는 별 어려움이 없다. 솟대는 '높이 세워진 장대'다 장대는 나무로 만들어진다. 당연히 '나무기러기'는 역시 나무로 만들어진 것이다. 그렇다면 '솟대 위의 기러기'는 '나무'라는 본질의 구체적 표현인 '하나의 현상'에 불과하다. 물론 이 기러기들은 날 수도 없고 소리를 낼 수도 없다. 본질이 "그 고유의 성질만큼 침묵을" 지키고 있기 때문이다. 동시에 "나무가 새를 꽉 붙잡고" 있다" 본질적으로 나무는 원래 날지도 소리도 못 내는 게 아닌가.

여기서 우리는 시인의 속내를 짐작한다. 한 마디로 시인은 "침묵을 원한다" 나무기러기가 날 수 없는 '현실'은 사실이자 적확한 표현이다. 실상 시인은 공원의 '솟대 위 나무기러기'에 대해 시선을 집중하고 이 시를 쓰고 있다. 묘사 방법은 상당히 새롭고 다르지만—그래서 이해가 쉽지 않지만—전달하고자 하는 메시지는 정확하다. 시인은 시끄러운 소리가 아닌 '침묵'을 강조하고 있는 것이다.

이런 시인의 속내는 일관되게 다른 시에서의 다른 상황에서도 쉽게 볼 수 있다. 시인은 침묵을 중시할 뿐 아니라 세상의 '명분'이란 것에 대해서는 반감을 나타낸다.

명분의 **뼈**가 헐거워지고 있다/ 명분 속에 숨어 살다가 새로운 명분을 물색한다/ 이빨로 잡을 수 있는 모든 명분을 앞에 쌓는다/ 어깨가 쫙 벌어진 명분들이 엎어져 꼬인 다리를 풀고 있다/ 잘근잘근 산 채로 명분의 껍질을 오징어처럼 훌러덩 벗긴다/ 명분은 이웃집 아줌마 얼굴이면서, 수만 가지의 표정을 가져야 한다/ 표정은 명분보다는 상위개념 명분이 제대로 서야 표정이 생긴다/ 이번에는 표정이 명분을 좇는다 나는 전보다 자주 벽에 부딪힌다/ 무너지는 **뼈**가 마음을 헛디딜 때마다 튕겨 나오는 불안들, 등 보인 사람의 첫말처럼 시리다

―「명분을 찾아서」 전문

명분은 무엇인가. 사람들이 '도덕적으로 마땅히 지켜야 할 도리'다. 또한 무슨 행동이나 일을 도모할 때 내세우는 '구실이나 이유'를 말하기도 한다. 위 시에서는 후자의 의미를 가리키고 있는 것 같다. 실제로 대개의 사람들은 사회생활을 영위하며 "명분 속에 숨어 살"고 늘 "새로운 명분을 물색한다" 또한 "모든 명분"을 앞세워 자신의 행동을 정당화 하려 한다. 화자의 눈에는 '핑계'라고 밖에 보이지 않는 이것이 못마땅하다. 그래서 의외로 강한 어조로 반감을 보인다. "잘근잘근 산 채로 명분의 껍질을 오징어처럼 훌러덩 벗"기고자 하는 것이다.

'표정'이란 어휘에 주목한다. 마음속의 감정이나 정서 같은 심리 상태는 절로 얼굴에 나타나기 마련이고 이것이 '표정'을 만들게 된다. 앞의 시에서도 침묵의 '표정'은 융통성이 없다는 말이 나온다. 즉 개별적 현상은 융통성 있게 변화하며 다양한 표정을 짓지만 근본적 본질은 침묵을 지킬 뿐이고 따라서 표정도 없다. 그러나 얄팍한 명분은 "이웃집

아줌마 얼굴"처럼 여러 가지 "표정을 가져야" 한다. 표정은 명분과 표리관계에 있다. "명분이 제대로 서야" 웃는 표정이 나오고 때로는 웃는 표정을 만들기 위해 "명분을" 따르기도 한다. 화자도 표정을 위해 명분을 좇지만, 이는 실상 "마음을 헛디"디는 것이고 이럴 때마다 "벽에 부딪힌다" 그리하여 마음은 시리고 불안해진다. 그래서 말도 없고 표정도 없는 침묵을 선택하고자 하는 것인가.

이런 시인의 마음은 또 다른 작품과 관계를 가지며 중층적으로 표출된다. 이제야 표제작을 본다.

> 멀어지는 기분만 있었다// 생각에 묶인 채 생각 외에 충실했다// 이목구비처럼 표정에 동조했지만 눈꺼풀은 눈을 몰랐다// 시간은 애매하게 나를 헛디뎠다// 어딜 가도 벗어 놓은 그림자를 만났다// 탄내 나는 기억이 몸으로부터 고립되었다// 기억이 뒤집힐 때마다 쫓기는 내가 쫓는 나를 추월했다// 노인의 주름처럼 짖어댔다// 흙빛으로 무심해질 때까지// 아직은 타닥거리며 얼어붙은 변명 쪽으로 걸어가는 마음은 없다
>
> ―「물의 가면」 전문

「물의 가면」이란 제목이 있지만 '물'도 '가면'도 이 글에는 전혀 나타나지 않는다. 구체적인 '시적 대상'이 없는 것이다. 나는 윤은미 글쓰기의 특징을 '대상에 대한 관념의 심미적 투사'라고 서두에서 요약한 바 있다. 그런데 위 시는 그 대상이 없다. 시인이 "어딜 가도 벗어 놓은 그림자를 만났다"고 말하는 것처럼 나는 이 시에서 대상이 아니라

그 '그림자'의 움직임만 보고 있는 느낌이다. 그러나 우리는 앞에서 본 질, 침묵, 명분, 표정 등 화자가 표출하는 관념을 따라잡았다. 이 시의 해석도 마찬가지가 될 것이다.

어떤 "생각에 묶인 채 생각 외에 충실했다"는 말은 "소리 없는 날갯짓"과 같은 또 다른 역설이다. 그러나 무얼 생각하며 다른 생각을 하는 경우도 있을 수 있다. 늙은 어머니와 과년한 딸이 창밖에 내리는 눈을 보며 통화한다고 하자. 어머니는 옷을 따뜻이 입으라느니 눈길에 미끄러지지 않게 조심하라느니 눈에 대한 생각에 묶여 통화하고 있다. 허나 나이 찬 딸이 혼기를 놓칠까 걱정하는 또 다른 생각에 내내 묶여있기도 하다. 이는 "쫓기는 내가 쫓는 나를 추월했다"와 같은 역설과도 유사하다. 시인은 이런 아이러니의 창출에 능숙하다. 이는 글에 예술성을 부여할 뿐 아니라 이해에 밝은 빛을 던지기도 한다.

"이목구비처럼 표정에 동조했지만 눈꺼풀은 눈을 몰랐다"라는 멋진 발화에서 '표정'이란 어휘가 재차 나타난다. 앞서 보듯 이 작품에서도 시인의 의식은 다른 작품과 상호 관련을 갖고 있다. 표정은 얼굴의 '이목구비'에 쓰여지게 된다. 당연히 두 눈에도 표정은 표출된다. '눈꺼풀과 눈'은 함께 위치하고 동시에 움직인다. 그런데 시인은 "눈꺼풀은 눈을 몰랐다"고 의외의 발화를 한다. 이는 바로 명분을 위해 '표정'을 바꾸는 현실에 대한 역설적 비판이다. 화자도 표정을 바꾼다. 이럴 때마다 화자는 앞에서 시처럼 '헛디딤'을 느끼고 "벗어 놓은 그림자"나 만나는 느낌을 갖는다. 화자는 이런 현실을 차라리 '추월'하고 '고립'되고자 한다. "흙빛으로 무심"해져 다시 침묵의 세계로 귀환하고자 한다. '물의 가면'을 벗고 그 속으로 잠수하고 싶은 것이다. 충분히 그렇게 될 것이다. 아직은 "얼어붙은 변명 쪽"으로 가고자 하는 마음이 없음으로. 이런 시인의 결기는 다음과 같은 기막힌 문장에 잘 나타나고 있다.

"내 고민은 표정이 아니다/ 단지 시간 위에 자빠진 감정일 뿐이다" (「젖은 오후」)

삼각형 밑변의 존재 이유

— 김석인의 『범종처럼』

부부로 사는 것은 삼각형 만드는 일/ 생각이 다를 때는 꼭짓점에 멈춰
선다/ 기울기 바라보면서 직립의 꿈을 꾸며// 빗변이 늘어나도 밑변이 작
아 봐라/ 좁아터진 바닥에서 숨 쉴 틈이 있을까/ 바람만 살짝 불어도 넘어
지고 말 것을// 좁아서 북새통은 넓어도 탈이 많아/ 제가끔 깜냥만큼 마름
질하다 보면/ 마침내 깨닫게 되는 밑변의 존재 이유

—「이등변 부부」 전문

특이하게도 이 작품에는 제목에 나오는 '이등변'이라는 어휘를 위시
해서 본문에도 '삼각형' '꼭짓점' '기울기' '빗변' '밑변' 등 여러 기하학적
용어들이 등장한다. 따라서 이 용어들의 정확한 이해 없이는 작품을
제대로 읽어내기는 힘들다.

시인은 "부부로 사는 것은 삼각형 만드는 일"이라는 단언적 어투의
말로 작품의 첫 연 첫 행을 시작하고 있다. 우선 삼각형부터 그 의미
를 제대로 따져볼 일이다. '세모꼴'이라고도 불리는 '삼각형'은 세 개의

직선이 세모를 이룬 형상을 말한다. 다각형(多角形) 중 가장 간단하고 기초적인 형상이지만 기하학적 성질이 매우 풍부한 도형으로 알려져 있다. 따라서 작품의 여러 문장에 나타나는 이런 어휘들은 다양한 함의를 가질 것임을 짐작하게 한다.

왜 시인은 부부로 사는 것이 삼각형을 만드는 일이라고 말하는 것인가. 직선 세 개가 세모꼴을 이루는 일이 도대체 부부와 무슨 관계가 있는가. 독해가 되지 않는다. 저절로 눈길은 다음 행으로 향한다. "생각이 다를 때는 꼭짓점에 멈춰 선다/ 기울기 바라보면서 직립의 꿈을 꾸며" 첫 연이 끝났다. 무슨 말인지 그 의미는 여전히 오리무중이다.

다시 삼각형에 대해 좀 더 파고 들어가 본다. 평면상에 있는 3개의 점을 선으로 연결하면 삼각형이 된다. 단, 점은 일직선상에 있어서는 안 될 것이다. '꼭짓점'은 수학에서는 각을 이룬 두 직선이 만나는 점이 되겠지만 쉽게 '맨 꼭대기가 되는 점'이라 하자. 삼각형 내부의 3개의 각은 내각이라 한다. 3변과 3개의 내각은 삼각형의 6요소가 된다. 이 요소 중에서 3변의 길이가 결정되었을 때, 2변과 그 사이의 각이 결정되었을 때, 1변과 양끝각의 크기가 결정되었을 때의 3조건 중 하나가 결정되면 삼각형의 모양과 크기가 결정된다. 삼각형의 종류에는 3변의 길이가 같은 '정삼각형', 2변의 길이가 같은 '이등변삼각형', 하나의 내각의 크기가 90°인 '직각삼각형', 하나의 내각의 크기가 90°보다 큰 '둔각삼각형', 3개의 내각의 크기가 모두 90°보다 작은 '예각삼각형'이 있다. 기하학에 문외한인 필자가 작품과 관련하여 힘들여 공부해 알아낸 삼각형에 대한 지식이다. 이제 다음 연을 읽어본다.

"빗변이 늘어나도 밑변이 작아 봐라/ 좁아터진 바닥에서 숨 쉴 틈이 있을까" 그렇다. 밑변이 작은 데 빗변이 늘어나면 내각의 크기는 모두 90°가 되지 않는 '예각삼각형'이 된다. 빗변이 늘어나면 늘어날수록 좁아터진 가늘디가는 긴 세모꼴이 될 것이다. 바닥은 당연히 "숨 쉴 틈"도 없고 "바람만 살짝 불어도 넘어지고 말 것"이다.

이제 첫 연을 다시 읽어본다. 부부로 살다 보면 생각이 다를 때도 많고 그래서 다투게 될 때도 많을 것이다. 그럴 때면 화자는 삼각형으로 치자면 꼭짓점, 즉 맨 꼭대기가 되는 점에 멈춰 아래를 바라본다. 왜 서로의 생각이 달라졌는지, 왜 서로 틀어지게 되었는지 그 "기울기를 바라보면서" 어떻게 하면 두 사람의 관계를 다시 똑바로 직각으로 세울 수 있는지, 즉 "직립의 꿈을 꾸며" 화자는 자신을 성찰하고 있는 것이다. 이제야 첫 행의 "부부로 사는 것은 삼각형 만드는 일"이라는 화자의 선언적 발화가 가슴을 치며 다가온다.

이제 마지막 연의 독해는 술술 풀린다. 세상살이가 결코 여유 있고 풍요롭고 원만할 수는 없는 법이다. 오히려 빗변만 길고 밑변은 좁아터진 예각삼각형 안에서처럼 야단스레 법석대는 "북새통"이 터지고 이런저런 "탈"도 많이 생기는 것이 우리네 인생사다. 부부관계도 마찬가지다. 화자는 삼각형에 대한 통찰을 통해 결국 각자가 "제가끔 깜냥만큼 마름질", 즉 자신의 치수에 맞게 옷감을 재고 잘라야 한다는 것을 깨우치고 있다. 그리고 삼각형 "밑변의 존재 이유"도 "마침내 깨닫게 되는" 것이다.

우리는 이제 「이등변 부부」에 내재한 함의도 확실히 알게 된다. 시인은 부부로 산다는 것은 "삼각형 만드는 일"이라고 주장한다. 그런데 그 삼각형 중에서도 최상의 것은 '이등변'의 것이어야 한다고 꿰뚫어 보고 있다. 이등변삼각형은 두 변의 길이가 같고 두 밑각의 크기도 같다. 어느 한쪽으로 치우치지 않은 형태다. 시인은 첫째 연에서 "직립의 꿈"을 꾸고 있다고 말한다. '직립'은 '똑바로 서는 것'을 의미하는 동시에 '수직'을 말하는 것이다. 서로 "생각이" 달라 틀어진 두 사람의 관계를 다시 수직처럼 반듯하게 세우고 싶다는 뜻이 될 것이다. 그런데 직립이든 수직이든 그 상태는 수평에 대해 직각을 이루고 있음을 의미한다. 그런데 바로 '이등변 삼각형'이 그러하다. 이것의 꼭짓점 각을 '이등분'한 선은 밑변을 '수직'하여 '직각'이 되고 있는 것이다.

또한, 이 작품에서 그 형식으로나 내용으로나 중요한 기능으로 작동하는 '밑변'이란 어휘 또한 삼각형에서 꼭짓점 각에 대한 변, 특히 '이등변삼각형'의 밑바닥을 이루는 변을 의미한다는 점을 첨언하고자 한다. 이렇게 보면 각 문장의 모든 용어들은 서로 긴밀하게 연결되며 공통되는 의미의 망을 이루고 있음을 알 수 있다.

앞만 보고 달리다 돌부리에 걷어차여/ 근심을 베개 삼아 동그마니 누워 있다/ 명치와 아랫배 사이/ 봉분 같은 달 띄우고// 포물선 정점에서 무슨 생각 하시는지/ 밤낮이 바뀌어도 한마디 말이 없다/ 곧아서 더 아픈 등뼈/ 땅바닥에 뉘어 놓고// 버리고 내려놓아도 할 말이 남은 걸까/ 가난의 대물림을 맨몸으로 닦은 아버지/ 흙으로 되돌아갔다/ 겨울 백서를 쓴다.

– 「먼 길」 전문

첫 연의 "명치와 아랫배 사이/ 봉분 같은 달 띄우고" "근심을 베개 삼아 동그마니 누워" 있는 분은 누구인가. 그분은 작품 마지막 연에서야 단 한 번 언급되는 화자의 '아버지'다. 그렇다면 이 작품은 실상 아버지께 바치는 헌사에 진배없다. 이 시가 아버지를 회억하며 쓴 글이라는 걸 알게 되면 작품은 아무런 걸림돌이 쉽게 읽힌다. 한 번 등장하는 아버지의 앞과 뒤의 문장들은 실상 모두가 아버지를 설명하고 수식하고 있는 글이기 때문이다.

"명치와 아랫배 사이/ 봉분 같은 달"은 아버지의 무덤을 의미할 것이다. 그런데 아버지는 "앞만 보고 달리다 돌부리에 걷어"차이신 분이다. 아버지의 신산했던 삶이 여실하게 다가온다. 그리고 지금도 "근심을 베개 삼아" 외롭게 혼자 누워 계신다. 생전이나 지금이나 자식 걱정에 근심을 놓지 못하고 계신 것인가.

둘째 연에서 아버지는 "곧아서 더 아픈 등뼈"를 묘소 안의 "땅바닥에 뉘어 놓고" "밤낮이 바뀌어도" 한마디 말씀도 없으시다. 하기야 사자는 말이 없는 법이다. 그래도 화자에게는 "무슨 생각"이라고 깊게 하시고 있는 것처럼 느껴진다.

마지막 연에서 화자는 비록 말씀은 없지만 "가난의 대물림을 맨몸으로 닦은 아버지"가 무언가 "할 말이" 남아 있을 것으로 생각한다. 계절은 겨울인 모양이다. 하얀 눈 쌓인 봉분 안에서 아버지는 그 할 말을 "겨울 백서"로 쓰고 있는 것으로 느껴진다. '백서'는 영국 정부가 공식 보고서에 흰 표지를 사용했다는 데서 유래된 말로 정치·경제·외교 등에 관한 상황을 설명하는 보고서를 말한다. 흙에서 고된 삶을 살다가 "흙으로 되돌아"가신 아버지가 무슨 자신에 대한 특별한 보고서를 쓸 수 있겠는가. 그것은 그야말로 겨울눈처럼 하얗기만 한 '백서(白書)'가 되지 않을 것인가. 가난을 대물림하며 곤고하신 아버지를 향한 화자의 짙은 사랑과 연민이 읽는 우리 가슴에도 그대로 젖어 든다.

이 작품에서도 "포물선 정점"이라는 전문용어가 우리의 시선을 끈다. 정확한 해설을 위해 '포물선(抛物線)'이란 말을 사전에서 찾아보니 '수학용어로 원뿔 곡선의 하나, 평면 위의 한 정점(定點)과 한 정직선(定直線)에서의 거리가 같은 점의 자취'라고 설명하고 있다. 젠장, 더 어렵다. 그러나 다행히 '포물선을 그리며 날아가는 공'이라 할 때 대충 이 말이 무슨 말인지 우리는 안다. 따라서 '포물선 정점'은 그 형상으로 보아 봉분의 꼭대기 정도가 될 것이다.

필자가 이런 특별한 용어에 대해 관심을 갖고 재차 거론하는 이유는 「이등변 부부」에서 보는 것처럼 다른 어떤 시인도 시도하지 않는 전문용어를 김석인은 자신의 작품에 과감히 견인하고 있기 때문이다. 이런 예는 다른 작품들에서도 산견된다. "무엇이 만져질까, 내 삶을 미분하면"(「배흘림기둥에 기대어」), "아무리 미분해도 지울 수 없는 당신"(「다래끼」)에서의 '미분'과 같은 말이 이에 해당된다. 우리는 이 수학용어를 듣기는 들었지만 정확하게 그 의미를 설명하기는 어렵다. 사전적 정의로 이 말은 '어떤 함수에서, 독립 변수의 값이 미소한 변화에 응하는 함숫값의 변화'다. 더 어려워진다. 그러나 놀라운 사실은 앞서의 '포물선의 정점'처럼 이런 전문적인 어휘는 −대충만 이해해도− 문장과 완벽한 조화를 이루며 충분한 미적 효과를 생성하고 있다는 점이다. '아무리 미분해도 지울 수 없는 당신!' 얼마나 다정하고 아름다운 사랑의 언어인가.

고대 그리스의 수학자 이름을 딴 「피타고라스의 겨울」이란 작품에는 "응달진 겨울 속에 원주율을 펼친다" "막무가내로 뛰어드는 공집합 말아 올려" "포물선 정점에 서서 허공을 베어 물고" "뭇별의 무한소수로 허기를 달래는 밤" "사람들 상관관계를 꼼꼼하게 적분한다"와 같은 전문적 수학용어들이 차례로 등장하고 있다. 작품 전문을 인용하지 않아 일견 수수께끼 같기도 하지만 독자는 이런 생소한 어휘에 호기심을 갖고 작품에 몰두하게 된다. 소수점 이하가 한없이 계속되는 소수가 '무한소수'다. 바로 앞에 등장하는 '원주율', 즉 '3.14159…'와 같은 것이다. 이 생소한 두 수학용어는 작품을 극적으로 인식하게 만드는 결정적인 역할을 수행하게 된다. '뭇별의 무한소수로 허기를 달래는 밤!' 절창이다. 수도 없는 별이 반짝이는 얼마나 정겹고 아름다운 밤하늘인가. 문학에 있어 우리는 사물에 대한 습관적이고 자동화된 인식이나 지각을 낯설게 함으로써 그것을 더욱 새롭게 갱신시켜야 한다. 이런 점에서 시인의 이런 전문 용어의 견인으로 인한 작품의 생소화는 멋지게 성공한 것으로 보인다.

이런 작품을 만나게 되어 독자들은 반갑고 행복하다. 시인에게 큰 박수를 보낸다.

어찌하여 '수식'은 잊어야 하는가
— 이우디의 『수식은 잊어요』

　나는 이미 「'수식'과 '뛰는 새'와 '신파'의 틈새가 만드는 놀라운 의미의 연결고리」라는 제목으로 이우디의 시집에 해설을 붙인 바 있다. 따라서 자칫 이 서평은 진부한 반복이 되기 쉽다. 하여 시집 제목 『수식은 잊어요』라는 말이 견인되는 대표적 작품 하나에 시선을 집중하고 어찌하여 '수식'과 '뛰는 새'와 '신파'가 의미의 연결고리를 갖게 되는지 읽어내고자 한다.

　수식은 잊어요/ 날개는 반성 없이 퇴화하고 발로 뛰는 새는 신버전/ 나는 요리사죠/ 슬픔의 미각에 길들여진 혀 짧은 새/ 냄새에 취해 길어지는 코도 잊어요/ 풀들이 햇빛 쪽으로 키가 크는 것처럼/ 그건 원칙이니까요/ 한계 너무 분명한 젊음 따위 버렸다고 믿지만/ 쿡쿡, 그럴 리가요/ 세상에, 갈수록 신파도 그런 신파 본 적 없지만/ 모든 게 너무 늦은 거 알지만/ 하지만 뭐, 어때요/ 사랑이 있는 쪽으로 코가 마구 자란대도/ 그게 뭐 어때서요/ 나는 아직 누구나를 사랑해요/ 제발, 이란 파도는 이미 서쪽으로 간지 몇몇 해/ 새벽처럼 영롱한 모모/ 떠날까요? 그래요 떠날래요/ 까짓, 놓지 못할 건 없어요// 손아귀 아귀아귀 붉더니 칫, 그믐 달빛에 홀려서는/ 손바닥 골목 어귀 가로등 별빛 복사하는/ 혀는 짧고 코는 긴 음이월/ 밖을 향한 손가락은 외로워요

- 「음이월」 전문

작품은 긴 편이다. 그러나 단 두 연으로 구성되어 있다. 첫 연은 "수식은 잊어요"라는 짧은 문장으로 시작된다. 시집 제목이 바로 이 문장에서 견인될 정도면 중요한 의미를 담고 있을 것임이 틀림없다. 일반적으로 수식은 '겉모양을 꾸미는 것'으로 인식된다. 그렇다면 이는 진실적 실체와는 거리가 있는 말이며 따라서 '잊어야' 할만도 하다고 수긍하게 된다. 그러면서도 우리는 왜 그래야 하는지 개연적 설명을 기대하며 다음 행으로 시선을 향한다.

느닷없이 "날개는 반성 없이 퇴화하고 발로 뛰는 새"가 등장한다. 더구나 이 새를 "신버전"이라고 말하고 있다. 새에도 '신버전'이 있는 것인가 의아해하며 다음 행을 본다. 그런데 갑자기 또 화자는 "나는 요리사"라며 자신을 소개한다. 우리는 작품 도입부에서 이미 헷갈리기 시작한다. 행간에 등장하는 언어들 사이의 이질적 관계 때문이다.

다음을 보니 다시 새에 대한 설명이다. 그 새는 "미각에 길들여진 혀 짧은 새"이자 "냄새에 취해 길어지는 코"가 있는 새이기도 하다. 그런데 화자는 이 새를 잊자고 한다. 왜냐면 "풀들이 햇빛 쪽으로 키가

크는 것처럼/ 그건 원칙"이기 때문이라고 설명한다. 그런데 이 원칙이 어떻게 혀 짧고 코가 긴 새와 관련을 갖게 되는 것인가. 또한 이 새는 언어학적 용어인 '수식'과는 도대체 어떤 연관을 갖게 되는 것인가. 그리고 왜 이들은 모두 잊혀야 하는가.

자꾸 고개가 갸웃해진다. 아직 작품의 첫 연을 읽고 있는데도 우리는 행 사이의 유기적 객관성에 많은 의문을 갖게 되고 독해에 어려움을 느끼게 된다. 작품의 다음 부분을 읽기 위해서는 이제 독서의 '관점'을 바꿔야 할 필요성을 감지한다.

모더니즘 이후의 현대시에서는 자연과 인간의 삶을 객관적으로 모방하거나 반영하고자 하는 리얼리즘의 재현성을 배제하고 있는 것이 사실이다. 이들의 관점에서 보면 삶의 실재는 고정불변한 것이 아니다. 따라서 그것을 객관적·논리적으로 재현한다는 것은 불가능한 일이다. 이런 관점에 따라 종래의 시공간에 대한 전통적 사고는 버려진다. 시인은 작품 구성에 있어서 논리적 일관성이나 유기적 통일성을 배제한다. 대신 자신의 의식 내면에 흐르는 감각, 감정, 기억, 연상, 인상을 '내적 독백'과 같은 방법으로 표출한다. 의식은 고정되지 않고 끊임없이 유동하기도 하고 중첩되기도 한다. 이 경우 무질서한 '의식의 흐름'이 파편적으로 표출되게 마련이고 리얼리즘의 사실적 재현과는 거리가 멀어질 수밖에 없다. 독해의 난해성이 수반되는 것은 당연하다. 이 작품이 바로 그러하다.

"풀들이 햇빛 쪽으로" 크는 원칙을 말하던 화자는 갑자기 "한계 너무 분명한 젊음 따위"는 버렸다고 한다. 그러나 이 말도 바로 "그럴 리가요"라고 부정하며 "쿡쿡" 참던 웃음을 터뜨린다. 그나마 그 젊음이란 것도 가버려 "모든 게 너무 늦은 거 알지만", 그럼에도 자신은 "아직 누구나 사랑"할 수 있으니 "그게 뭐" 어떠냐고 반문하며 스스로를 위무한다. 그리고 "떠날까요?" 묻고 이어 '떠나자'고 자문자답의 독백 같은 발화를 이어간다.

여기까지가 작품의 첫 연이다. 우리는 논리가 배제된 작품 진행으로 인해 초입부터 독해에 어려움을 겪었다. 그러나 언급한 바와 같이 시인이 '반 리얼리즘적' 글쓰기 스타일을 보여주고 있음을 알게 되었고 이에 따라 독서 방식의 관점도 변화되어야 함을 알게 되었다. 내쳐 둘째 연이자 마지막 연을 읽고 새로운 시각으로 작품을 분석해보자.

시인은 놀랍게도 앞 연의 "발로 뛰는 새", 즉 "혀는 짧고 코는 긴" 새를 이 작품 제목 「음이월」과 동격으로 만들고 있다. 또한, 그 '음이월'을 "그믐 달빛에 홀려" "골목 어귀 가로등 별빛"을 반사하는 것이라고 말한다. 그리고 그것의 "밤을 향한 손가락은" 외롭다고 노래하며 시의 매듭을 묶어버린다. 이 연에서 '새'와 '음이월'이 동격의 가치를 가지며 결합되는 것은 정말 파격적인 상상력이 아닌가 싶다.

시인이 작품 초입에서부터 견인하고 있는 어휘들, 즉 수식, 날개, 반성, 퇴화, 새, 버전 등은 구체적이고 사전적 정의로도 명확히 풀이된다. 어법도 정확하다. 그럼에도 개연적 연결고리가 상실된 어휘들은 이해의 길을 막고 있다. 첫눈으로 보아도 나열된 어휘들은 짙은 암시성의 냄새만 풍기는 '심상'으로만 기능하고 있을 뿐이다.

그런데도 나는 이우디 시의 가장 큰 특징이자 장처는 바로 이런 심상들의 집합이라고 본다. 그의 심상은 독특하고 강력하다. '나는 새'가 아니고 "뛰는 새"다. 음이월은 "혀는 짧고 코는 긴" 계절이다. 또한 참던 웃음을 터뜨리는 소리 "쿡쿡"이나 못마땅할 때나 아니꼬울 때 내는 "칫"과 같은 시늉말, 별것도 아니라는 의미로 무엇을 포기하거나 용기를 낼 때 쓰는 "까짓", 음식을 욕심껏 입에 넣고 씹는 형용의 "아귀아귀"와 같은 말 역시 모두 심상의 효과를 극대화한다.

그러나 이런 감각적 심상에도 불구하고 시는 쉽게 독해되기를 거부한다. 이는 시인이 객관적 언어의 연결에 따른 '의미의 창출'을 목적으로 하는 것이 아니라 심상을 파편처럼 나열함으로 어떤 '상징의 창출'을 목적으로 글을 쓰는데 기인하는 데 있다. 그런데 이 상징은 어떤 명확한 의미를 가지고 있는 것은 아니지만 독자들이 나름대로 해석할 수 있는 일종의 '틈새'를 남긴다. 독자들은 나열된 서로 다른 이미지를 스스로 심리적 연결을 하고 결합해야 한다. 그리고 그 과정에서 이 틈새를 찾아내야 하는 것이다.

말이나 글을 보다 아름답고 효과적으로 표현하기 위해 꾸미는 말이 '수식'이다. 그렇다면 수식은 '꾸미는 것'을 함의하고 이는 결국 순수한 실재와는 거리가 있다고 볼 수 있다. 화자는 "신버전"의 새를 언급하며 이를 "날개는 반성 없이 퇴화하고 발로 뛰는 새"라고 말한다. 여기에서 버전은 '변형' 혹은 '이형'을 의미한다. 그렇다면 '발로 뛰는 새'는 원래의 새가 '반성도 없이' 변형된 것이 되는 것이다. 이 역시 진실적 사실과는 거리가 있는 것이고 따라서 잊고 버려야 할 대상이다. 갑자기 우리는 '수식'과 '뛰는 새'가 그 함의를 공유할 수 있는 틈을 발견한다.

화자는 이어 이 신 버전의 새를 '혀는 짧고 코는 길어지는' 새로 묘사한다. 그리고 "신파도 그런 신파 본 적"이 없다고 단언한다. '신파'는 우연한 사건 전개, 과도한 정서 분출, 선악의 이분법 등을 제재로 한 소위 '울고 짜는 통속극'이다. 따라서 '신파'라고 하면 다소 '경멸적인 의미'가 담긴 말로 사용된다. 이제 우리는 '신파'라는 어휘 또한 '수식'과 '뛰는 새'와 함께 화자 말대로 '잊어야'할 대상으로 서로 의미의 연결고리를 가지고 있음을 간파하게 된다.

화자는 자신의 '젊음도 한계'가 있고 이 모든 걸 놓기엔 "너무 늦은 거 알지만", 그러나 또한 아직도 누군가를 사랑"할 수 있음을 알고 있다. 그래서 그 사랑하는 '모모'와 함께 떠날 수도 있다고 스스로를 격려하고 있다. 화자는 가식 없는 인간의 순수한 열정과 본능을 노래하고 있는 것이다.

그럼에도 화자의 현재는 '음이월'에 위치하고 있다. 이달은 봄이 시작되는 달이지만 아직 '꽃피는 춘삼월'은 아니다. 겨울 끝자락의 바람이 아직도 매울 때이다. 화자에게 음이월의 볕은 겨우 "골목 어귀 가로등 별빛 복사하는" 정도로만 느껴진다. 따라서 겨울과 봄 사이에 껴 있는 불완전한 이달은 앞 연에서 '새'를 지칭했던 "혀는 짧고 코는 긴" 달이 되고 또한 "밖을 향한 손가락", 즉 '봄을 향한 기다림'으로 외로운 달이 되기도 하는 것이다.

이제 동떨어진 의미로 낯설게만 다가오던 파편과 같은 언어들은 서로 함의가 공유될 수 있는 틈새를 만들고 있고 우리는 이를 찾아 읽어

내게 되었다.

　시인은 염려 마시라. 음이월이 지나면 절로 춘삼월이다. 머지않아
꽃그늘에서 사랑을 구가하고 있을 것이다.

곱지만 슬픈, 꽃상여 지나가는 '꽃길'과 눈 쌓인 '새벽길'

― 강흥수의 『새벽길』

시집제목이기도 한 「새벽길」은 새벽 눈길 위의 외줄기 '첫 발자국'처럼 쓸쓸하지만 소복이 쌓인 하얀 눈처럼 깨끗한 느낌을 주는 시다.

누구였을까/ 가지런히 첫 발자국 찍으며 간 사람/ 가로등도 없는 산골/ 반사되는 눈의 빛에 의지하여/ 아득한 아침으로 앞서간 눈 같은 사람/ 파르르 떨리는 참나무 잎사귀 소리에/ 외롭지는 않았을까/ 소복소복 눈꽃 피운 아름드리 소나무가/ 포근하고 든든한 길동무였을까/ 백지 같은 세상에 새 길 만들며 간 사람/ 그대였을까

― 「새벽길」 전문

누군가 아침이 되기도 전에 하얀 눈 위에 "가지런히 첫 발자국 찍으며" 걸어간 사람이 있다. "가로등도 없는" 산골길을 "반사되는 눈의 빛"에만 의지하며 간 그 사람의 발걸음은 많이 외로웠을 것이다. 그럼

에도 "눈꽃 피운 아름드리 소나무"가 그 외로운 발길에 "포근하고 든든한 길동무"가 되어 주었을 터이다. 티 하나 없이 깨끗하기 만한 그림 같은 정경이다.

〈시인의 말〉에서도 시인은 "참나무 잎사귀"처럼 싱그러운 시, 그리하여 "새싹처럼 희망이 되는 푸른 시"를 쓰기를 기원하며 또한 스스로 다짐하고 있다. 비록 외로웠을지라도 시의 화자는 '눈꽃 핀 소나무'를 든든한 길동무로 삼아 "백지 같은 세상에 새 길 만들며" 가고 있다. 매우 희망적인 자세가 아닐 수 없다. 화자는 시의 결미에서 '새 길을 만들며 간 사람'을 갑자기 "그대"라고 부르고 있다. 우리는 '그대'가 누구인지 정확히 알 수는 없다. 그러나 우리는 '그대'를 향한 화자의 따뜻한 연민과 애정을 느낀다. 시인이 원하는 '싱그러움'과 '희망'이 가득한 시다.

그러나 "백지 같은 세상에 새 길 만들며" 가고자 하는 것은 시인의 희망이자 의지이기도 하지만 막상 그가 처한 현실상황과는 커다란 괴리가 있다. 고통의 언어가 발화되지 않을 수 없다. 시인은 현재 도시의 아파트에 거주하고 있다. 허나 오히려 유년시절 고향에서의 삶을 행복의 원형적 시공간으로 인식하고 있는 것 같다. "아파트 거실에서" 창밖을 바라보며 과거의 기억을 반추하는 한 작품을 보자.

아마도 중학교 일학년 수학 시간이었을 것이다/ 지루한 문제 풀이를 하다가 문득 바라본 창밖/ 운동장 넘어 논길을 따라 이어지는 긴 행렬을/ 산 중턱으로 끌며 오르는 꽃상여/ 그 화려한 핏빛 휘장에 가슴은 철렁 내려앉고/ 자취생활을 하느라 한 달간 보지 못한 부모형제들이/ 절절한 그리움으로 떠올랐지/ 꽃상여 맞이하듯 흐드러지게 핀 진달래꽃들은/ 눈시울 붉게 초가 고향집이 떠오르게 했지/ 그날따라 교정의 뒷산에는/ 까마귀 소리 왜 그리 처연스럽게 메아리치고 있었는지// 이제는 아파트 거실에서 바라보는 창밖/ 서울 한복판 홍등가 불빛 위로 까마귀 소리 날아간다

－「꽃상여」 전문

작품은 두 연으로 구성되어 있다. 첫 연은 '과거' "중학교 일학년" 때, 교실 "창밖"의 정경을 그리고 있고, 둘째 연은 지금 '현재' 화자가 살고 있는 아파트 "창밖"의 정경을 그리고 있다.

첫 연에서 화자가 "문득 바라본 창밖"에는 화려한 '꽃상여'의 긴 행렬이 지나가고 있었다. 마침 진달래꽃이 흐드러지게 핀 봄이었다. 비록 죽음을 운구하지만 꽃상여는 아름답고 그것을 맞이하듯 "흐드러지게 핀 진달래"도 아름답다. 계절 역시 아름다운 계절이다. 그러나 이 곱기 만한 정경에도 화자는 "눈시울 붉"히며 "자취생활을 하느라 한 달간 보지 못한 부모형제"에 대한 "절절한 그리움"에 빠져든다.

우리는 여기서 화자가 중학교 일학년 때부터 유년의 '원초적 행복한 공간'으로부터 분리된 삶을 살았다는 것을 알게 된다. 이런 사실은 시집 여기저기 작품에서도 산견된다. 그는 "열네 살"(「산등성이」)에 부모형제를 떠나, "스무 번의 이사"(「집」)를 하고, 혼자 "외톨이 걸음"으로 "쓸쓸한 인생길"(「나의 길」)을 걸어왔다. 한 작가의 전기적 사실이 적정하게 제공될 때 그것은 작품 이해에 결정적 역할을 한다는 좋은 예라

할 것이다.

그런데 꽃상여가 나가는 "그날따라" "까마귀 소리"가 뒷산에서 처연하게 들리고 있다. 까마귀 울음소리는 최소한 우리민족에게는 흉하게 들린다. 오죽해야 '까마귀 날자 배 떨어진다'라는 속담까지 생겼겠는가. 상여는 죽음과 직결된다. 따라서 비극적인 냄새가 감돈다. 처연한 까마귀 소리 역시 결코 밝지 못한, 무언가 어두운 분위기가 감돈다.

둘째 연에서 화자는 도시의 아파트 거실에서 창밖의 현실을 바라보고 있다. "서울 한복판 홍등가 불빛"이 화려하다. 소위 '주사청루'의 환락가로 갖가지 네온사인이 아름답게 빛나고 있지만 실상 이면에는 생의 비극이 은닉되어 있는 곳이기도 하다. 그런데 그 거리 위에도 "까마귀 소리"가 날아가고 있다.

진달래 꽃길의 꽃상여나 서울 홍등가 불빛이나 둘 다 '아름답고 화려하다'는 공통점이 있다. 그러나 이 시에서 둘의 결정적인 연결고리는 모두를 은유하고 있는 "까마귀 소리"다. 둘은 아름답지만 슬픔이 내재되어 있고, 밝지만 동시에 어두움을 지니고 있다. 첫 연은 열한 행이나 되지만 둘째 연은 단 두 행으로 아주 짧다. 그러나 아픈 과거 상황에 대한 긴 진술은 둘째 연에서 요약, 압축되어 오히려 그 아픔의 깊이를 더 절실하게 지각시킨다.

우리는 진달래꽃 흐드러지게 핀 봄 길의 꽃상여를 본다. 그림 같은 정경이다. 또한 앞에서 새벽의 하얀 눈 위에 가지런한 "첫 발자국 찍으며" 가는 사람을 보았다. 역시 그림처럼 아름다운 정경이다. 그러나 이 그림들 속에는 삶의 슬픔과 아픔이 어른대고 있다. 시인은 〈권두시 -

고뇌〉에서 "좋은 시를 쓴다는 것은 이토록 힘든 일인가" 자문하고 있지만 독자들은 이미 아름다운 정경을 원숙한 필체로 묘사한 그림을 보았고 그 속에 어른대는 인간의 서정적 감정도 충분히 느꼈다. 그렇다면 시인은 자신이 그토록 원하는 '좋은 시'를 쓴 셈이다.